Mortelles Ambitions

PATRICK PHILIPPART

ISBN-10:1481064398
ISBN-13: 978-1481064392

A Florence et à Bozena

AVERTISSEMENT

PROLOGUE

Quatre sonneries… Il grogne : « Alors, tu vas répondre, oui ? ».

Assis sur un banc du boulevard Darlu, face à l'océan Atlantique, il jette un coup d'œil à sa montre : vingt-trois heures pile. À quelques dizaines de mètres, le casino de La Baule scintille comme un gâteau d'anniversaire.

« Oui, j'écoute ! »

Ah, enfin ! Son cœur cogne dans sa poitrine. Derrière lui, un couple passe, un labrador en laisse.

« C'est moi. Tout va bien ?

-Impeccable. Et toi ?

-Jusqu'ici, pas de souci.

-Bien, tu me rappelles comme convenu à une heure ! Tchao !

-Tchao ! »

Il enfouit son portable dans la poche de son jean et regarde machinalement autour de lui. Une voiture de la police municipale passe à allure réduite sur le boulevard. Ils sont partout dans cette ville, où il doit y avoir pas mal d'argent à protéger…

De l'argent… C'est ce qui lui a toujours manqué. Pourtant il n'est pas plus bête qu'un autre. Peut-être n'a-t-il pas fait les bons choix, ou alors peut-être qu'il n'avait pas le choix.

L'air est doux ce soir. Étonnant. Il n'a jamais imaginé la Bretagne sans la pluie.

Quand il était enfant, les vacances se passaient toujours en camping à Gruissan.

Dans deux heures, quand l'affaire sera conclue, il aura tellement d'argent qu'il pourra partir en vacances où il le veut, les Seychelles, l'île Maurice, la Réunion…

Il étend ses jambes, pousse un profond soupir. Les milliers de petites lumières qui clignotent au large lui donnent des envies de voyage. À un mètre de lui, sur sa gauche, le cyclomoteur attend sagement qu'il se décide à reprendre la route.

Un million d'euros. Dingue…

C'est vrai qu'il n'y en aura que trois cent mille pour lui. À moins de s'enfuir avec le million. Il se voit déjà avec une bande de ploucs lui courant après, en scandant « Le million ! Le million ! », comme à la télé. Mais il sait qu'il n'osera pas : avec trois cent mille, ce sera la liberté ET la tranquillité ; avec un million, ce serait la liberté, peut-être, mais aussi les ennuis, c'est couru.

Et les ennuis, il n'en veut plus. Il a déjà donné…

Il frissonne soudain, on dirait que le vent s'est levé d'un coup. Un peu plus loin, un groupe de gamins en goguette passe en braillant des trucs qu'il ne comprend pas.

Bon, il va falloir penser à y aller…

CHAPITRE 1

Le claquement fit sursauter Dimitri Boizot. Avachi sur l'une des mauvaises chaises monoblocs de la terrasse – son pote Dédé avait dû les dégoter dans une solderie du coin, elles étaient aussi confortables que des bancs d'église, et moins solides –, il était sur le point de s'endormir quand ce bruit, sec et bref comme un coup de feu, le ramena soudain à la conscience.

Sa cigarette avait fini de se consumer dans le cendrier. Il jeta un coup d'œil au jardin, plongé dans l'obscurité.

Tout paraissait calme. Le grondement acharné des vagues se brisant sur les rochers, de l'autre côté de la route, à une centaine de mètres de la villa, n'était même plus interrompu par le passage des voitures.

Dimitri regarda sa montre : une heure quatorze. Cela faisait plus d'une heure qu'il somnolait, à la recherche d'un sommeil qui le fuyait chaque nuit davantage.

Le matin, il avait déposé Claude et Mireille dans le TGV de Paris. Au moment du départ, il les avait serrés un peu trop fort dans ses bras. L'aîné s'était dégagé avec humeur, hargneux comme les gosses à qui tout est permis.

« Embrassez maman pour moi ! » avait-il lancé, avec un large geste de la main. Il s'était détourné très vite pour qu'ils ne voient pas les larmes affluer à ses yeux. Un fameux handicap dans la vie, cette manie de pleurer à tout bout de champ. Mais, la plupart du temps, il parvenait à dissimuler tant bien que mal.

« À partir de quel âge peut-on définitivement se considérer comme un raté ? » La question l'avait taraudé toute la soirée. « Pas à quarante-deux ans » s'était-il d'abord répondu. Mais, une fois la bouteille de bourgueil vidée, sa fugitive assurance l'avait abandonné.

Le soleil était couché depuis belle lurette lorsqu'il avait gravi, lourd et accablé, l'escalier, avant de s'effondrer sur le lit.

Les ruminations, sombres et décousues comme à l'accoutumée, l'avaient assailli de toutes parts. Il en avait eu assez et s'était relevé pour aller fumer sur la terrasse. La fraîcheur de la nuit avait peu à peu ramené le calme dans sa tête…

Il tendit l'oreille, mais plus rien ne se passait. Il s'efforça de respirer avec régularité, se gratta le sommet du crâne, là où ne subsistaient que quelques cheveux isolés, et bâilla. « Bon, c'est peut-être le moment d'aller dormir pour de bon. »

Alors qu'il refermait à clef la porte-fenêtre du salon, il lui sembla entendre un nouveau claquement. « Une heure vingt-cinq. Merde ! ».

Trois minutes plus tard, il ronflait.

***

Il crut d'abord qu'il rêvait, mais le hurlement de la sirène s'imposa avec une telle évidence qu'il se réveilla en sursaut. De nouveau, il sentit son cœur s'affoler. Deux heures douze, indiquait le réveille-matin. À cet instant précis, la sirène se tut.

Dimitri Boizot, les pensées confuses mais l'envie irrésistible d'en savoir plus, se leva d'un bond. « C'étaient bien des coups de feu » se dit-il en enfilant à la hâte ses espadrilles.

Il sortit dans le jardin, alla ouvrir la grille donnant sur la route, et aperçut la voiture des gendarmes garée devant la maison d'à côté.

Il frissonna, se rappela qu'il était seulement vêtu d'un tee-shirt et d'un boxer.

« Ne va pas te mêler de ça ! » lui chuchota une petite voix intérieure. Mais déjà il ne l'écoutait plus et rentrait au trot pour aller mettre un pantalon et un pull.

Deux minutes plus tard, il ressortait de la villa et se dirigeait d'un pas décidé vers la voiture dont la rampe lumineuse agissait sur lui à la manière d'une lampe-tempête sur un papillon de nuit.

Un bon fait divers pendant ses vacances, pourquoi pas ? Le fait divers, c'était ce qu'il traitait le mieux. C'était peut-être pour ça qu'à *L'Actualité*, on l'avait cantonné aux chiens écrasés depuis vingt ans. À moins qu'on ait jugé en haut lieu qu'il n'était pas capable de faire autre chose...

Il s'arrêta devant le portail et observa la maison, une grosse bicoque en pierres jaunes, haute et plutôt étroite. Un gendarme se tenait sur le perron. Il le regardait en silence, habitué aux curieux, même à deux heures du matin.

Le jardin était éclairé par deux projecteurs halogènes qui diffusaient une lumière violente, agressive. À l'intérieur, plusieurs pièces étaient éclairées et, au rez-de-chaussée, à droite de la porte d'entrée, Dimitri distingua des silhouettes qui s'agitaient.

Trois voitures étaient garées au pied du perron.

À ce moment arriva une grosse Peugeot 607. Elle vint se ranger juste derrière la bagnole des gendarmes. Un petit homme maigre, aux cheveux gris hirsutes et à la moustache en bataille, en sortit. Il prit une mallette dans le coffre et se dirigea sans hésiter vers la maison.

« Qu'est-ce qui se passe ? »

L'autre ne prit pas la peine de lui répondre, et s'engagea dans l'allée de graviers.

« Merci ! » grommela Dimitri. Encore un de ces petits légistes de province qui se prennent pour des vedettes de séries policières, mais râlent quand ils doivent se lever en pleine nuit pour le boulot.

Et puis, il eut un léger sourire : qui dit légiste, dit meurtre. Ou, au moins, de sérieuses blessures. Mais il n'avait vu aucune ambulance. Donc, il y avait bien eu crime.

Il se sentit excité à l'idée de faire la nique à ses confrères du coin, les « localiers », qui seraient mortifiés d'avoir été battus par un Parisien.

« Évidemment, si c'est pépère qui a abattu bobonne dans une crise de jalousie... ou d'éthylisme, je vois pas Magnin faire sa une avec. »

Mais une espèce de sixième sens lui murmurait que cette affaire n'était pas banale.

Deux autres voitures arrivèrent alors. Les chauffeurs les garèrent de l'autre côté de la route, sur l'accotement qui, en journée, servait de chemin de promenade aux touristes.

Cinq personnes en descendirent, deux femmes et trois hommes. Ceux-ci, jeunes, blousons, jeans et baskets, portaient la tenue standard des flics d'aujourd'hui. En revanche, les deux nanas avaient plutôt l'allure de magistrates, avec ce petit côté sérieux qu'elles estimaient nécessaire à l'exercice de leur profession.

Cette fois, il se présenta, s'adressant de préférence à la plus âgée : « Bonjour. Dimitri Boizot, de *L'Actualité*. Vous pouvez me dire ce qui s'est passé ? »

Surprise de voir la presse sur les lieux avant même la totalité des enquêteurs, elle n'eut pas la présence d'esprit de passer son chemin en silence. Elle était plus grande que lui. Il remarqua aussitôt son regard clair, la douceur des traits.

« Nous n'en savons encore trop rien. Apparemment, il s'agit d'un cambriolage raté. »

Sans attendre, les trois jeunes flics remontaient l'allée au pas de course.

L'autre femme, une longue maigre à la trentaine triste, flanquée d'une petite mallette en cuir fauve, s'arrêta légèrement en retrait. « La greffière et la juge » diagnostiqua Boizot, qui enchaîna : « Il y a une victime ? »

Elle soupira, histoire de bien marquer son exaspération. « Oui, il semble que le cambrioleur ait été abattu par le propriétaire, en état de légitime défense, selon ce que l'on m'en a dit. Mais cela reste à vérifier, bien entendu. Bonsoir, monsieur. »

Elle tourna les talons et entra à son tour dans le jardin, suivie comme son ombre par la greffière.

Boizot inspecta le portail. En dehors du numéro de la maison, il n'y avait pas de nom. Juste une boîte aux lettres et un interphone.

« Et si j'allais jeter un coup d'œil à travers la haie ? » Il ne lui servait à rien de faire le pied de grue ici.

Il rentra donc dans la villa que lui avait si aimablement prêtée Dédé. Sur la pointe des pieds, il se dirigea vers la haie de troène qui, avec ses deux bons mètres de hauteur, séparait les deux maisons.

Il s'accroupit et tenta de distinguer quelque chose à travers le feuillage, en vain. « Dédé aurait pu au moins faire tailler sa haie… »

Apparemment, tout s'était passé à l'intérieur.

« Ça m'aurait étonné, avec ma veine proverbiale, de tomber sur l'affaire du siècle » se dit-il en se redressant.

Il entendit alors une porte s'ouvrir, et les échos de deux voix lui parvinrent, de plus en plus nets à mesure qu'elles se rapprochaient.

« Donc, selon vous, votre cambrioleur serait entré chez vous par le fond du jardin ? »

Dans le calme de la nuit, la voix semblait amplifiée, d'autant que son propriétaire était loin de chuchoter. C'était une voix grave et forte, qui appartenait visiblement à un homme d'un âge certain. Dimitri lui prêta sans hésiter les traits du commissaire Maigret : un type massif, proche de la retraite, engoncé dans un vieux trench.

« C'est la seule hypothèse. La grille d'entrée était fermée, et on peut sans doute plus facilement passer par l'arrière. »

L'autre voix formait un saisissant contraste avec la première : plutôt haut perchée, avec une articulation à la limite de la préciosité.

« L'alarme n'a pas fonctionné ?

-Franchement, quand je suis là, je ne la branche pas. Je n'ai jamais pensé que cette maison puisse intéresser les voleurs… »

Bien qu'il fût invisible dans l'obscurité, Boizot s'était à nouveau accroupi. Il avait l'impression que les deux hommes parlaient juste à côté de lui, derrière la haie.

« Qu'y a-t-il au fond du jardin ?

- Il donne sur la maison du docteur Prédault. Les deux jardins sont mitoyens, séparés par une vieille clôture en grillage que nous avions d'ailleurs l'intention de faire remplacer cet automne ».

À cet instant, une troisième voix – féminine, celle-là – se fit entendre, venue de l'intérieur de la maison : « Monsieur Perdiou, vous pouvez venir, s'il vous plaît ? »

« Madame la juge vient sans doute de découvrir un indice faramineux » ironisa la première voix, qui ajouta : « Allez-y, monsieur Perdiou, ne la faites pas attendre. Moi, je vais jeter un coup d'œil à cette clôture… »

Perdiou : ce nom sonnait familièrement à ses oreilles. Mais, pour l'heure, il était bien incapable de se rappeler où il l'avait déjà entendu.

À côté, il n'arrivait plus à distinguer le sens des conversations.

Il alla chercher son paquet de cigarettes dans la chambre et redescendit sur la terrasse. Ainsi, il serait aux premières loges. Tout en fumant, il se remit à réfléchir.

« Perdiou, ce n'est tout de même pas un nom très courant, je devrais pouvoir m'en souvenir ! »

De l'autre côté de la haie, Maigret avait terminé son inspection du jardin et était rentré dans la maison en faisant claquer la porte.

« Pour la discrétion, tu repasseras ! » se dit Boizot en écrasant sa cigarette.

Si les gendarmes n'étaient pas trop nuls, il devrait bientôt recevoir leur visite. Peut-être pas en pleine nuit, en tout cas demain à la première heure.

Qu'est-ce qu'il allait leur dire ? Qu'il avait entendu un premier coup de feu à une heure quatorze, et un second une dizaine de minutes plus tard ? Ou jouerait-il les ahuris pour les faire parler et apprendre ce qui s'était passé au juste ?

Il ne réfléchit pas bien longtemps : il valait mieux connaître la version officielle de l'affaire avant d'y mettre, peut-être, son grain de sel. Et puis, il n'avait guère envie de se retrouver cité comme témoin dans un dossier traité par des gendarmes bretons, à des heures de Paris.

Paris... Il y serait de retour dans quelques jours, et cela ne l'enchantait pas vraiment...

À côté, une porte s'ouvrit de nouveau et la voix de Maigret résonna : « Tout au fond du jardin, là vers la droite, il y a peut-être des trucs exploitables ! » Il devait s'adresser aux types du labo.

Il reconnut la voix de la juge, qui devait être sortie elle aussi : « Monsieur Perdiou, vous résidez souvent à Batz ?

- C'est une vieille maison de famille, et j'y viens aussi souvent que possible, le week-end en général. Là, j'étais arrivé hier. La session parlementaire venait de se terminer, et j'en ai profité pour venir me reposer quelques jours... »

D'un coup, la lumière se fit dans la mémoire de Dimitri : Perdiou était le nom d'un député de Paris, un grand escogriffe maigre à faire peur...

Lionel Perdiou, un redoutable conservateur, élu en vue de l'UGR, toujours prêt à monter aux barricades pour défendre la famille et le crucifix. Pourtant, lui-même n'était pas blanc-bleu : si c'était bien le type qu'il croyait, il possédait une solide réputation de noctambule, habitué des clubs gays parisiens. Physiquement, il ressemblait cependant plus à un clergyman décati qu'à un Chippendale dans la force de l'âge.

« Si c'est ça, Magnin va bicher comme un pou. Perdiou en justicier, héros de l'autodéfense ! »

Il oublia sur-le-champ sa fatigue, sa dépression chronique, ses idées noires. Pour un peu, il se serait mis à faire des cabrioles dans le jardin, comme un gosse idiot.

L'excitation du chasseur de scoops, qu'il avait été bien des années plus tôt, venait à nouveau de s'emparer de lui…

De l'autre côté de la haie, la juge avait enchaîné : « Vous aviez déjà été victime d'un cambriolage dans cette maison ?

-Jamais. L'endroit est calme et sûr, en général.

-Oui… »

Une porte avait claqué et les voix s'étaient fondues dans l'agitation ambiante…

CHAPITRE 2

À trois heures du matin, même en juillet, la route qui relie La Baule au Croisic par la Côte sauvage n'est guère fréquentée.

Depuis une demi-heure qu'il s'était réinstallé devant l'entrée de la maison de Perdiou, Dimitri avait vu passer deux voitures.

Il s'était négligemment adossé au capot de la 607 du légiste. Dans son blouson, il avait glissé un bloc-notes et un stylo, il fumait en tâchant de ne rien perdre de ce qui se passait à l'intérieur.

En même temps, il ne pouvait s'empêcher de revivre la semaine qui venait de s'écouler avec Claude et Mireille. Autant que possible, il avait tenté de les amuser, de les satisfaire, de se mettre à leur service. Il s'était efforcé de leur accorder tout ce qu'ils voulaient, dans la marge étroite de ses maigres possibilités financières. Mais il n'y avait rien à faire : le courant ne passait pas avec Claude. Il se demandait pourquoi l'aîné paraissait cultiver une telle animosité à son égard. Qu'est-ce qui avait foiré chez lui ? Et il ne pouvait même pas incriminer une mauvaise influence de Jean-Christophe : il avait l'impression que son fils ne l'avait jamais aimé, bien avant les difficultés avec sa mère et leur divorce.

Tout à l'heure, il avait entendu Perdiou affirmer à la juge n'avoir jamais rencontré son cambrioleur avant cette nuit. Boizot avait souri dans l'obscurité : la juge connaissait, comme tout le monde, les mœurs du député, et elle tentait, avec plus ou moins d'habileté, de savoir s'il ne se serait pas agi d'une dispute après une rencontre

d'un soir, plutôt que d'un cambriolage.

Perdiou, qui n'était pas sot, avait capté le message cinq sur cinq. « Je suis arrivé hier en tout début de soirée. Seul. Et, toujours seul, je suis allé dîner à La Baule.

- À quel endroit ?

- Au Saint-André. J'ai dû partir vers vingt-deux heures trente, vingt-trois heures. Toujours seul, madame le juge, et je suis rentré avec une seule idée en tête : me coucher et dormir. J'étais vanné – je le suis toujours, d'ailleurs –. Vous savez, l'année a été, disons... difficile... »

Boizot écoutait la voix de Perdiou, à la fois charmeuse et appuyée. Avec, en arrière-fond, une sorte de menace voilée qui semblait toujours sur le point de se manifester. Le genre de voix appartenant à un type habitué à se faire obéir et capable, sinon, de piquer des colères homériques.

L'homme était incontestablement un orateur habile. Dimitri l'imaginait, ponctuant ses phrases d'amples gestes de la main.

À ce moment, la misérable silhouette du légiste se dessina derrière la porte d'entrée de la maison. Il écrasa sa cigarette, sortit son bloc, et l'attendit de pied ferme.

Mais l'autre n'était toujours pas décidé à faire la conversation. « Je n'ai rien à vous dire. Adressez-vous à la juge ! » Il remonta dans sa voiture et démarra aussitôt.

« Vraiment charmant, le toubib ! » grogna Dimitri. En même temps, l'attitude du légiste le confortait dans son idée qu'il avait affaire à un fait divers hors du commun.

Selon toute vraisemblance, gendarmes et magistrats allaient essayer d'étouffer l'histoire. C'était tout bénéfice pour lui : la concurrence serait moins vite alertée. Il tenait son scoop !

Les croque-morts viendraient bientôt chercher le corps. Déjà, les types du labo étaient sur le départ. L'un d'eux, en apercevant Dimitri, s'adressa au pandore sur le perron.

Celui-ci, un jeunot de la dernière fournée, s'avança vers lui et, portant réglementairement la main à la casquette, demanda : « Vous attendez quelque chose, monsieur ? ».

Dimitri sortit sa carte de presse : « Je suis journaliste à *L'Actualité*. J'attends la juge pour lui poser quelques questions.

- Ça ne sert à rien d'attendre, monsieur. Ils sont loin d'avoir terminé, là-dedans.

- C'est pas grave, j'ai tout mon temps...

- Comme vous voulez... »

Sans insister, le jeune gars repartit jouer les plantons. Il échangea quelques mots avec les gens du labo, dont l'un, un gros boudiné dans une sorte de salopette blanche, pesta, assez fort pour être entendu de Dimitri : « Ils sont vraiment partout, ceux-là ! »

« Ou je me trompe fort, ou ce garçon n'aime pas les journalistes ». Il alluma une nouvelle cigarette. Cette animosité n'était pas pour lui déplaire, elle l'obligerait à être encore plus incisif que d'habitude...

Les trois types du labo montèrent dans un vieux break Volvo, firent crisser les graviers de l'allée, et sortirent sans un regard pour Boizot, qui leur adressa tout de même un petit signe de la main, mi-amical mi-ironique.

C'est peu après quatre heures trente que la juge, toujours flanquée de sa triste greffière, quitta la maison. Sur le seuil, elle salua Perdiou, dont Dimitri avait immédiatement reconnu la haute silhouette de vautour déplumé. Puis elle descendit la volée de marches menant à l'allée, en compagnie d'un homme dans la cinquantaine, coiffé à la Barthez, lourd et massif dans un blouson de daim clair. « Ça, ça doit être Maigret ».

Il sortit à nouveau sa carte de presse, afin de mettre aussitôt les choses au point.

« Pas de garde à vue pour Lionel Perdiou ? La légitime défense est avérée ? » lança-t-il d'autorité dans l'espoir de déstabiliser ses interlocuteurs.

Mais il en fallait plus pour décontenancer le vieil officier, qui aboya : « Qui êtes-vous et qu'est-ce que vous faites ici ? Je ne vous ai jamais vu dans le coin, pour qui travaillez-vous ? »

Dimitri sourit : « Je suis reporter à *L'Actualité*... »

L'autre, qui avait une curieuse tête de bouledogue sous des yeux aux lourdes paupières tombantes et un nom imprononçable hérité de ses parents polonais – il s'appelait Serge Tworkowski –, fronça les sourcils : « Ne vous foutez pas de moi. Vous n'auriez pas pu venir de Paris en si peu de temps !

-De Paris, non. De la villa d'à côté, où je suis en vacances, oui ! »

Dimitri remarqua que la juge paraissait soudain intéressée. Il reprit : « J'ai été réveillé par la sirène et je suis venu voir ce qui se passait.

-Comment savez-vous que le propriétaire est M. Perdiou ? » insista le capitaine Tworkowski.

Dimitri mentit : « Tout le monde le sait, ici... Alors, légitime défense ? »

Cette fois, c'est la juge qui répondit : « Selon les premières constatations, cela ne semble pas faire de doute. »

Boizot hocha la tête en silence, avec l'air de réfléchir intensément.

« Et on connaît l'identité du cambrioleur ? »

La juge eut une moue éloquente : « Alors là, c'est beaucoup moins clair. Il n'avait pas de papiers, aucun signe particulier. Nous allons lancer les recherches pour l'identifier.

-À quoi ressemblait-il ?

-À tout le monde : la trentaine, taille et corpulence moyennes, vêtu d'un blue-jean et d'un T-shirt beige, sans marque, assez usés... »

Dimitri écrivait à la volée. Il redressa la tête : « Un signalement publié dans le journal vous aiderait peut-être ?

-On verra... » fit Tworkowski, évasif.

« Donc, reprit Boizot, l'histoire est des plus simples : un cambrioleur sans papiers s'introduit la nuit – vers quelle heure ?...

-Monsieur Perdiou a été réveillé à une heure quarante-cinq », fit la juge.

« Une heure quarante-cinq ? Oui... Donc, Monsieur Perdiou descend, armé, voir ce qui se passe. Il tombe alors nez à nez avec un inconnu, armé lui aussi. C'est bien ça ?

-Oui, il surprend l'individu dans le salon, en train de fracturer un bahut. Monsieur Perdiou l'interpelle, l'autre se retourne et fait feu immédiatement. La balle passe à côté de la tête de Monsieur Perdiou. Celui-ci réplique et tue l'inconnu... À ce sujet, vous-même

n'avez pas entendu de coups de feu ?

-Non... Je dormais à cette heure-là. J'ai été réveillé par une sirène peu après deux heures et, curieux, bien sûr, je suis venu voir.

-Vous dites que vous êtes en vacances ? » intervint le gendarme.

« Oui, un de mes collègues du journal possède la maison d'à côté et il me l'a prêtée pour une quinzaine de jours.

-Il y a d'autres personnes avec vous ?

-Jusqu'à hier, j'avais mes deux enfants, mais ils sont rentrés à Paris, chez leur mère. »

Tworkowski hocha la tête.

« Encore une question : comment le type s'est-il introduit dans la maison ?

-Apparemment, il est passé par le jardin et a fracturé la porte de la cuisine. C'est le bruit du verre brisé qui a éveillé Monsieur Perdiou.

-Merci beaucoup pour toutes ces précisions... »

Une fois la juge et l'enquêteur repartis, Dimitri rentra chez lui, profondément troublé.

Pourquoi donc Perdiou affirmait-il que tout s'était passé à une heure quarante-cinq, alors qu'il avait nettement entendu le premier coup de feu à une heure quatorze, et le second dix minutes plus tard ?

« De deux choses l'une : ou bien gendarmes et juge ont mis au point une version officielle qui permet de blanchir totalement Perdiou – et je me demande bien pourquoi –, ou bien Perdiou roule tout le monde dans la farine. Et là, ça va être intéressant de savoir pour quelle raison... En attendant, je vais écrire mon papier et, à la première heure, j'appelle Magnin pour le mettre au parfum. Il va adorer... »

CHAPITRE 3

À 6h04, le TGV quitta en douceur la gare de La Baule-Escoublac. Ernest Lullier s'installa le plus confortablement possible sur son siège. Il ferma les yeux et respira profondément durant quelques minutes pour essayer de se calmer.

La nuit avait été courte mais il ne ressentait aucune fatigue. La fureur le maintenait parfaitement éveillé. Il prit son portable et, d'un doigt nerveux, fouilla le répertoire à la recherche de son correspondant. Il se fichait pas mal de savoir si celui-ci n'était pas en train de dormir. Après tout, il n'y avait pas de raison qu'il soit seul à endurer une nuit blanche.

En attendant la connexion, il se dit que dans trois heures il serait à Montparnasse et qu'il avait du pain sur la planche.

« Oui, j'écoute ! »

D'après la vitesse avec laquelle il avait répondu, son correspondant devait être bien réveillé, lui aussi. Avant de parler, Lullier jeta un rapide coup d'œil autour de lui pour s'assurer que personne ne pourrait l'entendre.

« C'est moi. Les nouvelles ne sont pas bonnes, pas bonnes du tout. À Paris, José et son pote n'ont pas réussi à mettre la main sur le dossier.

-Comment ça se fait ?

-Ça se fait qu'ils ont eu beau retourner tout l'appartement, il n'y avait rien. Et, connaissant José, s'il me dit qu'il n'y avait rien, c'est qu'il n'y avait vraiment rien… »

À l'autre bout du fil, Lionel Perdiou se mit à transpirer d'un coup. Si le dossier avait disparu, c'était une véritable catastrophe, car ça voulait dire que quelqu'un était encore en sa possession. Donc l'épée de Damoclès, dont ils avaient cru se débarrasser une fois pour toutes en montant cette opération, se balançait plus que jamais au-dessus de leurs têtes, prête à s'abattre à la première occasion.

« Qu'est-ce qu'on peut faire ?

-Réfléchir. Et, en réfléchissant, je me suis dit qu'il y avait trois possibilités pour mettre la main sur ce satané dossier. Soit il a été déposé dans un coffre de banque, soit il est planqué à l'agence de Saint-Cloud, soit enfin il est tout bêtement dans la résidence secondaire du bonhomme…

-S'il est dans un coffre, je ne vois pas comment on pourrait le récupérer.

-En effet. Donc, je vais d'abord demander à José d'aller faire un tour à Saint-Cloud. On n'a pas le choix… De ton côté, comment ça s'est passé ?

-Bien… Les flics ont tout gobé, la juge d'instruction aussi, apparemment. »

Lullier, l'oreille collée au portable, le regard perdu dans le paysage qui défilait à toute vitesse, sourit : Perdiou s'était toujours cru plus malin que tout le monde. Il avait toujours eu tendance à sous-estimer les autres. Heureusement qu'il était là, lui, pour veiller à tous les détails.

« Pas trop de questions gênantes, tout de même ?

-Penses-tu ! Ils étaient tous dans leurs petits souliers, je le voyais bien !

-Mouais… J'ai laissé ta bagnole pile devant la gare, comme convenu… »

La communication coupée, Lullier passa la main dans son épaisse chevelure frisée, plantée bas sur le front, et il poussa un profond soupir sonore…

Pour le capitaine Tworkowski aussi, la nuit avait été courte. Il s'était glissé dans le lit conjugal à cinq heures du matin, en prenant soin de ne pas réveiller Anne-Marie, dont les légers ronflements ne s'étaient interrompus que quelques secondes.

Il était resté longtemps, allongé sur le dos, les yeux grands ouverts dans le noir presque complet de la chambre, à passer en revue les éléments d'une affaire qui l'embêtait beaucoup. Il avait bien remarqué que la petite juge avait été, malgré elle, impressionnée par la prestance, le bagout et la position sociale de Perdiou. Et il n'y a rien de pire que d'entamer une enquête en position d'infériorité. Surtout si, en prime, il faut la mener aux côtés d'une hiérarchie très sensible aux pressions politiques. Car, en vieux routier qu'il était, Tworkowski ne doutait pas qu'il y aurait des pressions. Perdiou n'était pas n'importe qui : quelques mois plus tôt, son nom avait été cité lorsqu'il s'était agi de former un nouveau gouvernement. C'était un personnage à manier avec des pincettes.

C'était aussi un type déplaisant : le gendarme n'aimait pas ses manières onctueuses. Il avait beau se dire que ses sympathies ou ses antipathies n'avaient aucun rôle à jouer dans ses enquêtes, il savait fort bien qu'il était impossible de faire abstraction de ses sentiments personnels.

Mais, outre le fait qu'il n'avait aucune intention de ménager Perdiou, il se rendait bien compte que dans cette affaire, a priori d'une clarté totale, il y avait des éléments troublants. À commencer par cette alarme débranchée, comme si Perdiou avait voulu faciliter l'accès de sa maison à ce curieux cambrioleur dépourvu de tout signe d'identification. Un cambrioleur qui, en plus, avait pris soin de se faire décolorer les cheveux, en blond très clair, et d'y faire une permanente... Enfin, il y avait l'attitude de Perdiou : l'homme paraissait trop bouleversé pour être honnête. On aurait dit un mauvais acteur qui surjouait son personnage.

Allait-il parler de cela tout à l'heure, lors de la réunion prévue à dix heures dans le bureau de Brigitte Le Guen ? Il valait peut-être mieux laisser la jeune juge se dévoiler, sentir d'où venait le vent avant de mettre lui-même sur la table ses doutes, ses hésitations...

Il venait à peine de trouver le sommeil lorsqu'Anne-Marie vint l'éveiller : comme chaque matin depuis vingt-deux ans, son petit déjeuner l'attendait à la cuisine...

CHAPITRE 4

Magnin était en vacances, remplacé par Etienne Drichon, qui joua d'abord les sceptiques. « Tu es sûr que c'est bien « notre » Lionel Perdiou ? Parce que c'est quand même bizarre qu'aucune dépêche ne soit encore tombée sur l'affaire… »

Boizot, qui détestait ce jeune homme suffisant surnommé « Je pense que… » dans la rédaction, répondit du ton le plus neutre possible : « Etienne, non seulement j'en suis sûr, mais j'ai aussi son interview exclusive. »

En disant ces mots, il imaginait volontiers la mine soudain renfrognée de « Je pense que… », furieux d'avoir été devancé par un simple *fait-diversier* qu'il devait prendre pour un gros benêt.

« Mais c'est génial, ça ! » se força à dire Drichon. « Et qu'est-ce qu'il raconte ?

-Il essaie de minimiser, tu t'en doutes. Mais le type n'était vraiment pas dans son assiette, ça je peux te le dire… »

En fait, quand il avait sonné à la porte de Lionel Perdiou, celui-ci avait carrément l'air affolé, presque aux abois.

Dimitri avait eu l'idée de le cueillir au débotté, deux minutes à peine après que les derniers enquêteurs avaient quitté la maison. Sitôt la dernière voiture repartie, et le jardin de la villa redevenu désert, il avait foncé. Dans l'interphone, il avait grommelé quelque chose d'indistinct. Perdiou, croyant que c'était l'un des gendarmes qui revenait pour une ultime question, avait ouvert sans difficultés.

Face à lui, Dimitri avait d'abord été frappé par sa haute taille – il devait bien mesurer un mètre quatre-vingt-quinze – et par son extrême pâleur, la lividité d'un homme au bout du rouleau. Accroché à la porte d'entrée à demi ouverte, il regardait Boizot d'un œil vide, en silence.

« Monsieur Perdiou, excusez-moi de vous déranger dans des circonstances aussi pénibles, je m'appelle Dimitri Boizot et je suis votre voisin direct, j'habite en ce moment la villa d'à côté. »

Visiblement, ce discours avait du mal à se frayer un chemin jusqu'au cerveau de Perdiou, qui posait toujours sur l'intrus un regard inexpressif.

Boizot se dit que c'était le moment idéal pour lui tirer les vers du nez.

« Je suis aussi journaliste, je travaille à *L'Actualité*, à Paris. »

Au nom de Paris, Perdiou sembla soudain sortir de sa torpeur.

« Ah oui, je connais *L'Actualité* » dit-il, avec l'air distrait d'un homme plongé dans un abîme de pensées confuses.

« Oui. Et comme le hasard m'a mis au courant du cambriolage dont vous venez d'être la victime, je me suis demandé si vous accepteriez de répondre à deux ou trois questions très rapides… »

En homme politique chevronné, Perdiou savait qu'il ne fallait jamais refuser une interview à un journaliste : d'abord, il risquait de se le mettre à dos inutilement, ensuite il aurait ainsi l'occasion de donner sa version de l'affaire. Il retrouva donc une partie de son sang-froid pour inviter Boizot à entrer : « Si vous voulez… Mais je ne sais pas si je pourrai vous aider beaucoup, Monsieur… Comment déjà ? Excusez-moi, je n'ai pas compris votre nom…

-Boizot, Dimitri Boizot.

-Entrez donc, Monsieur Boizot. Ainsi, vous êtes aussi en vacances sur la Côte sauvage ? »

Tout en parlant, Perdiou referma la porte d'entrée et conduisit Dimitri dans une pièce assez vaste qui devait être le séjour-salle à manger. Boizot remarqua aussitôt la silhouette du cambrioleur, qui avait été dessinée sur le sol.

« Oui, c'est ici que les choses se sont passées » fit Perdiou. « Asseyez-vous à la table, si vous voulez, vous serez plus à l'aise pour prendre des notes... Je peux vous offrir quelque chose à boire ? »

« Il récupère vite, l'animal » se dit Boizot en s'empressant d'accepter l'offre de Perdiou : partager un verre aiderait sans doute à délier la langue de son hôte.

« Calvados, ça vous convient ?

-Pas de problème ! »

Après avoir expédié une gorgée, Dimitri passa aux choses sérieuses :

« Monsieur Perdiou, depuis combien de temps êtes-vous en vacances à Batz ?

-Je suis arrivé hier de Paris, juste après la fin de la session parlementaire.

-Et vous passez vos vacances seul ?

-Non, mon attaché de presse doit venir me rejoindre demain matin... Enfin, ce matin...

-Comment les choses se sont-elles déroulées ?

-Eh bien, j'ai été réveillé par du bruit en provenance du rez-de-chaussée. Je me suis levé, j'ai pris le pistolet rangé dans la table de nuit et je suis descendu.

-De quel type d'arme s'agit-il ?

-D'un Manurhin... pour lequel j'ai évidemment un port d'arme. En politique, dès que vous êtes un peu connu, vous avez tout de suite plus d'ennemis que de bienfaiteurs...

-Oui... Vous êtes donc descendu...

-Arrivé ici, dans ce salon, j'ai vu un homme occupé à fracturer le bahut...

-Donc, il vous tournait le dos ?

-Exactement... J'ai fait la lumière, en criant quelque chose dans le genre « Que faites-vous là ? » en braquant mon arme dans sa direction. C'est alors qu'il s'est retourné d'un bloc et il a tiré. En entendant le coup de feu, je n'ai pas réfléchi. J'ai tiré sans viser... et je l'ai atteint en plein cœur. C'est incroyable... »

Alors qu'il parlait, Boizot n'avait pas quitté des yeux le visage de Perdiou, qui reprenait des couleurs à vue d'œil.

« Comme si le fait de raconter la scène lui permettait de reprendre ses esprits » se dit-il en commençant à prendre des notes.

« Et qu'est-ce qui s'est passé ensuite, Monsieur Perdiou ?

-Eh bien, c'est un peu bête à avouer, mais j'ai d'abord cru que cet homme faisait le mort, et ce n'est qu'après quelques minutes que j'ai osé l'approcher… En plus, je craignais qu'il y eût un ou des complices dans la maison. Je suis donc resté un bon moment immobile… »

Boizot, qui venait de vider d'un trait son calva, se dit que c'était l'occasion de tenter quelque chose.

« À propos de temps, Monsieur Perdiou, il y a quelque chose qui me chiffonne… Vous savez, je suis insomniaque et, cette nuit, j'étais installé sur la terrasse de la villa voisine, à trente ou quarante mètres à tout casser… »

Il s'interrompit afin de laisser Perdiou comprendre parfaitement ce qu'il était en train de dire. En tout cas, il eut la nette impression que le visage du député venait de se fermer d'un coup, comme s'il devinait ce qui allait suivre.

« … Oui, reprit Dimitri. Il ne doit pas y avoir plus de distance entre les deux maisons… Eh bien, figurez-vous qu'à une heure quatorze exactement, j'ai cru entendre un coup de feu… et un second, dix minutes plus tard. Curieux, non ? »

Perdiou haussa les épaules d'un geste un peu trop appuyé.

« Vous avez dû confondre avec je ne sais quoi, le pot d'échappement d'une moto, par exemple… À ce moment, mon cambrioleur devait toujours être en train de faire des repérages… »

Boizot n'insista pas, mais il sentit qu'il avait réussi à semer l'inquiétude dans l'esprit de son interlocuteur.

« Vous avez certainement raison, d'autant plus que je m'apprêtais à aller dormir et que je me trouvais peut-être dans un état de semi somnolence… Quoi qu'il en soit, Monsieur Perdiou, au bout d'un moment, vous vous êtes donc approché du cambrioleur et vous avez constaté qu'il était mort…

-Oui, c'est cela. J'ai alors décroché mon portable et j'ai appelé les gendarmes en expliquant ce qui venait de se passer. »

Assis à l'autre bout de la table, le visage éclairé par un vilain lustre à pendeloques, Perdiou semblait retrouver des forces de seconde en seconde.

« Pardonnez-moi cette question, mais êtes-vous couvert par l'immunité parlementaire ? »

Cette fois, Perdiou eut carrément un sourire fugace.

« Vous savez, monsieur Boizot, ce qu'on appelle en général l'immunité parlementaire recouvre en fait deux notions différentes. D'une part, vous avez l'irresponsabilité, qui concerne les parlementaires dans le cadre de leur profession, de leur mandat. Ça n'a donc rien à voir ici : il faut plutôt parler d'inviolabilité. »

Dimitri, à la fois agacé et admiratif, écoutait en silence Perdiou lui donner une sorte de cours d'éducation civique. Ce type ne manquait pas de ressources…

« L'inviolabilité, c'est quoi ? Elle concerne les actes posés par un député en tant que simple citoyen et vise à éviter qu'il soit arrêté ou placé sous contrôle judiciaire sans l'autorisation du bureau de l'assemblée. Mais, de nouveau, ici, ça ne s'applique pas, puisque la session parlementaire est terminée depuis hier. Et, de toute façon, aussi bien pour les gendarmes que pour la juge d'instruction, l'affaire est claire : nous sommes tout à fait dans le cas de la légitime défense. Mon agresseur a voulu me tuer, j'ai riposté. Les premières analyses ont confirmé ma version des faits. Il n'y a donc pas lieu de faire jouer l'inviolabilité… Mais, dites-moi, Monsieur Boizot, vous comptez publier un grand article dans *L'Actualité* ? »

***

À l'autre bout du fil, Drichon l'avait écouté sans l'interrompre, ce qui devait lui demander un effort surhumain, car ce garçon, survolté en permanence, ne pouvait s'empêcher de terminer les phrases de ses interlocuteurs quand il jugeait que ceux-ci lui faisaient perdre son temps.

« D'accord, avait-il fait à la fin du récit de Dimitri. Je te propose un papier de 3000 signes sur cinq colonnes, en manchette de la première page société, avec en encadré l'interview de Perdiou. Pour illustrer, tu as quelque chose ?

-Eh bien, j'ai mon appareil numérique. Je peux faire une photo de la maison. Mais, pour l'envoyer, c'est une autre paire de manches.

-Tu n'as pas de portable avec toi ?

-Un ordinateur portable ? Tu blagues ou quoi ? D'abord je n'en ai pas, ensuite je te rappelle que je suis en vacances et que ce que je fais pour l'instant, c'est du rabiot.

-C'est bon, ne t'énerve pas. Tu n'as pas un cybercafé à ta disposition dans le coin ?

-Ici, non, mais je peux aller à Saint-Nazaire ou à Nantes en fin de matinée. Ainsi, tu auras tout pour quatorze heures au plus tard. Ça te va ?

-Parfait ! »

En raccrochant, Dimitri avait un large sourire : moucher ce prétentieux de Drichon était un plaisir de connaisseur. Mais cette petite satisfaction n'allait pas lui faire sa journée. Il devait maintenant se mettre au travail : les trois mille signes n'allaient pas s'écrire tout seuls. Et, surtout, il y avait quelque chose qui le tracassait encore : d'où sortait ce mystérieux cambrioleur, sans papiers ni signes distinctifs, simplement vêtu d'un blue-jean et d'un T-shirt pas très frais, qui n'avait même pas de clefs ni de téléphone portable ? Un peu comme si on lui avait fait les poches…

Pourtant, il n'avait pas atterri chez Perdiou en venant de nulle part. « Alors de deux choses l'une, ou bien le type avait un complice en voiture ou à moto, et à l'heure qu'il est, il est loin. Ou bien il était seul et, dans ce cas, on pourrait bien retrouver un véhicule abandonné dans les environs… »

Il était dix heures et quelques. La journée s'annonçait radieuse, et il songea qu'une petite promenade de santé dans le quartier serait sans doute profitable…

***

Avec son marcel et son short, dans la poche duquel il avait placé son appareil photo, un minuscule Minolta qu'il emportait partout, il avait l'air de ce qu'il était jusqu'à cette nuit : un touriste seulement préoccupé de visiter, de fourrer son nez partout et de se balader en prenant son temps.

« Si je devais garer ma voiture discrètement, je la laisserais où ? Le long des plages, évidemment. Avec le va-et-vient permanent, personne ne la remarquerait. »

Dimitri décida de se mettre en chasse. Il prit d'abord à gauche, dans la direction du Pouliguen. À cette heure matinale, il n'y avait encore que quelques rares véhicules, ce qui lui faciliterait la tâche.

En passant près des voitures, il regardait d'abord leurs plaques d'immatriculation, afin de savoir d'où elles venaient. Puis il jetait un rapide et discret coup d'œil à l'intérieur, à la recherche du moindre indice.

Il marcha ainsi un bon kilomètre, sans succès, avant de rebrousser chemin : « En pleine nuit, le type ne se sera pas garé aussi loin : une balade d'un quart d'heure à cette heure-là, avec les voitures de flics qui patrouillent régulièrement, ç'aurait été un risque inutile. Donc, si véhicule il y a, il doit se trouver dans un rayon de trois cents mètres autour de la maison de Perdiou. »

Il repassa devant la villa et poursuivit sa route en direction du Croisic. Il constata très vite qu'il avait eu le nez creux : quelques dizaines de mètres plus loin, à la sortie d'un virage qui le rendait invisible depuis la maison, un cyclomoteur était rangé sur l'accotement.

Dimitri s'en approcha et, se penchant dessus, déchiffra l'étiquette qui y était apposée : « Cycl-Ocean, location, avenue Maréchal de Lattre de Tassigny, La Baule. »

« Eh bien voilà qui me paraît bien ». Il était persuadé d'avoir découvert le moyen de locomotion qui avait permis au cambrioleur de se rendre chez Perdiou.

Il tourna un peu autour du cyclo, en prit quelques photos, puis il rentra à la villa de Dédé. Il jeta un coup d'œil à sa montre : onze heures et quart.

En passant devant la maison de Perdiou, il remarqua une Jaguar immatriculée 75 rangée dans l'allée. « Si c'est la voiture de l'attaché de presse-amant, il ne manque pas de ressources, le chéri... »

Étrange, d'ailleurs, que Perdiou soit arrivé tout seul, la veille, de son côté. Il n'y avait aucune raison que son petit copain ne vienne pas en même temps... À moins que le député ait préféré avoir une soirée à sa disposition, pour un motif que seule une enquête approfondie permettrait de préciser.

Et ce n'étaient pas les enquêteurs du coin qui allaient s'en charger : ils paraissaient trop contents de classer l'affaire en quatrième vitesse…

Une fois rentré, il alla se poster derrière la haie, dans l'espoir de surprendre une conversation. Mais il n'entendit que quelques chuchotements en provenance du jardin voisin, rien d'audible en tout cas…

CHAPITRE 5

À 10h49, le TGV de Paris s'arrêta en gare de La Baule-Escoublac. Parmi les quelques voyageurs qui en descendirent, Claudio Boninsegna n'était pas le moins remarquable : vingt-cinq à trente ans, près d'un mètre quatre-vingt-dix, d'épais cheveux noirs brillantinés, le teint mat, des dents d'une blancheur éclatante, la carrure avantageuse et la taille mince, l'homme avait tout pour séduire.

Mais ce matin-là, il ne songeait pas à plaire, il était soucieux. Pour plusieurs raisons. D'abord il avait mal et peu dormi : pour un noctambule de son espèce, prendre un train à 7h30 constituait un exploit presque surhumain.

Ensuite, depuis plusieurs heures, il ne cessait de retourner dans sa tête une angoissante question : pourquoi Lionel avait-il à tout prix tenu à arriver dans la villa de Batz un jour avant lui ? Y avait-il quelqu'un d'autre là-dessous ? Et, si oui, qu'allait-il advenir de lui ?

Claudio savait très bien ce qu'il devait à son amant : avant de le rencontrer et de s'installer chez lui, il vivotait, pizzaiolo dans un minable restaurant italien du quinzième. Il ne gagnait même pas assez d'argent pour vivre seul et logeait toujours chez ses parents, à Saint-Denis.

Désormais, il habitait un luxueux appartement dans l'île Saint-Louis et n'avait plus à se préoccuper de sordides questions financières.

Alors, quoi ? Cela faisait près de deux ans qu'il vivait avec Perdiou. Bien sûr, celui-ci n'était pas d'une fidélité à toute épreuve, mais Claudio n'en demandait pas tant. Lui, tout ce qu'il voulait, c'était conserver et renforcer sa place de favori. Toujours aux petits soins pour son « patron », il jouait à la fois la femme d'intérieur, la maîtresse – et, en ce domaine, il avait acquis une solide expérience… –, le confident, et bien d'autres rôles encore, en fonction du moment et de l'humeur de Lionel.

Il ne voyait pas ce qu'il pouvait faire de plus, et c'est bien cela qui l'inquiétait.

***

En sortant de la gare, il repéra la Jaguar garée sur la petite place, ainsi que Lionel le lui avait annoncé. Vraiment étrange, cette manière de faire : entre la gare et la villa de Batz, il devait bien y avoir une dizaine de kilomètres. Qui était donc venu déposer la voiture devant la gare ? Qui, par conséquent, avait passé la nuit, ou une partie de la nuit, dans la villa, avant de reprendre le train au matin ?

Rageur, stressé, il jeta sa valise dans le coffre et, en entrant dans la Jaguar, il huma l'habitacle. En vain : il n'y décela aucune odeur particulière, et cela l'inquiéta encore plus.

Dans dix minutes, il retrouverait Lionel, qu'il avait quitté moins de quarante-huit heures plus tôt, et il devrait faire bon visage, afficher l'apparence lisse, un peu nunuche, qu'il savait si bien prendre en sa compagnie. Ainsi, il le rassurait : Lionel avait toujours besoin de se sentir supérieur aux autres. Pourtant, quelques mois plus tôt, il avait pleuré sur son épaule, comme un gosse, lorsqu'il avait appris qu'il ne ferait pas partie du gouvernement.

***

En arrivant à la villa, il ouvrit le portail et rangea la Jaguar au pied du perron. Le ciel bleu semblait le narguer, il haussa les épaules et prit son sac dans le coffre.

À ce moment, Lionel apparut à la porte d'entrée, en polo et blue-jeans. Claudio comprit immédiatement, à sa mine sombre et pensive, que quelque chose n'allait pas. Il se força à sourire et gravit en courant les marches qui les séparaient.

D'un ton exagérément joyeux, il lança : « Ça fait du bien de te revoir, tu me manquais ! » Et il déposa sur ses lèvres un baiser qui se voulait à la fois tendre et léger.

« Tu as fait bon voyage ? » fit machinalement Perdiou en rentrant dans la maison.

« Excellent ! »

Il posa son sac dans le hall d'entrée.

« Viens, il faut que je te raconte quelque chose » marmonna le député, qui l'emmena sur la terrasse à l'arrière.

Claudio avala avec peine sa salive : ses pires pressentiments semblaient se confirmer…

Un quart d'heure plus tard, rassuré, il souriait à Lionel. « De toute façon, tu n'as à t'en vouloir de rien : c'était lui ou toi… Et je préfère que ça soit lui. Tu imagines si, en arrivant, j'avais trouvé des policiers qui m'avaient annoncé ta mort… »

Il prit la main de son amant entre les siennes et la caressa avec douceur, ainsi qu'il l'avait toujours vu faire par sa mère quand il était gosse et qu'elle voulait le consoler d'un gros chagrin.

« C'est vrai, tu as raison, fit Perdiou. Mais c'est quand même terrible de se dire qu'on a tué quelqu'un… »

Claudio se leva, tirant Perdiou par le bras, et l'emmena à l'intérieur de la maison.

Dans dix minutes, il aurait oublié toutes ses angoisses…

***

À la même heure, dans le bureau du procureur de Saint-Nazaire, le capitaine Tworkowski et la juge Brigitte Le Guen rendaient compte du début de l'enquête.

« On a effectivement trouvé des traces de pas fraîches sur le gazon du docteur Prédault, qui habite à l'arrière de la villa de Lionel Perdiou. On peut voir aussi nettement que la clôture a été franchie par quelqu'un. En revanche, on n'a trouvé aucune empreinte digitale sur la porte de la cuisine, alors qu'il y en sur le bahut et sur l'arme. »

Le gendarme observa ses interlocuteurs. La juge regardait par la fenêtre, impassible, et le procureur prenait des notes au vol, comme un bon élève appliqué.

« En fait, tout confirme les déclarations de monsieur Perdiou, fit alors la juge. Un seul élément discordant est l'absence totale de moyens d'identification du voleur. »

Le procureur resta silencieux un moment, il semblait relire ses notes.

« Et la presse ? » fit-il enfin.

« Visiblement pas au courant à l'heure actuelle, dit Brigitte Le Guen. À l'exception d'un journaliste parisien qui loge en ce moment dans une villa voisine et à qui j'en ai dit le moins possible.

-Quel journal ?

-*L'Actualité.*

-Embêtant, fit le procureur. Il n'est pas possible de demander à ce journaliste de retenir ses informations quelques jours dans l'intérêt de l'enquête ? »

La juge lança un regard interrogatif à Tworkowski, qui fit la moue : « Sous quel prétexte ?

-En attendant l'identification du cambrioleur, par exemple.

-Vous voulez que je le convoque pour lui parler ? » demanda Tworkowski.

« De toute façon, il doit venir déposer en tant que témoin » fit le procureur.

Le capitaine hocha la tête. « Oui… Mais je ne vous promets rien… »

CHAPITRE 6

Dimitri gara sa vieille Renault cabossée pratiquement en face de la boutique Cycl-Océan. Sur le trottoir, vélos, cyclos, scooters et même trottinettes électriques attendaient les clients.

À l'intérieur, derrière un bureau en bois encombré de paperasses, une femme entre deux âges se livrait à des calculs très compliqués, à en juger par l'attention et le soin qu'elle y apportait. Elle ne releva la tête qu'au bout de quelques secondes. « Bonjour !

-Bonjour » fit simplement Dimitri avec un sourire qui se voulait engageant.

La femme fut un peu surprise par ce client pas comme les autres. Boizot s'était accoutré d'un pantalon en lin beige et d'une chemise blanche fermée par une cravate sombre – c'était la seule qu'il avait réussi à dégotter dans la garde-robe de Dédé –, censée lui donner l'allure stricte de quelqu'un en plein travail. Elle lui rendit son sourire, sur ses gardes quand même.

Il se lança dans le baratin qu'il avait répété en chemin : « J'arrive du SRPJ de Rennes. Cette nuit, à Batz, a eu lieu un accident impliquant un cyclomoteur loué chez vous, dont le conducteur a pris la fuite, en abandonnant son véhicule. »

Le sourire commercial de la patronne disparut. Son gros visage carré, encadré par des cheveux châtains coupés très courts, qui lui donnaient presque une allure masculine, était figé dans une attention soutenue. Dans son regard, Dimitri pouvait lire toute la gamme des sentiments qui la traversaient : une inquiétude mêlée de méfiance, de dépit et de perplexité.

« Nous avons noté le numéro de location inscrit sur le cyclo… J'aimerais que vous me donniez l'identité complète de votre client. » Tout en parlant, il avait continué à sourire et s'était approché du bureau.

« Que s'est-il passé ? »

En priant intérieurement pour qu'elle ne lui demande pas une carte officielle, il haussa les épaules d'un air détaché. « Rien de grave. Un simple accrochage. D'ailleurs votre cyclo n'a pas de dégâts, mais comme il y a un délit de fuite, nous devons faire notre enquête. »

La femme hocha la tête, à demi rassurée, et il lui tendit un bout de papier où il avait noté le numéro à six chiffres inscrit sur le scooter.

Elle se leva et alla chercher un dossier sur une étagère. Elle mit très vite la main sur une fiche : « Voilà… Il s'agit de Marcel Orphelin, domicilié à Nantes, rue Gaston-Turpin… »

Dimitri nota avec soin les renseignements dans son bloc-notes. « Vous avez une copie de sa carte d'identité ?

-Oui… »

Elle sortit la fiche du dossier et la lui tendit. La photographie correspondait parfaitement à la description faite par Perdiou de son voleur : la trentaine – l'homme était né à Nantes le 31 mai 1978 –, une épaisse chevelure blonde et frisée, plantée bas sur le front, un visage épais, un nez pointu…

Il eut de la peine à dissimuler sa satisfaction.

« Vous avez une photocopieuse ?

-Bien sûr. Vous voulez une copie de la fiche et des papiers ?

-Je n'osais vous le demander… »

Lorsqu'elle lui tendit les copies, il fit : « Quand la location avait-elle débuté ?

-Avant-hier, le 26 juillet. M. Orphelin était passé en fin de matinée.

-Avant-hier ? Tiens… Et il était en voiture, à pied ? »

La patronne secoua la tête en signe d'ignorance. « Je n'en ai pas la moindre idée...

-Et comment était-il habillé ?

-Comme tout le monde ici, je suppose : un T-shirt, un short... Mais quelle importance ? »

Boizot ne répondit pas.

« Il avait réglé pour une location de quelle durée ?

-Une semaine... Payée en liquide. »

Quand il remonta en voiture, il dut se contenir pour ne pas lancer un grand cri de joie. Dans sa boutique, la patronne de Cycl-Océan ne le quittait pas des yeux.

En une matinée, il avait réussi à prendre les enquêteurs de vitesse et à trouver l'identité du cambrioleur. Il ne lui restait plus qu'à se rendre à Nantes, à l'adresse indiquée sur la carte d'identité du type, et il aurait un reportage complet et exclusif qui ferait saliver Etienne Drichon... et tous ses confrères locaux.

Il actionna le démarreur et se rappela soudain que Lionel Perdiou avait expliqué aux policiers avoir dîné la veille à La Baule, dans un restaurant appelé le Saint-André. « Et si j'allais goûter leurs spécialités ? »

En route vers Nantes, au milieu d'une circulation fluide, comme disent les bulletins routiers, il jouissait du moment présent. Oubliée la déprime de la veille, il se sentait dans la peau d'un grand reporter, et se prenait à rêver à l'affaire du siècle.

Au resto, où il avait affirmé être venu sur la recommandation de « son ami » Lionel, on lui avait confirmé que celui-ci y avait bien dîné la veille au soir, seul.

Il était venu à bord de sa Jaguar et était parti vers vingt-trois heures, exactement comme il l'avait expliqué à la juge.

Dimitri avait discrètement griffonné quelques mots dans son bloc-notes. En montant dans sa voiture, il ressentit une impression de malaise : quelque chose le chiffonnait dans les déclarations du restaurateur. Avant de mettre en route, il relut ce qu'il venait d'écrire sur son bloc. « La Jaguar... C'est curieux, cette nuit, il n'y avait pas de Jaguar dans le jardin de la villa, j'en suis sûr... Or, elle y était ce matin... Evidemment, Perdiou l'avait peut-être rangée dans un box... »

Mais il était presque sûr qu'il n'en était rien : la Jaguar devait avoir roulé cette nuit. Mais où ?

Il nota qu'il devrait résoudre cette question, rangea son bloc-notes, et démarra.

« J'ai déjà assez d'éléments pour un sacré scoop... Il ne faudra pas que j'oublie de mettre le restaurant sur ma note de frais. »

***

La rue Gaston-Turpin parvenait à être triste même sous le soleil. Située à deux pas du Jardin des Plantes, elle était bordée d'un côté par un énorme chantier, alors à l'arrêt, de l'autre par des immeubles gris de trois, quatre étages. En arrivant au pied de l'un d'eux, Dimitri examina avec attention toutes les sonnettes. Mais, comme il s'y attendait un peu, il n'y avait aucun Orphelin.

Depuis tout à l'heure, il avait la nette impression que Marcel Orphelin était un faux nom. En route, il avait fait le point et, plus il y pensait, plus il butait sur ce mystère des deux coups de feu à dix minutes d'intervalle. Ce qui, pour une fusillade, même jouée au ralenti, était tout de même fort étrange. Perdiou ne devait pas dire la vérité, et l'absence d'Orphelin à l'adresse indiquée sur sa carte d'identité ne faisait que confirmer le caractère inhabituel de l'affaire.

Pour en avoir le cœur net, Dimitri sonna, au hasard, chez l'un des locataires.

« Oui ? » fit une voix qui appartenait visiblement à une personne âgée.

« Excusez-moi, madame. Je cherche une personne qui s'appelle Marcel Orphelin. »

L'oreille collée à l'interphone, il entendit la vieille dame tousser bruyamment avant de répondre : « Comment avez-vous dit ?

-Marcel Orphelin.

-Comme un orphelin ?

-C'est bien ça.

-Désolée, monsieur. Mais ça ne me dit rien. Vous êtes sûr que vous êtes à la bonne adresse ?

-Oui... Mais ce n'est pas grave. Au revoir, madame ! »

Avant de regagner sa voiture, il prit quelques photographies de l'immeuble et de la rue. Puis il reprit la route de Batz, il était temps d'aller écrire son article.

CHAPITRE 7

Cette nuit-là, Dimitri Boizot dormit encore plus mal que d'habitude. La veille, en recevant son papier, « Je pense que… » avait été obligé d'admettre qu'il valait largement la une, avec tous les éléments exclusifs qu'il apportait.

À sept heures, il était debout. Il se prépara du café fort et alla s'installer sur la terrasse pour y fumer la première cigarette de la journée.

Le ciel était chargé de gros nuages de pluie, mais il savait qu'en Bretagne, le temps pouvait changer très vite. Il tira goulûment quelques bouffées et se réjouit d'aller acheter les journaux. Il était anxieux de découvrir la une de *L'Actualité* et celles des concurrents locaux, Ouest-France et Presse-Océan.

En tout cas, il était sûr d'être le seul à pouvoir révéler l'identité – vraie ou fausse… – du cambrioleur et, a fortiori, de fournir sa photo, même si celle-ci était de mauvaise qualité.

La veille, en rentrant de Nantes, et avant d'écrire son article, il avait encore enquêté sur Marcel Orphelin, téléphonant à tous les hôtels de La Baule et de Batz-sur-Mer – Dédé allait devoir régler une note coquette à France Télécom… –, mais en vain.

Évidemment, si cet homme habitait la région, il n'avait aucune raison de descendre à l'hôtel…

À huit heures, il s'habilla en vitesse et fila à la librairie la plus proche. Il ne fut pas déçu.

Un titre énorme barrait la « une » de *L'Actualité*, simple et efficace à la fois : « Un député abat un cambrioleur ». Avec, en grand, une photo d'archives de Lionel Perdiou, sûrement prise à la sortie de l'Assemblée nationale. Une photo où il arborait un air grave, bien adapté aux circonstances.

Mais, aux yeux de Dimitri, le meilleur était juste à côté : un cliché plus petit, reproduisant la photo d'identité de Marcel Orphelin, avec ce titre intrigant : « Qui est vraiment cet homme ? »

Il dut admettre qu'Etienne avait fait du bon travail. Avec une telle « une », il était sûr que les ventes de *L'Actualité* allaient être dopées.

À l'intérieur, le journal tenait ses promesses : une pleine page avec, en manchette, l'interview exclusive de Perdiou, la photo de la maison, un encadré avec sa « bio express ». On y rappelait les grandes lignes de la vie de Perdiou, né à Saint-Germain-en-Laye le 25 mars 1959, des études à l'école nationale supérieure de géologie de Nancy, une carrière dans le groupe minier Palonnier, jusqu'en juin 1997, lorsqu'il avait été élu pour la première fois à l'Assemblée nationale, sur la liste UGR, et régulièrement réélu depuis lors. Sous cet encadré, il lut le récit de l'enquête qu'il avait menée la veille sur Orphelin… et dont il n'avait pas parlé aux enquêteurs.

Nul doute qu'il allait recevoir très bientôt la visite des gendarmes, qui devaient être en train de se faire remonter les bretelles par le procureur. La veille en fin de journée, il avait contacté la juge d'instruction à Saint-Nazaire, Brigitte Le Guen, qui lui avait répondu que l'identité du cambrioleur n'était pas encore connue et qu'il lui semblait prématuré de publier sa photo dans la presse…

Dimitri rit tout seul en pensant à la tête qu'elle devait tirer en ce moment même à la lecture du journal.

Il arriva devant la villa, replia *L'Actualité* et alla jeter un coup d'œil pour voir si le vélomoteur d'Orphelin était toujours là. Il n'avait pas bougé : satisfait, Dimitri rebroussa chemin et rentra, impatient de découvrir comment la presse locale avait traité l'affaire.

Il feuilleta au moins à deux reprises Presse-Océan et Ouest-France, incrédule : il n'y avait pas la moindre ligne sur le sujet.

Comme il l'avait pressenti, il y avait donc une volonté des autorités de faire le blackout sur l'affaire. « Eh bien, c'est raté ! » se dit-il, satisfait, en s'installant sur la terrasse.

Il était à peine assis que son portable sonna. C'était Etienne Drichon : « Fameux scoop ! Nous avons été cités par toutes les radios ce matin, et je pense que ça ne fait que commencer ! Bravo, c'est franchement du beau boulot.

-Merci ». Il répondit sur un ton qui se voulait le plus sec possible, mais il jubilait intérieurement.

« Tu peux encore travailler sur l'affaire aujourd'hui ? Bien sûr, tu récupéreras tes heures… »

« Toujours pratique, voire mesquin » songea Dimitri, avant de répondre : « Pas de problème. Qu'est-ce que tu veux ? Une suite sur Orphelin ?

-Oui, l'enquête, tout ça. Et ce qui serait chouette, ce serait d'aller faire un sondage dans le quartier, chez les voisins de Perdiou. Du genre : « Saviez-vous que le député avait une maison à Batz ? Est-il un voisin discret ? Même chose chez les commerçants du marché. Je pense que l'idéal serait de pouvoir à nouveau donner une page demain, parce que tous nos concurrents, furieux d'avoir été largués, vont s'en donner à cœur joie. Surtout en cette période où l'actualité est du genre maigrichon. Qu'en dis-tu ?

-Ça marche… D'autant plus que la météo est plutôt maussade et que je n'aurais de toute façon pas pu aller faire des châteaux de sable sur la plage aujourd'hui. »

Il raccrocha sans attendre la réponse de Drichon, éminemment satisfait de pouvoir lui damer le pion

CHAPITRE 8

Lionel Perdiou n'avait pas passé une bonne nuit, lui non plus. Même l'arrivée de Claudio n'avait pu le rassurer. Les événements de la nuit précédente l'avaient beaucoup plus marqué qu'il ne voulait se l'avouer. Surtout, il attendait, lui aussi, la sortie des quotidiens... À huit heures, il était fixé : RTL avait ouvert son journal avec l'affaire, citant abondamment *L'Actualité* et le papier de ce journaliste au physique de beauf imbibé.

Il avait bien fait de couper son portable... À peine le rebrancha-t-il qu'il sonna. À coup sûr, ce serait un plumitif avide de déclarations...

Il accepta pourtant l'appel, et sursauta en entendant une voix familière lui hurler dans les oreilles : « Qu'est-ce que c'est que cette histoire ? Un journaliste de *L'Actualité* a réussi à trouver en quelques heures le nom de ton cambrioleur et à publier sa photo à la une ? ».

Perdiou sentit son front se couvrir de sueur. Lui qui en imposait si facilement aux gens, n'en menait pas large. Il jeta un coup d'œil affolé à son amant, debout à ses côtés, vêtu simplement d'un boxer flatteur qui lui donnait toujours des idées. Claudio se contenta de lui adresser un léger sourire mi-figue mi-raisin.

« Écoute, je sais pas comment ce type a fait, mais... » fit Perdiou.

L'autre le coupa violemment : « De toute façon, ce qui est fait est fait. N'empêche qu'on ne peut pas se permettre le moindre faux pas.

Je n'ai aucune envie qu'un journaliste trop curieux vienne tout faire capoter… D'ailleurs, je te rappelle que tu n'y as pas intérêt non plus, hein ? »

Perdiou, livide, s'éclaircit la voix avant de répondre : « Qu'est-ce que tu as l'intention de faire ?

-Comme d'habitude en pareilles circonstances, je vais lui coller aux basques un chien de chasse. Je veux tout savoir sur ce Boizot… Ah oui, encore autre chose : j'ai horreur, vraiment horreur qu'on me fasse des cachotteries. Tu aurais quand même pu me dire que tu avais accordé une interview à ce journaleux !

-Eh bien, c'est-à-dire…

-Bah, ce n'est pas grave, de toute façon, je trouve même que c'est plutôt bien, ça renforce la crédibilité de notre scénario, non ?

-Oui… Je le crois aussi…

-Cela dit, fais maintenant exactement comme on a dit. Il vaut mieux te faire oublier un peu… »

Perdiou transpirait tant et plus sous le regard inquiet de Claudio : « Oui, oui, tout est arrangé : demain matin à la première heure, je serai dans l'avion pour l'Ile Maurice. Dix jours loin de tout…

-Ouais… Et la petite juge ? »

Perdiou reprit aussitôt du poil de la bête : « Oh, là, aucun problème. Je l'ai revue hier pour une déposition en bonne et due forme. Elle gobe tout, les gendarmes aussi… C'est comme si le dossier était déjà classé…

-Mouais, ne prends quand même pas tes désirs pour des réalités ! Allez, bonnes vacances, et reviens-nous en forme, on a encore besoin de toi ici ! Salut ! »

Son correspondant raccrocha sans attendre une réponse. Perdiou se tourna vers Claudio qui s'était imperceptiblement rapproché : « J'espère que je n'ai pas commis la bêtise de ma vie… »

L'autre, sans un mot, se pencha vers lui et l'embrassa avec une tendresse dont il possédait, seul, le secret…

Le portable sonna à nouveau : la valse des gratte-papier était lancée.

Perdiou chuchota à Claudio : « Prépare nos valises, nous allons partir sur-le-champ. Sinon, la journée sera infernale. » Et, d'une pression du pouce droit, il refusa l'appel.

Claudio, comme d'habitude, se retira sans bruit, à la façon d'un domestique bien stylé. Mais, intérieurement, il bouillait. Qu'est-ce que

Lionel manigançait avec ce Lullier, qu'il n'avait jamais apprécié, avec ses manières de rustaud et sa grossièreté à fleur de peau ? Il ne croyait pas une seconde à la fable que lui avait racontée Lionel, celle d'une soirée de travail avec ce Lullier, à qui il avait prêté sa Jaguar pour rejoindre la gare… Mais, dans sa position, il devait bien se contenter de gober les belles histoires que lui inventait son amant. Et puis, il allait disposer de dix jours entiers pour le travailler au corps…

CHAPITRE 9

Etienne Drichon avait demandé de l'ambiance, il en aurait. Dimitri quitta la villa de Dédé vers dix heures, alors que quelques gouttes de pluie commençaient à tomber. Chez Perdiou, la Jaguar n'était plus là, il pensait bien l'avoir entendue partir une bonne demi-heure plus tôt. « Les oiseaux se sont envolés, forcément » se dit-il en passant à côté de deux voitures, l'une aux couleurs de Ouest-France, l'autre de Presse-Océan. Au volant, des types qui auraient pu être des jumeaux : épais, massifs, un blouson de daim fatigué avec, à leurs côtés, l'inévitable photographe. Il se sentit ragaillardi à la vue de ses collègues qui allaient attendre longtemps pour rien du tout...

Son portable sonna, c'était Andrée. « Bonjour, je ne te dérange pas ? »

Il avait toujours aimé sa voix, oscillant en permanence entre raucité et clarté, une belle voix profonde, intelligente, sensuelle... Même quand elle proférait des horreurs...

« Bonjour. Non, non, pas du tout, je suis à Batz, en train de me promener sous un ciel bien chargé, si typiquement breton...

-C'est chouette... En fait je t'appelais pour te demander un petit truc... »

Il soupira doucement.

« Eh bien, j'aimerais savoir si tu pourrais prendre les enfants ce week-end plutôt que le suivant, celui des 9 et 10 août... Jean-Christophe est invité ce week-end à un congrès à Rome. Et j'aurais aimé pouvoir partir avec lui. »

« C'est ça. Là, évidemment, tu sais appeler. En revanche, si c'est seulement pour prendre de mes nouvelles, je pourrais toujours attendre un signe... » se dit-il avant de répondre : « Pas de problème. Je rentre à Paris vendredi dans l'après-midi. Je pourrai passer prendre les gosses samedi matin.

-Merci... Ils seront chez maman... Ah oui, encore un truc : tu n'as pas oublié que Claude et Mireille seront avec moi du 12 au 27 août en République dominicaine, hein ?

-Non, non, rassure-toi, je m'en souviens fort bien... »

En raccrochant, il se dit qu'il était décidément bien bon : grâce à lui, elle allait pouvoir partir en week-end avec son dentiste. C'était drôle, mais la vie paraissait, en fin de compte, bien plus facile avec Andrée depuis qu'ils étaient divorcés.

Il traversa la route, les commerçants de Batz attendraient bien sa visite un quart d'heure de plus... Il alla s'asseoir sur les rochers face à la mer, alluma une cigarette, et regarda des familles passer près de lui. La pluie avait déjà cessé, mais la journée ne s'achèverait pas sans de nouvelles averses.

Autour de lui, les gens avaient l'air heureux et cette image de bonheur simple le poussa à se demander comment, pourquoi la vie avait ainsi réussi à le doubler insidieusement... La cigarette prit soudain un goût âcre, le même goût que trois mois plus tôt, lorsqu'il était rentré chez lui au milieu de la nuit. Avec un sacré coup dans l'aile, c'est vrai. Mais il s'était dessaoulé sur-le-champ en découvrant le mot collé sur le grand miroir du hall : « J'en ai assez, je ne peux plus te supporter. Cherche-toi une autre bonne ! »

Cela faisait pratiquement trois ans qu'il vivait avec Sandrine. Il l'avait rencontrée en allant acheter des chaussures dans cette petite boutique de Saint-Germain qu'elle possédait avec sa sœur, à deux pas du restaurant de Simon. Le départ d'Andrée, l'éclatement soudain de sa petite famille l'avaient alors laissé sans forces. Depuis des semaines, il traînait un désespoir qu'il entretenait à coups de mauvais vin et d'antidépresseurs. Sandrine avait été la première étrangère à lui sourire et à s'intéresser à lui. « J'avais trouvé émouvant ton côté chien battu » lui avait-elle avoué plus tard. Il était revenu une semaine après, en quête de chaussures dont il n'avait nul besoin.

« Une autre bonne ! Qu'est-ce que ça veut dire, ça ? » se demanda-t-il en jetant son mégot le plus loin possible. Quand il était adolescent, avec de nombreux kilos en moins et de nombreux cheveux en plus, et qu'il se prenait à imaginer sa vie future, elle se découpait entre grands reportages dans les endroits les plus secrets de la planète et drague permanente des plus jolies filles de Paris, attirées par son prestige de baroudeur.

Jamais il ne se voyait Français moyen, affublé d'une famille classique. Peut-être, après tout, n'était-il pas fait pour vivre en couple… Mais il n'était pas fait non plus pour vivre seul et, depuis Sandrine, aucune femme ne lui avait souri. L'air chien battu ne faisait plus recette…

***

L'explication avec la juge d'instruction fut orageuse : convoqué à la gendarmerie du Croisic pour audition, Dimitri dut ensuite faire face à une Brigitte Le Guen très énervée.

« Monsieur Boizot, je croyais avoir été claire lors de notre conversation hier : je trouvais prématurée la publication de la photo du cambrioleur dans la presse…

-Madame le juge, permettez-moi une précision d'importance. Il s'agissait alors de publier la photo d'un inconnu. Moi je passe la photo d'un homme dont je fournis par ailleurs toutes les coordonnées, même si elles semblent fausses, coordonnées que j'ai obtenues par une petite enquête sur le terrain, tout ce qu'il y a de plus légale… »

En disant cela, il avait songé : « Là, tu envoies quand même le bouchon un peu loin… »

La juge lui avait lancé un regard assassin, avant de hocher doucement la tête, comme si elle soupesait les paroles du journaliste.

À ses côtés, la greffière revêche notait consciencieusement, sans lever les yeux.

« Votre devoir était de nous avertir de ce que vous aviez découvert. Je pourrais vous inculper d'entrave à l'enquête, monsieur Boizot. »

Elle s'efforçait de parler d'une voix calme, mais Dimitri sentait en elle une colère à peine contenue.

« Vous savez très bien, madame le juge, qu'il n'y a eu aucune entrave à l'enquête, au contraire. En fait, ce qui vous dérange – et qui doit pas mal déranger le procureur, je suppose –, c'est que j'ai obtenu très vite, et tout seul, des résultats que vos fins limiers n'ont pas pu – ou pas voulu – atteindre.

-Que voulez-vous dire ?

-Tout simplement que j'ai la ferme impression qu'il y a eu certaines pressions pour éviter que l'affaire ne soit montée en épingle, et donc que l'enquête sur ce cambriolage n'a peut-être pas démarré avec la célérité requise.

-Là, vous formulez de graves accusations, à la limite de la calomnie, monsieur Boizot. Méfiez-vous, je pourrais vous inculper d'outrage à magistrat.»

Dimitri sourit : ça devenait une manie, mais le visage tendu de Brigitte Le Guen, le stylo qu'elle triturait nerveusement, lui indiquaient à suffisance qu'il avait vu juste.

« Madame le juge, je n'accuse personne. Je ne me le permettrais pas. Vous savez, je suis en vacances dans la région pour la première fois, je ne connais personne ici, je n'ai donc aucun a priori. Mais je réfléchis, je raisonne, et je me dis qu'un cambriolage aussi banal, même si son issue est tragique, paraît extrêmement clair dans son déroulement. En outre, la personnalité du propriétaire de la maison est au-dessus de tout soupçon. Voilà donc une affaire rapidement bouclée…

-Vous vous trompez, monsieur Boizot. En tout cas, vous avez des conclusions trop hâtives. Ni moi ni les enquêteurs n'avons l'intention de refermer un dossier tant que tout n'est pas clair… Vous êtes encore à Batz pour combien de temps ?

-Trois jours. A la fin de la semaine, je rentre à Paris. »

Il regagna sa voiture en pensant à l'entretien qu'il avait eu un peu plus tôt avec le capitaine Tworkowski. Installé dans son bureau, il lui avait paru plus aimable que l'autre nuit. Il s'était même fendu d'un sourire jauni de fumeur invétéré. « Monsieur Boizot, asseyez-vous, je vous en prie ! »

Dimitri avait souri à son tour, mais n'avait rien dit, préférant laisser l'initiative à son interlocuteur.

« Vous auriez pu faire un bon policier... »

Il attendait visiblement une réponse de sa part. « À Paris, je suis spécialisé dans les affaires judiciaires. Alors je travaille beaucoup avec les policiers... »

L'autre avait hoché sa tête de bouledogue, sans un mot, puis il avait repris : « Parfois même, vous usurpez leur titre. »

Boizot avait haussé les épaules, comme pour dire « C'est sans importance... »

Sous leurs paupières tombantes, les yeux de Tworkowski s'étaient soudain éclairés : « Ne croyez pas que c'est un détail futile. Avec le témoignage de la patronne de Cycl-Océan, je peux vous faire inculper : 15.000 euros d'amende, un an de prison. »

Dimitri s'était passé la main sur les joues, le regard perdu sur un minuscule coureur cycliste de plomb, posé sur le bureau.

« C'est qui ? » avait-il fait en le désignant du menton, avec un léger sourire.

« Poulidor... Vous ne reconnaissez pas le maillot Mercier ?

-Ah ben oui, forcément... »

Pour lui, Poulidor se situait sur l'échelle du temps entre la disparition des dinosaures et la naissance de l'ordinateur. En revanche, il avait touché une corde sensible de son interlocuteur : « Mon père a été coureur professionnel, il avait commencé sa carrière en 1960, dans l'équipe Mercier, avec Poulidor. Il avait 24 ans, tout l'avenir devant lui mais, en 1962, il a été fauché par un chauffard ivre alors qu'il s'entraînait du côté de Vannes. J'avais cinq ans, et je me souviendrai toujours du cri terrible qu'a poussé ma mère quand on lui a appris la nouvelle... C'est en bonne partie pour ça que je suis entré dans la gendarmerie, parce que je ne supporte pas l'injustice, même celle du sort... »

En l'écoutant, Dimitri avait fait un rapide calcul mental : si Tworkowski était né en 1957, ça lui faisait cinquante-cinq ans. Il lui en aurait facilement donné dix de plus...

« Bon, revenons à nos moutons. J'aimerais, monsieur Boizot, que vous ne veniez plus mettre votre nez dans cette enquête. Une enquête que j'ai bien l'intention de mener correctement, honnêtement, comme je le fais d'habitude. Sans passe-droit, sans favoritisme, vous pouvez me croire... »

***

Assis sur un rocher, Dimitri fumait une cigarette en regardant le soir tomber sur l'océan. Une heure plus tôt, il avait envoyé ses articles à Drichon. Quelques témoignages d'habitants de Batz sur Lionel Perdiou, cet « homme agréable » et « discret ». De l'ambiance. Un peu comme celle que ses collègues du coin recherchaient sans doute lorsqu'ils s'étaient présentés à la maison de Perdiou, mais en vain. L'homme s'était fait la malle, il en était persuadé.

Chez les voisins, il avait fait chou blanc : le docteur Prédault – il l'avait appris par la crémière du quartier – était en vacances jusqu'au 15 août, et la villa qui suivait celle de Perdiou sur la grand' route était, elle aussi, inoccupée. Dans la nuit de dimanche à lundi, il était donc le seul à avoir pu entendre deux coups de feu à dix minutes d'intervalle…

D'une chiquenaude, Dimitri expédia son mégot dans une crevasse remplie d'eau. Il se sentait étrangement bien, comme si son esprit, détaché de son corps, flottait à un mètre au-dessus de sa tête.

Il se retourna et aperçut, rangés dans la pénombre sur l'accotement, les voitures de ses confrères de France 3 et de Ouest-France qui planquaient toujours devant chez Perdiou.

Il sourit avec condescendance. En temps normal, c'est lui qui se serait trouvé dans l'une de ces voitures, ne sachant que faire pour effacer les heures. Aujourd'hui, pour une fois, il était du bon côté de la barrière.

C'est à cet instant précis que son portable sonna…

CHAPITRE 10

Comme chaque matin, Raïssa Rzaev arriva à Saint-Cloud à huit heures moins cinq. Comme chaque matin, elle avait dû subir une heure et demie de transports en commun :aller de la cité des Cosmonautes, à Saint-Denis, au quai Marcel-Dassault, s'apparentait à un parcours du combattant. Mais elle n'avait pas de quoi se payer une voiture, même d'occasion. Et de toute manière, elle n'avait pas son permis...

De son sac à main, elle tira une petite clef qu'elle introduisit dans la serrure du volet métallique barrant la porte d'entrée de l'agence Job-Inter, et le releva en soufflant. Avec son mètre soixante et ses quatre-vingt-quatorze kilos, tout effort physique lui était pénible.

Elle repoussa une mèche de ses cheveux noirs et frisés qui lui était tombée devant les yeux et elle ouvrit la porte de l'agence.

Une nouvelle journée commençait, mais celle-ci ne serait pas pareille aux autres. Dès l'entrée, elle eut l'intuition qu'il y avait quelque chose de bizarre. Nerveuse, elle fit le tour de l'agence et se rendit compte au premier regard que la porte arrière, venant du jardin et donnant dans le bureau du pauvre monsieur Plesse, avait été fracturée.

Elle n'était d'ailleurs pas complètement refermée, et c'est sans doute ce fait qui avait dû lui mettre la puce à l'oreille. Craintive, elle alla à la porte, jeta un coup d'œil dans le jardin, puis tenta de la refermer, mais c'était peine perdue. La serrure avait volé en éclats et il faudrait la remplacer.

Dans le bureau, Raïssa ouvrit les tiroirs et les armoires. Elle vit que tout avait été fouillé et tant bien que mal remis en place. Dans l'agence elle-même, les visiteurs nocturnes avaient tout passé au peigne fin, en prenant bien soin de ne pas mettre de désordre. Ils avaient dû procéder méthodiquement.

Raïssa Rzaev, machinalement, avait gardé près d'elle son sac à main, comme si elle craignait de se le faire voler. Du quai parvenaient les échos de la circulation, assez fluide en cette fin juillet.

Elle s'assit à son bureau et, se sentant tout à coup épuisée comme si elle venait de courir un cent mètres, elle prit sa tête entre ses mains et s'efforça de se calmer. Mais les événements de ces derniers jours l'avaient mise dans un état nerveux proche de la dépression. Elle était à deux doigts d'éclater en sanglots lorsque le carillon de la porte d'entrée retentit. Elle releva la tête et vit entrer Marina. Elle nota malgré elle que, pour une fois, elle était vêtue avec une certaine sobriété. Elle lui adressa un pâle sourire.

« Ça ne va pas ? » fit la jeune femme en refermant la porte derrière elle.

« Tu ne devineras jamais » fit Raïssa en la voyant s'avancer vers elle, silhouette mince et sportive qu'elle lui enviait sans vouloir l'admettre.

« L'agence a été cambriolée cette nuit » fit-elle très vite.

Étrangement, les traits de Marina, qui s'étaient crispés d'un coup, parurent se détendre. « Ah bon ? » fit-elle seulement en se penchant pour embrasser sa collègue.

« Tu te rends compte, poursuivit Raïssa Rzaev. Trois jours après que ce pauvre monsieur Plesse… Et le jour même de son enterrement. Nous sommes maudits ! »

Marina restait debout devant son bureau, comme si elle ne pouvait pas se décider à gagner le sien. « On a volé quelque chose ?

-Je ne crois pas. J'ai regardé rapidement mais je n'ai pas l'impression que quoi que ce soit ait disparu… »

Et elle expliqua à sa collègue sa découverte du matin.

« Vous avez prévenu la police ? » demanda Marina. Depuis trois mois qu'elle travaillait à l'agence, elle n'avait jamais pu se décider à tutoyer une collègue qui avait l'âge d'être sa mère.

« Pas encore... De toute façon, il n'y a pas d'urgence. L'agence est fermée pour la matinée. Dans une heure, nous allons partir à l'enterrement. Il sera toujours temps de le faire en rentrant tout à l'heure... Je ne comprends pas, on dirait que le sort s'acharne sur nous. »

Marina eut une moue dubitative. « Il ne faut pas exagérer. C'est sans doute une coïncidence, des jeunes du coin qui se sont imaginés qu'ils pourraient trouver de l'argent, et qui ont dû être bien déçus. Non ? »

Raïssa hocha la tête mollement. « Tu as sûrement raison. Mais ça va encore faire un choc supplémentaire à madame Plesse. Je lui en parlerai tout à l'heure après la cérémonie. »

Le silence retomba entre les deux femmes. Raïssa alluma son ordinateur. Avant de partir au cimetière, elle voulait mettre de l'ordre dans certains dossiers. Mais elle ne parvenait pas à se concentrer. Elle ne cessait de penser au vol de la nuit. « C'est bizarre. Ces gens fracturent la porte comme des sauvages, puis une fois à l'intérieur, ils prennent la peine de ne rien déranger. Comme s'ils cherchaient quelque chose de précis, de papiers par exemple... »

Marina toussota. « Vous avez des nouvelles pour nous ?

-À propos de l'avenir de l'agence ? »

La jeune fille hocha la tête.

« Non. Je n'en ai pas encore parlé à madame Plesse... C'est un peu délicat, tu comprends...

-Oui, bien sûr. Mais d'un autre côté, si elle a l'intention de mettre la clef sous le paillasson maintenant que son mari est mort, j'aimerais mieux le savoir. À l'heure actuelle, on ne peut pas dire que le boulot soit une denrée abondante. »

Raïssa Rzaev fit la moue mais ne répondit pas. Au fond d'elle-même, elle comprenait bien la préoccupation de sa jeune collègue, mais elle ne pouvait s'empêcher de la trouver un peu indécente, alors même que ce pauvre monsieur Plesse n'était même pas encore enterré...

CHAPITRE 11

Assis à la table de la salle à manger, Dimitri nota en vitesse tous les détails de la curieuse conversation qu'il venait d'avoir. Lorsqu'il avait décroché tout à l'heure, une voix d'homme, jeune, plutôt agréable, s'était fait entendre. « Monsieur Boizot ? Excusez-moi de vous déranger en vacances, mais je viens de lire votre article dans *L'Actualité*, et je suis très troublé. Je peux vous parler maintenant, ou vous préférez que je vous rappelle plus tard ?

-Non, non, allez-y. Je suis face à la mer et je profite de ma soirée. Pourquoi donc êtes-vous troublé, monsieur… ?

-Corneau, Ludovic Corneau. Excusez-moi, je n'ai pas pensé à me présenter, mais je suis tellement perturbé par ce que je viens de lire que je n'ai pas toute ma tête à moi.

-Allons bon ! » ironisa Boizot. « Et qu'est-ce qui vous a choqué à ce point dans mon article, monsieur Corneau ? »

Quelques secondes de silence à l'autre bout du fil, puis : « Ce n'est pas votre article en lui-même, monsieur Boizot, mais plutôt la conjonction avec un autre événement. Je peux vous expliquer ?

-Mais oui, allez-y ! » s'énerva Dimitri.

Au journal, il avait l'habitude des coups de téléphone foireux. Des gens qui avaient seulement besoin de parler, et qui prenaient les journalistes pour des psys…

« Eh bien voilà, si vous lisez *L'Actualité* d'aujourd'hui, à la page treize, vous trouverez un article, assez court, sur un cambriolage commis vers deux heures du matin, dans la nuit de dimanche à lundi, c'est-à-dire exactement au même moment que le cambriolage de Batz-sur-Mer. Mais celui-ci avait lieu à Paris. Et, dans ce cas, c'est le propriétaire de l'appartement qui a été tué par les cambrioleurs… Il se fait que, dans ma jeunesse, j'ai bien connu la victime, qui s'appelle Charles Plesse. J'étais au lycée avec lui…

-Excusez-moi, mais qu'est-ce que ça a à voir avec l'article que j'ai écrit aujourd'hui ? »

Dimitri se leva et, l'appareil collé à l'oreille, il se dirigea vers la villa. Ce Corneau commençait à l'agacer.

« J'y viens, monsieur Boizot. Figurez-vous qu'au lycée, nous étions quatre copains, inséparables, qu'on avait évidemment surnommés les quatre mousquetaires. Les deux autres s'appelaient Jean-Michel Flaneau et Sylvain Gercourt. Or, et c'est là que je suis troublé, nous avions inventé un personnage baptisé Marcel Orphelin, exactement comme le cambrioleur de Batz. »

Boizot s'arrêta au bord de la route, laissa passer une caravane hollandaise, et il traversa au pas de course.

« Et, dans votre article, poursuivait Corneau, vous mettez justement en doute l'existence réelle de ce Marcel Orphelin. Vous semblez dire qu'il pourrait s'agir d'un nom d'emprunt… Et j'ajoute pour terminer qu'en examinant de près la photo que vous avez publiée de cet homme, je me suis dit qu'il pourrait fort bien s'agir, en réalité, de Jean-Michel Flaneau, l'un des mousquetaires en question. »

Cette fois, Dimitri n'avait plus du tout envie de raccrocher, ce que racontait ce type était passionnant.

« C'est… C'est intéressant, monsieur Corneau. Mais quand vous dites qu'il pourrait s'agir de votre ami, vous n'en êtes pas plus sûr que ça ? »

Nouveau silence à l'autre bout de la ligne. Un silence qui se prolongea au point que Boizot reprit : « Vous êtes toujours là ?

-Oui, oui, excusez-moi. Mais quand je vous aurai répondu, vous allez vraiment me prendre pour un dingue.

-Attendez, monsieur Corneau. Avant de poursuivre, expliquez-moi d'abord qui était ce personnage baptisé Marcel Orphelin, et pourquoi vous l'aviez inventé.

-Eh bien, c'était une sorte de nom de code, celui dont chacun pouvait prendre l'identité quand il le fallait, le bon copain parfait qui rassurait les parents au téléphone quand il fallait obtenir une autorisation de sortie. Vous comprenez ?

- Je crois, oui. Vous vous étiez créé un chaperon, et vos parents étaient censés croire en son existence… Comment aviez-vous trouvé cette idée ?

-Je ne sais plus, mais ce dont je me rappelle, c'est que nous avions choisi son nom à la fois par ironie – Orphelin, il l'était tout à fait puisqu'il n'existait pas – et aussi parce que nous ne risquions pas de voir un jour nos parents demander : « Tiens, ce Marcel Orphelin, il ne serait pas apparenté aux Orphelin de Fontainebleau, par hasard ? »

- Pas mal », apprécia Dimitri. « Vous aviez quel âge à l'époque ?

- Dix-sept ans, par là.

-Et aujourd'hui ?

-Trente-six… »

Tout en parlant, Dimitri poussa le portail de la villa et alla s'asseoir sur la terrasse.

« Monsieur Corneau, pourquoi pensez-vous que je vais vous prendre pour un fou ? »

À l'autre bout de la ligne, il entendit un petit rire. « Je vous ai dit que j'ai cru reconnaître sur la photo du journal mon ami Flaneau… Mais il est mort dans un accident de voiture l'an dernier. »

***

Il était trois heures du matin, mais Boizot n'avait pas sommeil. Allongé sur son lit, les yeux au plafond, il retournait dans sa tête tous les éléments de l'affaire. À la fin, il n'y tint plus. Il se releva d'un bond, attrapa les vêtements qui lui tombaient sous la main et, sans réfléchir, s'engouffra dans sa voiture et sortit de la villa.

Les routes étaient désertes et, avec un peu de chance, il sonnerait à la porte de Corneau à sept heures du matin. Il devait absolument voir lui-même les photographies de ce Flaneau : quelque chose lui disait qu'il était sur la piste d'une histoire tout à fait extraordinaire.

Corneau vivait à Maintenon, où il exploitait des chambres d'hôte. Dimitri était donc sûr de le trouver chez lui. De plus, l'avantage de se présenter si tôt et par surprise était double : d'une part, cela marquerait son intérêt pour l'histoire que Corneau lui avait racontée ; d'autre part, il n'aurait pas le temps de préparer un discours convenu…

***

Il arrêta sa voiture sur la place du Château. À sa montre, il était sept heures vingt. Il composa le numéro du portable de Corneau. Celui-ci répondit dès la deuxième sonnerie.

« Oui ?

-Monsieur Corneau, c'est Dimitri Boizot. Je viens d'arriver à Maintenon. Je peux passer vous voir ? »

Un petit silence, et puis : « Monsieur Boizot ! Ça alors, vous ne perdez pas de temps, vous ! Venez, je vous attends, je vous offrirai un bon petit déjeuner… »

Et il lui indiqua le chemin à suivre.

La maison était la dernière au bout d'un chemin creux, une grosse bâtisse cossue aux allures de manoir, avec piscine et vigne vierge.

« Il n'est pas vraiment nécessiteux, ce Corneau » se dit Dimitri en rangeant sa voiture au pied du perron.

À peine avait-il coupé le moteur qu'un homme apparut à la porte d'entrée. Vêtu d'un polo Lacoste couleur fraise écrasée et d'un pantalon beige, grand et mince, les cheveux blonds savamment en bataille, Ludovic Corneau ne faisait même pas son âge et il lui fut tout de suite antipathique.

Déjà il s'avançait, la main tendue, le sourire avantageux.

« Monsieur Boizot, et moi qui craignais de vous avoir importuné hier soir avec mon histoire ! »

Dimitri lui serra la main en s'efforçant de conserver l'air le plus froid possible.

« Venez dans mon bureau, nous y serons plus tranquilles. »

Dans le vaste hall d'entrée aux dalles en damier, il remarqua plusieurs trophées de chasse. En passant à côté de la salle à manger, Corneau s'adressa à une dame occupée à dresser les tables : « Chérie, je te présente M. Boizot, de *L'Actualité.* »

Madame Corneau était le clone féminin de son mari : la même blondeur dorée, le même sourire avenant, le même bronzage discret.

« Nous allons dans le bureau. Tu peux nous y apporter deux petits déjeuners ?

-Bien sûr, j'arrive tout de suite » fit la délicieuse Madame Corneau. Professionnelle jusqu'au bout des ongles, elle ajouta, à l'attention de Dimitri : « Vous prendrez du café ou du thé, jus d'orange ou jus de pamplemousse, monsieur Boizot ? »

Le bureau était vaste, lambrissé, avec une double porte-fenêtre ouvrant sur le parc.

« Vous êtes chasseur ? » attaqua Dimitri en s'asseyant dans un profond fauteuil de cuir, à côté d'une table basse.

« Non, pas du tout » répondit Corneau, visiblement surpris par cette question.

Boizot, le visage toujours aussi fermé, insista : « Et les trophées dans le hall ? »

Corneau éclata de rire : « Ça ? Nous les avons achetés chez des brocanteurs de la région… Vous savez, les personnes qui viennent loger ici aiment avoir l'impression d'entrer dans une demeure qui a une histoire, une lignée, un pedigree en quelque sorte… Alors que ce n'est pas du tout le cas : mon épouse et moi sommes tout ce qu'il y a de plus parisiens et nous avons acheté cette maison sur un coup de tête, voici huit ans. Nous l'avons retapée, décorée… Aujourd'hui, les affaires commencent à bien tourner ».

Visiblement, Corneau était fier de ce qu'il avait réalisé. Il alla à l'immense bibliothèque vitrée qui couvrait un mur du bureau. Sans hésiter, il y prit un gros album. Puis il s'installa à côté de Boizot et lui mit une photographie sous les yeux. Sur le cliché, on pouvait voir quatre jeunes gens souriants installés à une terrasse de café. « Voyez, monsieur Boizot. Là, à gauche, c'est moi, et puis, dans l'ordre, vous avez Sylvain Gercourt, Jean-Michel Flaneau et Charles Plesse... Regardez bien le visage de Jean-Michel... Évidemment, la photo remonte à dix-sept ans, mais je trouve qu'il y a un air de parenté certain avec la photo de votre journal... Vous ne trouvez pas ? »

Dimitri ne répondit pas tout de suite. Il était occupé à scruter le visage de cet adolescent. La porte du bureau s'ouvrit et la charmante madame Corneau entra, les bras chargés d'un plateau débordant de croissants et de petits pains.

« Merci, ma chérie » fit Corneau en accentuant encore son éternel sourire.

L'espace d'un instant, Dimitri se crut dans un mauvais feuilleton télé, au milieu de décors fabriqués, avec des comédiens assurant plus ou moins bien leur rôle. Une fois la femme repartie, il tourna la tête vers Corneau : « L'accident de votre ami, vous vous rappelez quand et où il a eu lieu exactement, et Jean-Michel Flaneau était-il seul à bord quand ça s'est passé ? »

Corneau lui désigna le plateau d'un signe de tête. « Allez-y, servez-vous, je vous en prie... L'accident de Jean-Michel ? Il a dû avoir lieu il y a un an, presque jour pour jour, vers la fin juillet. C'était sur une petite route départementale dans le Lot, pas très loin de Cahors. Et oui, il était seul, sa voiture avait dérapé à la sortie d'un virage et il avait terminé sa course contre un arbre.

-Il faisait quoi dans la vie ?

-Géologue, il avait un bon poste chez Palonnier.

-Palonnier, c'est le groupe minier surtout actif en Afrique ?

-C'est ça, oui... »

Corneau parut hésiter un instant, puis il prit le numéro du jour de *L'Actualité* sur la table basse et, l'ouvrant à la page consacrée au cambriolage de Batz, il mit sous les yeux de Dimitri la bio-express de Perdiou. « Regardez, monsieur Boizot, encore une autre coïncidence troublante. Lionel Perdiou est, lui aussi, géologue, et il a longtemps travaillé chez Palonnier. »

Il avait oublié ce détail ! Il se sentit tout à coup un peu stupide. « En effet... » fit-il, avant d'enchaîner, en reprenant la photo : « C'est vrai qu'il pourrait y avoir quelque chose, mais je vous avoue que je ne suis pas assez physionomiste. Quoi qu'il en soit, monsieur Corneau, s'il s'agit bien de votre ami, comment expliqueriez-vous qu'un homme, doté d'un travail, bien intégré dans la société, qui se tue au volant de sa voiture, réapparaîtrait un an plus tard, à des centaines de kilomètres de là, sous une autre identité, pour se faire buter dans un cambriolage minable ? »

Ludovic Corneau leva les yeux au ciel et soupira : « Je n'explique pas. Évidemment je sais que ça paraît aberrant, fantasmagorique, ce que vous voulez, mais je suis à peu près sûr d'être dans le bon ».

Dimitri le regardait parler et l'écoutait avec attention. Cet homme n'avait rien d'un fou ni d'un exalté. Pas du tout le genre à inventer des histoires. Ceux-là, il les connaissait : en vingt ans de journalisme, il en avait rencontré des paquets, toujours convaincus de vous amener LE scoop, l'histoire du siècle. Dans l'immense majorité des cas, ce sont des paranoïaques qui relèvent de la psychiatrie.

Avec Corneau, en revanche, on avançait sur un autre terrain : il était assez intelligent pour se rendre compte de l'absurdité de ce qu'il racontait. Et, pourtant, il n'en démordait pas : « Vous savez, monsieur Boizot, insista-t-il. Si j'étais à votre place, je réagirais exactement comme vous, en me demandant si l'homme qui est en face de moi est un illuminé ou un farceur… ou les deux. Mais je vous assure que je ne suis ni l'un ni l'autre. En fait, la seule question importante à se poser est celle que vous vous posez vous-même : comment expliquer un tel mystère ? »

Dimitri hocha doucement la tête. « Pour que votre histoire ait une chance de tenir debout, il faut absolument admettre une chose : dans l'accident de voiture de l'an dernier, ce ne serait pas Flaneau qui serait mort, mais quelqu'un d'autre, qui serait donc enterré sous son nom.

-Pas enterré : Jean-Michel a été incinéré.

-Ah ? Enfin, quoi qu'il en soit, nous devrions donc admettre une substitution de personne. Et si c'était le cas, cela n'expliquerait toujours pas la soudaine réapparition de votre ami…

-C'est vrai. »

***

En début d'après-midi, Dimitri était de retour à Batz. Bien qu'il s'en fût défendu devant Corneau, il se sentait troublé.

« Regardez : la courbure des sourcils, la forme générale du visage. Il y a quelque chose… » avait insisté Corneau en comparant les photographies de « Marcel Orphelin » et de feu Jean-Michel Flaneau.

Avant de rentrer à la villa, il alla acheter les journaux. Ses confrères s'étaient déchaînés, le démarquant sans vergogne à certains moments. Mais ils n'avaient pas pu obtenir quelque chose de plus, à part un communiqué lénifiant du parquet.

Demain, on n'en parlerait plus, et tout le monde aurait oublié cet épisode qui avait secoué un peu la torpeur des vacances. Cette simple pensée donna à Dimitri l'envie de poursuivre ses propres investigations.

Il se sentait l'âme d'un Rouletabille, lancé sur la piste du « mystère des deux coups de feu ».

En souriant lui-même de ses propres bêtises, il passa devant la maison de Perdiou. Tous les volets étaient fermés. Il n'y avait aucune voiture dans l'entrée. Monsieur le député devait poursuivre ses vacances sous des cieux plus cléments…

CHAPITRE 12

L'opératrice des renseignements téléphoniques s'exprimait avec autant de conviction qu'une huître. « Bonjour, fit Dimitri, je voudrais obtenir les coordonnées d'une société de courrier express installée à Cologne. » Deux minutes plus tard, malgré l'apathie de sa correspondante, il obtenait les informations demandées.

Lorsqu'il avait pris congé de Corneau, tout à l'heure, celui-ci lui avait dit : « Cela fait quelques années que je n'ai plus de nouvelles de Sylvain Gercourt, mais la dernière fois que j'en ai entendu parler, il travaillait dans une grosse boîte en Allemagne, directeur de quelque chose… »

Apparemment, Gercourt avait coupé les ponts avec ses anciens amis. « C'est la vie… » avait conclu Corneau, avec un sourire mélancolique.

Dimitri forma le numéro de la société en priant pour tomber sur quelqu'un qui parle français, ou au moins anglais.

C'était le cas et, bientôt, il avait en ligne Sylvain Gercourt. Celui-ci, d'abord très surpris, répondit sans se faire prier à ses questions, même s'il le devinait un peu agacé.

Oui, bien sûr, il se souvenait de l'équipe des « Mousquetaires » qu'il formait à l'époque, au lycée Fénelon, avec Plesse, Flaneau et

Corneau. Non, il n'avait pas eu de leurs nouvelles depuis très longtemps. Cela faisait une douzaine d'années qu'il avait trouvé ce poste de directeur commercial à Cologne. Il y avait rencontré sa future épouse, ils avaient trois enfants et il ne revenait en France que deux ou trois fois par an, pour voir ses parents.

« Marcel Orphelin ? … Oui, c'était une plaisanterie entre nous. C'est même moi qui avais créé ce personnage… Enfin, créer, c'est beaucoup dire : Marcel Orphelin était le héros d'un roman d'aventures que j'aimais beaucoup…

-Ah bon ? Votre ami Ludovic Corneau était persuadé, lui, que vous aviez inventé ce Marcel Orphelin à partir de rien ».

Gercourt avait ri : « C'est, en effet, ce que je leur avais fait croire… Et, apparemment, la légende a la vie dure… »

Lorsque Dimitri lui avait appris les morts tragiques de deux des « Mousquetaires », Gercourt avait paru sincèrement étonné.

« Si je vous disais que je ne regarde même plus les chaînes françaises, ou alors exceptionnellement. De temps en temps, je vais jeter un coup d'œil sur Internet pour y lire quelques articles du *Monde*… Mais c'est un journal où il y a peu de faits divers… »

Boizot avait raccroché en remerciant chaleureusement son correspondant. Mais, en fait, il n'avait rien appris de très intéressant.

***

L'opticien de Batz qui lui avait vendu la loupe l'avait assuré qu'elle était la plus puissante sur le marché. Dimitri l'avait réglée – une fortune pour ses finances défaillantes ! – et était rentré à la villa.

Depuis plus d'une heure, penché sur la table de la terrasse, profitant du soleil qui avait fait sa réapparition dans le ciel breton, il scrutait les moindres détails de la photographie que Corneau lui avait confiée, et la comparait avec la photocopie de la carte d'identité de « Marcel Orphelin ».

Il avait tout passé en revue : l'implantation des cheveux, la même teinte blonde, des boucles fort semblables, la forme des yeux, celle du nez, la bouche… Mais une conclusion formelle était impossible. En fait, il y avait des ressemblances, mais pas plus que celles qu'on pourrait trouver entre deux frères, ou entre deux cousins.

Il vit soudain l'enthousiasme et l'excitation l'abandonner aussi vite qu'ils s'étaient emparés de lui depuis deux jours.

Il posa la loupe, alluma une cigarette. Dans le ciel bleu, de légers nuages aux formes biscornues semblaient le narguer. Dans deux jours, il retrouverait le ciel plombé de Paris, son sinistre appartement et la routine du journal.

Il sentit se former dans sa gorge la boule d'angoisse qu'il ne connaissait que trop bien. Il soupira profondément, pour expulser les miasmes de sa dépression, toujours à l'affût.

***

Quand il quitta le restaurant où il venait d'ingurgiter un plateau de fruits de mer, Dimitri se sentit étonnamment léger. Sans doute l'effet conjugué de la bouteille de muscadet qu'il avait vidée jusqu'à la dernière goutte, des deux apéritifs qui lui avaient permis de patienter, et du whisky qu'il venait de siroter en guise de pousse-café.

« J'ai bien fait de venir à pied. Avec l'alcoolémie que je dois trimbaler et la nouvelle obsession des gendarmes pour la sécurité routière, je serais bon pour le retrait de permis. »

Le restaurant était situé en bord de mer, à cinq cents mètres à peine de la villa, et il fit le chemin en profitant de la douceur du soir, le pas parfois mal assuré. Il croisa plusieurs promeneurs qui – il en était persuadé – le regardaient d'un air condescendant. Mais il s'en fichait, l'alcool lui avait rendu son optimisme et il avait même pris une grande décision.

Lundi, à son retour au journal, et encore tout auréolé de son récent scoop, il irait voir Magnin. Il lui ferait un topo complet de l'affaire et s'arrangerait pour se la voir confier. Ça lui ferait quelques jours de liberté supplémentaires, et s'il n'aboutissait à rien de concret, le journal n'aurait pas perdu grand' chose. Avec le mois d'août, l'actualité allait être plus creuse que jamais, et Dimitri tenait peut-être le feuilleton qui garderait les lecteurs en haleine.

Perdu dans ses pensées, il ne remarqua pas une Fiat Punto verte, rangée sur l'accotement. La vitre conducteur à demi-ouverte, un homme était installé au volant, immobile, un appareil photo posé sur le siège passager.

En arrivant à la villa, il s'aperçut qu'il avait reçu un message sur son portable.

Ludovic Corneau, après son départ, avait retrouvé les coordonnées de la famille de Jean-Michel Flaneau. Il nota avec soin l'adresse de la boulangerie familiale, à Senlis, ainsi que le numéro de téléphone.

En raccrochant, il se dit que cet appel était un signe du destin, une invitation à poursuivre son enquête.

«Tu n'as jamais cru au destin… sauf quand ça t'arrange » se dit-il en se couchant. Il ricana tout seul, ferma les yeux. Et s'endormit.

CHAPITRE 13

Sur son bureau, madame la juge Brigitte Le Guen avait posé un cadre avec la photo de ses deux enfants. Souvent, lorsque les affaires qu'elle avait à traiter lui mettaient les nerfs à fleur de peau, elle regardait le cliché, comme pour y puiser le courage de continuer.

« Toujours rien sur le vrai nom de ce soi-disant Marcel Orphelin, capitaine ? »

Tworkowski fit non de la tête, l'air buté. « Rien du tout. Mais je persiste à trouver dans cette affaire des éléments troublants. Bien sûr, les analyses balistiques confirment tout à fait les déclarations de Lionel Perdiou, de même que l'autopsie de ce Marcel Orphelin. Mais il est tout de même étrange que ce cambrioleur ait surgi de nulle part pour s'attaquer à une villa qui est loin d'être la plus luxueuse de la région. Moi, je serais un voleur, j'irais plutôt faire un tour à La Baule qu'à Batz-sur-Mer… Par ailleurs, j'ai obtenu la confirmation par les services de la population de Nantes qu'aucune carte d'identité au nom de Marcel Orphelin n'y a jamais été délivrée. Rue Gaston-Turpin, jamais personne n'a entendu parler de ce type.

-Le fichier des empreintes digitales n'a rien donné non plus ? » demanda la juge.

« Rien. Ce type est vraiment inconnu au bataillon. C'est d'ailleurs cet élément qui m'interpelle et qui me fait penser qu'il y a peut-être quelque chose d'autre derrière les apparences.

-Vous parlez presque comme ce journaliste, capitaine... »

Tworkowski sourit : « Peut-être... Par ailleurs, comme il a séjourné quelques jours dans la région, il fallait bien qu'il loge quelque part. J'ai donc demandé à mon équipe de faire le tour des hôtels, des chambres d'hôtes, des agences immobilières... Mais, jusqu'à présent, ça n'a rien donné. Et puis, il est arrivé chez Cycl-Océan à pied, donc il ne pouvait pas venir de très loin...

-Quelle est votre idée personnelle, capitaine? »

Tworkowski sentit la quinte de toux monter en lui du plus profond de ses poumons. Quand il parvint enfin à reprendre son souffle, il avait le visage congestionné et les yeux humides.

« Excusez-moi » fit-il.

Depuis toujours, cette petite juge le mettait mal à l'aise. Avec sa manie de lui donner du « capitaine » à tout bout de champ, comme si elle voulait maintenir entre eux une distance strictement professionnelle, avec son air pincé et son regard inquisiteur, elle était à mille lieues de son prédécesseur, le vieux juge Colemont, impénitent fumeur de pipe qui ne se faisait jamais prier à l'heure de l'apéro...

« Franchement, madame le juge, l'absence, apparemment totale, d'attaches de ce « Marcel Orphelin » me turlupine vraiment... »

Ses yeux clairs fixés sur lui sans ciller, Brigitte Le Guen insista : « Est-ce que cela veut dire que vous remettez en question la version des faits fournie par monsieur Perdiou ? »

Tworkowski détourna son regard, fit mine de s'intéresser à la greffière, qui gardait les yeux obstinément baissés sur ses notes, puis répondit : « Non... À l'heure actuelle, je n'ai objectivement aucune raison de mettre en cause les déclarations de monsieur Perdiou. Je trouve seulement que nous avons affaire ici à un curieux cambrioleur, c'est tout... C'est d'ailleurs la raison pour laquelle je voulais vous demander l'autorisation de lancer un communiqué sur Internet, parmi les avis de recherche de la gendarmerie nationale, avec photo, signalement, résumé des faits. »

La juge eut une moue désabusée : « Aucun problème... Mais vous savez bien que ce genre d'avis ne donne généralement aucun résultat. »

Tworkowski haussa les épaules : « Je sais. Mais, pour l'heure, nous avons tout intérêt à lancer un maximum de filets. Ça ne coûte rien d'essayer.

-Vous avez raison, capitaine. Préparez-moi donc un projet de communiqué. Dès qu'il sera prêt, je le lirai et je signerai la demande de diffusion.

-Vous aurez ça cet après-midi... »

De retour dans son bureau, Serge Tworkowski alluma avec délice une cigarette. Le radio-réveil posé à côté de son ordinateur, qu'il n'avait pas encore pris la peine d'allumer ce matin, indiquait onze heures et demie.

Il eut soudain envie de parler avec son vieux complice, Bernard Colemont. Il lui téléphona, prit des nouvelles de sa santé et l'invita à aller prendre l'apéro et un déjeuner au Corsaire, une brasserie du centre-ville où ils avaient leurs habitudes quand le juge était encore en activité, jusqu'à l'année précédente. Depuis, il jouissait de sa retraite, mais s'ennuyait parfois. Aussi accepta-t-il sans hésiter l'invitation de son vieux copain.

À 13 heures, ils se retrouvèrent au Corsaire. Là, Tworkowski lui parla de l'affaire en cours et lui demanda conseil, lui avouant sincèrement – au contraire de ce qu'il avait dit à Brigitte Le Guen – qu'il avait en ligne de mire Perdiou. Colemont, qui sirotait son pastis avec un plaisir réjouissant, fit : « Sur la base de quoi ? »

Tworkowski fut bien obligé de reconnaître que cela ne reposait essentiellement que sur des impressions relatives au bonhomme. Alors le juge Colemont lui conseilla de se tenir à carreaux : « Dans une affaire comme celle-là, tu n'as que des coups à prendre, rien à gagner. Franchement, tu as passé l'âge de ramasser des baffes, non ? »

Tworkowski admit volontiers que son ami avait raison et il termina le déjeuner en parlant des vacances qu'il comptait prendre à la mi-septembre. Il rentra à son bureau rasséréné et prépara le communiqué à l'intention de la juge...

***

Au même instant, à Saint-Cloud, Elisabeth Plesse avait réuni les trois employés de Job-Inter dans le bureau de son défunt mari. À première vue, elle n'avait rien de la veuve éplorée : vêtue d'un chemisier en lin subtilement déboutonné pour mettre en valeur sa poitrine, sanglée dans un jean moulant soulignant son allure sportive. Le teint hâlé par ses récentes vacances, les cheveux châtains coupés court délicatement décolorés par le soleil, elle faisait bien plus jeune que ses trente-deux ans. Une fesse posée sur le coin du bureau, elle dominait les trois personnes qui lui faisaient face, installées sur des chaises alignées en rang d'oignons.

« Je comprends vos questions, votre inquiétude, mais il m'est impossible d'y répondre pour le moment. »

La jeune Marina Spoturno, la dernière à avoir été engagée à l'agence, qui avait la fâcheuse habitude de parler beaucoup, et souvent pour ne rien dire, intervint : « Excusez-moi, mais quand pourrez-vous…

-Je ne sais pas » répondit très vite Elisabeth Plesse, visiblement agacée.

Depuis quatre jours, elle vivait sur les nerfs, et elle se sentait prête à éclater à la première occasion.

Heureusement, Raïssa vint à sa rescousse : « Nous comprenons tout à fait, madame Plesse, que vous devez prendre un peu de temps, du recul, pour considérer la situation de l'entreprise. Mais je crois me faire le porte-parole de mes collègues… »

Elle ne vit pas alors le regard noir que lui lançait Marina et elle poursuivit : « … En vous demandant de ne pas tarder à prendre une décision concernant l'avenir de Job-Inter. Tous les trois, nous devons travailler pour vivre… »

« C'est vrai », confirma Cyril Achery. C'était un garçon entre vingt-cinq et trente ans, qui avait réussi à transformer son physique ingrat en atout professionnel : face à lui, à son mètre soixante-cinq, à sa calvitie précoce et à ses grosses lunettes aux verres épais, les clients de l'agence se sentaient valorisés. Comme il arborait un perpétuel sourire et un calme impressionnant en toutes circonstances, il avait, en moins de deux ans, acquis une position incontournable dans l'agence. « Raïssa a tout à fait raison. Nous sommes de tout cœur avec vous dans l'épreuve terrible que vous traversez. Mais, de votre côté, madame Plesse, n'oubliez pas que vous pouvez compter sur trois personnes dévouées pour faire tourner l'agence et, pourquoi pas ?, améliorer encore ses performances. »

Dans son coin, Marina eut une moue éloquente : visiblement, elle se fichait éperdument de ce que pouvaient dire Cyril et Raïssa.

La tête basse, le regard sur ses chaussures, l'air las, Elisabeth Plesse répondit : « J'ai bien compris votre message, et je vous promets de tout faire pour poursuivre les activités de Job-Inter sans bouleversement... Laissez-moi jusqu'à la fin du mois pour y voir plus clair...

-Et le cambriolage ? » interrogea alors Marina. « On a des nouvelles ? »

Elisabeth Plesse redressa la tête et, s'adressant cette fois directement à la jeune fille : « Je ne pense pas. En tout cas, l'enquête est ouverte...

-Vous ne croyez pas qu'il y a un rapport avec... ?

-Avec la mort de mon mari ? C'est ça que vous voulez dire ? Je n'en sais strictement rien... Maintenant, si vous le voulez bien, je vais rentrer me reposer. Passez un bon week-end quand même... »

Raïssa, qui l'observait avec une attention soutenue, eut l'impression qu'elle ne disait pas tout.

CHAPITRE 14

« Eh bien, monsieur Boizot, déjà finies ces vacances ? Tout s'est bien passé ? » Dimitri sourit poliment à la vieille dame qui descendait péniblement l'escalier, son cabas sous le bras.

« Bonjour, madame Lopez. Les meilleures choses ont une fin, comme on dit ! Et ici, rien de particulier ? » Il avait posé son sac de voyage en équilibre instable sur une marche. Avec madame Lopez, il savait qu'il en aurait pour un bon moment. C'était le prix à payer pour avoir de bonnes relations avec ses voisins dans cet immeuble où il avait emménagé trois ans plus tôt, à la suite de son divorce. Entre le Père Lachaise et la porte de Bagnolet, dans une rue étroite où le soleil ne pénétrait que par inadvertance, on ne pouvait pas dire que le quartier était vraiment attirant, mais le loyer avait été le seul qu'il pouvait se permettre. Alors il se tenait à carreaux et évitait les problèmes.

« Si on peut dire… J'ai encore dû appeler deux fois la police à cause de ces sales gamins qui viennent faire leur rodéo à Mobylette jusqu'à pas d'heure ! Enfin, c'est la routine, comme m'ont dit les policiers... »

Une fois lancée, la vieille madame Lopez, qui habitait, au premier, l'appartement juste en dessous de celui de Dimitri, avait toutes les peines du monde à s'arrêter. Veuve depuis dix ans au moins, elle éprouvait toujours un besoin irrépressible de parler. De tout et de rien, et de préférence de rien.

Avec patience, il attendit qu'elle eût terminé. Dans la cage d'escalier flottait cette indéfinissable odeur, mélange d'encaustique et de nourriture indéterminée, qui constituait en quelque sorte la caractéristique de l'immeuble.

Une fois poussée la porte d'entrée, il retrouva son décor familier. Même la pluie était là, comme pour lui signifier que les vacances étaient bel et bien derrière lui.

En posant son sac sur le lit, il repensa soudain à Sandrine. Lorsqu'elle vivait ici, elle avait réussi à faire de ce triste appartement un endroit presque joyeux. Et s'il retournait la voir, s'il lui demandait de risquer une nouvelle tentative de vie commune ?

Il ouvrit son sac, fit un tas avec les affaires sales et se rendit dans la cuisine pour enfourner le tout dans le lave-linge. Une bonne ! Elle n'avait rien compris : il n'avait pas besoin d'une bonne, il pouvait très bien se débrouiller seul. Ce dont il avait besoin, c'était de quelqu'un à ses côtés. Mais il était vrai aussi qu'il ne devait pas être facile à vivre... Il mit la machine en route et referma la porte de la cuisine.

Il alluma la télévision – il détestait le silence –, s'installa sur le canapé du salon et prit une cigarette.

Au-dessus du téléviseur, une grande photo dans un cadre symbolisait pour lui l'image du bonheur perdu. Claude et Mireille souriaient à l'objectif. Il avait pris ce cliché quatre ans plus tôt, au cours d'une de ces promenades aux Tuileries qu'ils faisaient alors régulièrement le dimanche, tous les quatre, comme une famille unie... En quatre ans, c'est fou ce que les enfants avaient changé, et Dimitri savait qu'il ne retrouverait plus jamais l'insouciance joyeuse de ces instants volés au temps.

Il enleva ses chaussures, s'allongea sur le canapé et ferma les yeux.

Quand ces accès de mélancolie lui tombaient dessus, c'était comme si tout le poids du monde s'abattait soudain sur ses épaules.

À la télé, un type racontait sa passion pour le vol en ULM. Dimitri l'écouta quelques secondes, distraitement.

Sur la route du retour, il avait repensé à l'affaire Perdiou et avait arrêté son plan de bataille. D'abord il allait prendre contact avec ses potes de la crim' qui enquêtaient sur le cambriolage mortel chez Charles Plesse. Ensuite, il irait faire un tour à Senlis, à la boulangerie Flaneau. Il voulait en savoir plus sur ce garçon…

***

Au téléphone, par un coup de chance qu'il interpréta comme un nouveau signe du destin, il tomba directement sur Paul Vendroux, l'un des policiers de la crim' qu'il connaissait le mieux et avec lequel il s'entendait bien. Après quelques banalités sur les vacances, il attaqua : « Dis donc, où en est l'enquête sur l'affaire Plesse ?

-Officiellement, nulle part.

-Et officieusement ?

-Nulle part non plus ! » lâcha Vendroux en riant. « Visiblement, les types qui ont fait le coup étaient bien décidés. Ils n'ont pas laissé la moindre chance à Plesse.

-Il vivait seul ?

-Non… Marié, deux enfants, mais toute la famille était en vacances à Saint-Géry.

-Et lui ?

-Il dirigeait une agence d'intérim à Saint-Cloud. Pas question de vacances pour lui.

-Le type était clean ?

-Pour ce que l'on en sait, oui.

-Une maîtresse ?

-Nous n'en avons pas trouvé… Mais pourquoi tu t'intéresses à cette affaire ? » demanda Vendroux.

Dimitri esquiva : « Comme ça… J'ai lu l'article quand j'étais au bord de la mer et, je ne sais pas pourquoi, je me suis dit que ce cambriolage devait cacher autre chose, un règlement de comptes… Je ne sais pas…

-Franchement, je crois que tu te fais des idées : pour moi, l'affaire est on ne peut plus claire. Deux types entrent chez Plesse, dans l'intention évidente de piquer tout ce qu'ils pouvaient trouver. C'est les vacances, et un cent mètres carrés avenue Foch attire forcément les visiteurs saisonniers... À l'intérieur, ils n'ont pas hésité : trois balles, une dans la tête, deux dans la poitrine, Plesse est mort immédiatement. Les gars sont repartis en emportant le contenu du coffre. D'après sa femme, il y conservait toujours au moins 50.000 euros, au cas où, et pas mal de bijoux. Les mecs sont aussi partis en emportant deux tableaux valant au bas mot cent mille euros...

-Mouais... Ils sont entrés comment chez Plesse ?

- Sans effraction. L'hypothèse la plus probable est qu'ils se seront fait ouvrir par Plesse lui-même, sous un prétexte quelconque.

-À une heure du matin ?

-Tu n'imagines pas la naïveté des gens. Ils ouvrent leur porte à n'importe qui.

-Ouais, bon... Et, à l'intérieur, ils se sont fait ouvrir le coffre sous la menace ?

-Forcément. Et puis ils ont buté Plesse pour ne pas être reconnus...

-Des pros, quoi !

-En tout cas des types décidés. Ça fait penser aux méthodes radicales des zigs venus des anciens pays de l'Est. Chez eux, on n'hésite pas à tuer pour piquer une bagnole, alors tu penses, pour du fric et des tableaux...

-Qui a découvert le crime ?

-Les services ont été alertés par la secrétaire de Plesse. Il avait deux rendez-vous dans la matinée, et ce n'était pas son genre de faire l'école buissonnière. Alors, en désespoir de cause, elle a appelé le commissariat du seizième, qui a envoyé une voiture et a retrouvé Plesse allongé sur le tapis du salon.

-Les voisins n'avaient rien entendu ?

-Dans ces immeubles, personne ne se préoccupe de personne, en plus la moitié des occupants étaient en vacances, et enfin les gars ont utilisé des silencieux...

-Tiens, ça se fait encore, ça ?

-Comme tu vois. C'est d'ailleurs l'une des raisons qui nous font penser à des Roumains ou à des Russes... »

Dimitri, qui venait d'allumer une cigarette, rejeta la fumée vers le plafond. La pluie battait sur les carreaux, comme si l'automne s'annonçait déjà au début du mois d'août.

« Ça valait bien la peine d'affoler tout le monde avec les risques de canicule » songea-t-il.

À l'autre bout du fil, Vendroux continuait son monologue. « … Voilà pourquoi on est dans la panade. C'est un milieu très fluctuant et fort mobile…

-Et, du côté de la femme, rien du tout ?

-On a vérifié, mais il n'y a vraiment rien qui fasse penser qu'elle pourrait avoir trempé là-dedans. Au contraire, avec la mort de son mari, elle se retrouve plutôt dans la mouise : elle ne travaille pas, l'appartement n'est pas entièrement payé et elle va devoir trouver un repreneur pour la boîte de son mari. C'est sûr, elle n'est pas SDF, mais franchement, elle ne sort pas gagnante de cette histoire…

-D'accord, je te crois. Je ne t'embête pas plus longtemps. On ira se prendre un verre un de ces quatre… En attendant, si tu as du neuf sur cette affaire, tu penses à moi ?

-Pas de problème. Tchao ! »

Dimitri raccrocha, pensif. Il se leva, alla à la fenêtre et, tout en regardant la pluie tomber à verses, il se dit que, décidément, le fil entre les deux affaires paraissait bien ténu. Corneau devait s'être fait des idées…

Il alla à la cuisine se préparer un café, sans avoir remarqué la Fiat Punto verte garée en face de l'immeuble. À l'intérieur, deux hommes attendaient patiemment…

***

Dimitri retrouva sans enthousiasme le métro et la station Porte de Bagnolet. Direction Saint-Germain, avec changement à Réaumur-Sébastopol. Il aurait pu effectuer le parcours les yeux fermés. Au kiosque, il avait acheté *L'Actualité* et le feuilletait distraitement. .

Il regarda sa montre : dix-neuf heures quarante. Tout à l'heure, il avait pris une douche qui l'avait revigoré, puis il s'était changé, avec une idée en tête : aller passer la soirée chez Simon et se faire inviter à manger.

Comme d'habitude, ses finances étaient au plus bas, et un repas à l'œil serait le bienvenu.

En sortant de la station Saint-Germain, encombrée de Japonais, il releva le col de son blouson. La pluie s'était muée en bruine déprimante.

Il couvrit à grandes enjambées la distance qui le séparait de la petite rue où son frère avait son restaurant. Dix tables, un décor faussement rustique, une clientèle d'habitués : depuis douze ans qu'il avait repris Le Gueuleton après avoir cuisiné pour les autres, Simon avait trouvé un équilibre que Dimitri lui enviait.

Il poussa la porte. À cette heure, la salle était encore vide. Anne Catherine était occupée à dresser les tables. Elle se retourna et eut un large sourire. « Dimoche ! Les vacances sont terminées ? »

Elle s'avança vers lui et l'embrassa avec une chaleur et une spontanéité qui lui firent du bien. Elle n'avait qu'un défaut : elle persistait à l'appeler Dimoche. Elle avait adopté une fois pour toutes ce ridicule diminutif dont son frère l'avait affublé lorsqu'ils étaient gosses, et qui était resté, comme une espèce de dernier clin d'œil à l'enfance.

Simon sortit de sa cuisine. Dans son T-shirt blanc, il semblait avoir encore grossi.

« Alors, la Bretagne, aussi pluvieuse que Paris ? »

En embrassant son frère, Dimitri ferma les yeux une fraction de seconde. Il se sentait bien ici. Simon et Anne-Catherine l'accueillaient toujours comme s'ils ne l'avaient plus vu depuis des années – alors qu'il venait dîner au moins une fois par semaine – et, jamais, ils ne jouaient les donneurs de leçons.

« Nous, on est presque en vacances, tu sais » fit Anne-Catherine en terminant son travail. On ouvre encore demain et, dimanche à l'aube, direction la Toscane !

-Encore ? » fit Dimitri, en souriant.

« A quoi bon changer quand on est bien ? fit Simon. Il y a toujours de nouveaux trucs à découvrir, des tables bien cachées avec une cuisine comme seuls les Italiens savent la faire… »

Tout en parlant, Simon était passé derrière le comptoir. « Tu n'as rien contre une Veuve Clicquot de la bonne année ?

-Si tu me prends par les sentiments…

-On va trinquer à ton retour et à notre départ, deux bonnes raisons de faire sauter les bouchons ! » fit Anne-Catherine en passant son bras sous celui de Dimitri. Elle aussi paraissait avoir pris du poids. À eux deux, ils devaient flirter avec les deux cents kilos, mais ils ne s'en préoccupaient nullement. Sans enfants – « On est trop bien tous les deux ! » avait spontanément lancé Anne-Catherine un soir où Dimitri s'était aventuré sur ce terrain –, ils avaient aménagé avec beaucoup de goût le logement au-dessus du restaurant, ils faisaient leurs courses dans le quartier, connaissaient tout le monde comme s'ils vivaient dans un village, et ils s'offraient chaque année une virée au mois d'août en Toscane.

Dimitri enviait leur bonheur tranquille, mais sans amertume. Au contraire, quand il dînait au Gueuleton, ça valait toutes les séances de psy. Il venait ici se requinquer, et la chambre d'ami était toujours prête les soirs où il avait dépassé la dose.

Ce soir-là, il dégusta son coq au vin préféré, et Anne-Catherine insista pour qu'il reste après la fermeture. « Si, si, tu nous parleras des vacances ! »

A deux heures, ils étaient toujours en train d'évoquer la Bretagne et les vignes de Rufina en vidant une bouteille d'armagnac...

« Ah oui ! Vous ne savez pas ce qui m'est arrivé ? » fit soudain Dimitri. Jusque-là, il avait soigneusement évité d'évoquer l'affaire Perdiou. Mais, l'alcool aidant, il eut envie de mettre son frère et sa belle-sœur dans la confidence. Il avait confiance en leur jugement.

Lorsqu'il eut terminé, sans avoir rien omis, Simon eut la moue qu'il lui connaissait depuis qu'ils étaient gamins, censée exprimer une incrédulité mâtinée d'amusement : la bouche en cul de poule, les sourcils relevés, accompagnés d'un « pfuit... » précédant une phrase du genre « Eh ben, dis donc ! ».

Mais, cette fois, il fut devancé par Anne-Catherine : « C'est pas banal, ton histoire.

-Tu es sûr que le Corneau n'a pas une araignée au plafond ? » enchaîna Simon.

Dimitri haussa les épaules : « J'ai tourné et retourné la question dans tous les sens, mais je ne crois pas. En plus, je suis persuadé qu'il ne se moque pas de moi, et même si ce devait être le cas, je ne vois vraiment pas pourquoi il agirait ainsi.

-Y a des pervers... » fit Anne-Catherine en vidant son verre d'un trait.

Dimitri leva les yeux au ciel : « Je sais, j'en rencontre tous les jours dans mon job. Mais ici, le type a l'air sérieux... Et puis, n'oublie pas les deux coups de feu à dix minutes d'intervalle !

-Ça, effectivement, c'est plus étrange, admit Simon. Mais pourquoi tu n'en as pas parlé à la police ? »

Dimitri regarda son frère, puis sa belle-sœur, en se mordillant l'intérieur de la bouche. « Je ne sais pas... D'abord, je crois, parce que les enquêteurs du coin ne me revenaient pas... Ensuite parce que je flaire du pas banal derrière tout ça, et que j'ai envie, stupidement, je l'admets, de mener ma petite enquête.

-Mais comment tu vas faire ? demanda Anne-Catherine. Tu ne recommences pas à bosser lundi ?

-Si, mais je vais demander à mon rédacteur en chef bien-aimé qu'il me confie l'enquête... Est-ce qu'il acceptera ? Je n'en sais rien... Mais je me disais qu'en cas de refus, je pourrais toujours aller voir mon pote Delalande pour qu'il me fourgue quinze jours d'arrêt maladie pour surmenage. Qu'est-ce que vous en dites ?

-Moi, j'en dis que c'est complètement ridicule ! répliqua aussitôt Simon, en haussant le ton. Tu nous serines à longueur d'année que tu crains pour ta place à *L 'Actualité*, et tu viens jouer avec le feu à la première occasion... Et pour un truc foireux, si tu veux mon avis. »

Dimitri se tourna vers Anne-Catherine, qui lui sourit avec douceur. « De toute façon, tu n'en feras qu'à ta tête...Mais je pense, comme Simon, que ce serait loin d'être une bonne idée... »

Comment arrivait-elle à trouver en toutes circonstances les mots justes ? « Tu aurais dû devenir avocate, je suis sûr que tu aurais gagné tous tes procès ! » dit-il avec un large sourire. « Vous avez évidemment raison. Je vais reprendre mon job bien gentiment, même si ça m'emmerde. Et je me fais fort de trouver les arguments qui décideront Magnin à me confier l'affaire Perdiou... »

Et il vida son verre d'armagnac, d'un trait. Il aimait la sensation de coup de fouet qu'il lui procurait....

CHAPITRE 15

« Et alors ? » fit la voix au téléphone.

« Rien que du banal » répondit l'homme, l'oreille collée à son mobile. Installé sur le siège passager avant d'une Fiat Punto verte, il fit signe au chauffeur de démarrer.

« Qu'est-ce que ça signifie, du banal ? » insista son correspondant.

« C'est l'appartement de monsieur Toulemonde, plutôt du genre miteux. Boizot vit seul dans ce F2. Ça pue le tabac froid chez lui. D'ailleurs, dans la cuisine, il y a trois cartouches de Camel et, dans le cendrier du salon, une bonne douzaine de mégots. Son seul luxe, c'est un bar, très kitsch, très... années soixante, bourré d'alcools de toutes sortes... Il doit aimer lever le coude...

-D'accord, d'accord. Mais en ce qui concerne notre affaire ? » s'impatienta la voix.

Avant de répondre, l'homme fit signe au chauffeur de tourner à droite. « Alors là, rien de rien. J'ai tout fouillé, pas le moindre papier.

-Ce n'est pas possible ! hurla son correspondant, visiblement contrarié. Ce Boizot a bien un agenda, un carnet d'adresses... et un bloc-notes !

-Bien sûr » fit l'homme en adoucissant artificiellement sa voix, comme pour mieux faire ressortir son propre self-control.

« Bien sûr… L'agenda s'arrête au 30 juin : la page est barrée d'un grand « congé » écrit en rouge. Depuis, plus rien. Quant au carnet d'adresses, je l'ai entièrement photographié, mais à première vue, il ne contient rien d'extraordinaire… Enfin, ce sera à vous d'en juger, monsieur Lullier… Et pour ce qui est d'un bloc-notes, je n'en ai pas trouvé. J'ajouterai qu'il n'y a pas non plus d'ordinateur, pas de répondeur téléphonique. »

Il entendit nettement le soupir à l'autre bout du fil.

« C'est plutôt bon signe. Ça veut dire que nous avons affaire à un petit fouille-merde sans envergure. Si vous voulez mon avis, il n'y a vraiment…

-Votre avis, je m'en tamponne ! Vous avez fouillé sa voiture ?

-Évidemment » fit l'homme, sur un ton soudain très sec. « Rien non plus, à part le fait qu'elle est dégueulasse.

-Je veux un rapport complet pour demain matin. Avec tous les renseignements possibles, y compris sur sa famille. Bonsoir ! »

L'homme raccrocha et, se tournant vers le chauffeur : « Et alors, tu as retrouvé le chemin ? C'est bourré de sens uniques, ce quartier ! Jette-moi au bureau. J'ai un rapport urgent à rédiger pour notre bien-aimé client… »

CHAPITRE 16

Dimitri Boizot n'avait jamais mis les pieds à Senlis. En bon Parisien, tout ce qui se trouvait au-delà des boulevards des maréchaux était assimilé à la jungle. Mais ce matin-là, il ressentait une excitante sensation de liberté. En arrivant au journal, il s'était aussitôt rendu dans le bureau de Magnin, qui rentrait de vacances, comme lui.

Après un rapide échange de politesses, il avait évoqué l'affaire Perdiou. « Oui, oui, j'ai vu ça. Du bon travail ! » avait lancé le rédacteur en chef. Dimitri en avait profité pour obtenir ce qu'il voulait : une carte blanche pour mener son enquête à sa guise, en étant détaché pour quelques jours du quotidien. « Mais attention, tu me tiens au courant de tout ce que tu trouves et, surtout, tu y vas mollo avec Perdiou. Le type a le bras long et il est du genre susceptible, limite parano si tu vois ce que je veux dire… »

Dimitri avait acquiescé et était reparti aussitôt, direction Senlis, pour y rencontrer les parents de Jean-Michel Flaneau.

***

Tout en roulant, il repensa à son dernier week-end de vacances, qui avait passé très vite avec Claude et Mireille. D'autant plus vite, d'ailleurs, qu'il avait complètement oublié d'aller les prendre chez son ex-belle-mère.

En quittant Simon et Anne-Catherine après le petit déjeuner, il s'apprêtait à reprendre le métro pour rentrer chez lui lorsque son portable avait sonné et qu'il avait entendu sa belle-mère éructer : « Eh bien Dimitri, nous vous attendons. Les enfants s'impatientent… et moi aussi. »

Il avait tout à fait oublié les gosses et le fait qu'il avait accepté de changer son week-end de garde pour permettre à Andrée de partir à Rome avec son dentiste. Il avait sur-le-champ inventé une excuse-bidon et s'était dépêché d'aller récupérer sa voiture, garée pratiquement en bas de son immeuble. Il avait démarré sur les chapeaux de roue et, un quart d'heure plus tard – vive Paris au mois d'août –, il rejoignait ses enfants. Bien sûr, Claude faisait la tête, en bon Galy qu'il était. Mireille, naturellement plus douce, s'était contentée de lancer : « Mamy pensait que tu nous avais oubliés… »

Ils avaient profité de maigres rayons de soleil pour aller visiter Versailles le samedi après-midi, avant le rituel repas chez le Chinois de la rue Pelleport. Le soir, après avoir subi dans un cinéma des Champs-Élysées la vision d'un navet où les cascades tenaient lieu de scénario, ils avaient récupéré la Renault pour rentrer. C'est à ce moment que Mireille avait aperçu le bout de papier tombé sous le siège passager. Curieuse, elle s'en était emparée. « Avec qui es-tu allé manger un croque hier ? » avait-elle fait.

Dimitri, qui conduisait sans se retourner, avait répondu : « Hier, je suis allé dîner chez l'oncle Simon, et je peux te dire que j'ai mangé bien mieux qu'un vulgaire croque ! Pourquoi tu me demandes ça ?

-Parce que je viens de trouver ceci : une note de la brasserie Maurice, rue Belgrand, celle où tu nous as déjà emmenés, pas loin de chez toi. Elle date de hier à quatorze heures vingt-deux et elle indique un croque et deux bières… Il y en a pour treize euros. »

Dimitri, qui ne comprenait rien à ce que disait Mireille, poursuivit son chemin en silence, l'esprit ailleurs.

Ce n'est qu'une fois arrivés à l'appartement, après avoir déposé les sacs des gosses dans leur chambre, qu'il avait demandé à sa fille : « C'est quoi, cette note dont tu m'as parlé en voiture ? »

Sans se faire prier, Mireille lui avait tendu le bout de papier en disant : « Je l'ai trouvée sous le siège. »

Il regarda la note avec attention. Elle était bien datée de la veille. Mais, à quatorze heures vingt-deux, il se trouvait à l'appartement. C'était même le moment où il devait être en ligne avec Vendroux.

« Elle n'est pas à moi. C'est probablement quelqu'un qui l'aura jetée dans la rue, et elle sera arrivée dans la voiture, collée à ma chaussure.

-Sous le siège passager ? » ironisa Claude, qui suivait avec un intérêt soudain la conversation.

Il haussa les épaules : « J'en sais rien, moi. De toute façon, si elle m'appartenait, cette note, je vois pas pourquoi je ne le reconnaîtrais pas.

-C'est peut-être Alzheimer qui commence » suggéra Claude, vachard comme toujours.

« Peut-être… » admit Dimitri en fourrant la note dans sa poche.

Le lendemain, une pluie incessante avait découragé toute velléité de promenade, et les gosses, ravis, avaient pu se vautrer toute la journée devant la télévision. En tout cas jusqu'à dix-huit heures, lorsqu'il avait fallu les reconduire chez mamy…

***

À Senlis, la boulangerie Flaneau était installée dans une petite rue à deux pas de la cathédrale. Les volets étaient baissés, et une affichette indiquait « Congés annuels. Réouverture le mardi 14 août ».

« J'aurais dû téléphoner… » pensa Dimitri.

Toutefois, il sortit de sa voiture et alla se planter sur le trottoir. La rue était déserte. Mais, juste au-dessus du magasin, l'une des fenêtres de la façade était entrebâillée.

Sur la porte d'entrée, à droite de la boutique, il vit deux sonnettes dont l'une était marquée « privé ». Il appuya, deux petits coups brefs.

Quelques secondes plus tard, une tête blonde apparut à la fenêtre du premier. « Oui, c'est pourquoi ? »

Il tenta son sourire le plus engageant : « Bonjour. Je suis journaliste à *L'Actualité*, et j'aimerais parler à monsieur ou madame Flaneau. »

En parlant, il nota les traits anguleux du visage de son interlocutrice. Cela lui donnait un air dur, sévère, qu'atténuait heureusement une masse de cheveux blonds et bouclés.

« Vous leur voulez quoi ? » La voix était sèche, sans aménité.

« Ce n'est pas gagné » songea Dimitri, tout en répondant : « Eh bien… C'est-à-dire que j'enquête sur l'accident de leur fils Jean-Michel… »

« Tu vas te faire jeter » pensa-t-il instantanément.

À la fenêtre, la fille avait froncé les sourcils et s'était renfrognée davantage. « De quel accident parlez-vous ? »

Cette fois, Dimitri sentit qu'il perdait pied. Il s'attendait à tout, sauf à une telle question. « Joue franc jeu ! » se dit-il.

« L'accident de l'année dernière, qui a coûté la vie à monsieur Flaneau.

« Je ne comprends rien à ce que vous dites… Attendez une seconde, je viens ouvrir… »

Un cyclomoteur passa en pétaradant. Puis, très vite, la rue retomba dans sa torpeur. Dimitri consulta sa montre : onze heures et demie.

Il se demanda ce qu'il faisait au juste là. Il aurait pu se contenter de reprendre le boulot le matin même, sans enthousiasme, de façon routinière. Au lieu de ça, il s'était lancé, comme un don Quichotte de pacotille, sur la piste des moulins à vent. Tout ça parce qu'un garçon qu'il ne connaissait ni d'Eve ni d'Adam avait réussi à le convaincre de fourrer son nez dans une histoire rocambolesque qui n'avait aucun fondement.

La porte s'ouvrit et Dimitri se retrouva face à une demoiselle toute menue. Elle ne devait pas avoir un mètre soixante et elle semblait n'avoir que la peau sur les os. Sommairement vêtue d'un short en jean qui dévoilait des jambes osseuses mais bronzées, et d'un T-shirt rouge trop grand pour elle, elle le toisait sans un mot.

« Bonjour, fit à nouveau Dimitri en souriant. Je suis vraiment désolé de vous déranger. »

Sans un sourire, le visage toujours fermé, la main droite solidement posée sur la poignée de la porte qu'elle avait à peine entrouverte, elle fit : « Qu'est-ce que vous voulez au juste ? En quoi un journaliste peut-il s'intéresser à un accident vieux d'un an ?

-C'est compliqué. Vous êtes de la famille ?

-Oui, je suis la sœur de Jean-Michel... Pourquoi est-ce compliqué ? »

Dimitri se sentait mal à l'aise. Les yeux marron de cette fille étaient comme accrochés à son propre regard. Il se dégageait d'elle une impression de force et de solidité qui contrastait avec sa fragilité physique.

« Eh bien... Comment dire ?... Un fait tout récent, auquel j'ai eu l'occasion de m'intéresser pour mon journal, a fait ressurgir cet accident... Dont je n'avais jamais entendu parler il y a quelques jours encore... »

En parlant, il déplia le journal qu'il avait pris soin d'emporter, et il mit la « une » sous les yeux de la fille. Surprise, elle y jeta à peine un coup d'œil, avant de replonger son regard dans le sien.

« C'est quoi ?

-Regardez l'homme sur la petite photo. »

Il examina avec attention son attitude : son visage n'exprimait aucun autre sentiment qu'une incompréhension sincère. Elle releva la tête : « Oui... Et alors ? »

Il se sentit bêtement rougir. « Ne trouvez-vous pas une certaine ressemblance avec votre frère ? »

Cette fois, elle émit un petit bruit incongru avec la bouche. Elle regarda de nouveau la photo, un long moment, en se mordillant nerveusement l'intérieur de la joue. Puis elle haussa lentement les épaules et fit : « C'est possible... Et alors ?

-Alors, en voyant ce cliché et en lisant l'article, un certain Ludovic Corneau m'a contacté pour me dire que, selon lui, cet homme et votre frère ne seraient qu'une seule et même personne. »

À cet instant, deux passantes arrivèrent à leur hauteur et lancèrent un sonore : « Bonjour Sylvie, les vacances se passent toujours bien ? »

Elle leur adressa un rapide sourire, hocha la tête en signe d'approbation, puis elle ouvrit plus largement la porte : « Entrez. Nous serons tout de même plus tranquilles pour discuter. »

***

Le salon était petit, si typiquement provincial, avec ses lourds fauteuils de cuir fatigués, l'inévitable vaisselier en merisier, le parquet brillant et l'odeur d'encaustique. Dimitri se sentait presque aussi dépaysé que s'il était entré furtivement dans une iourte plantée au milieu du désert de Gobi.

Installée dans un profond fauteuil dont les formes massives la faisaient paraître encore plus fluette, Sylvie Flaneau l'avait écouté avec attention, sans l'interrompre. À la fin, elle secoua la tête en signe de dénégation. « Non... Non, ça ne tient pas debout... Si Jean-Michel s'était sorti de cet accident, il nous aurait forcément contactés, mes parents et moi... Et n'oubliez pas qu'on a retrouvé son corps dans la voiture...

-Oui mais – excusez-moi – on m'a dit qu'il était dans un tel état que toute identification avait été impossible.

-C'est vrai, mais il n'y a vraiment aucune raison pour supposer que quelqu'un d'autre soit mort à sa place dans cet accident... C'est du roman-photo, ça ! »

Elle leva la tête vers le plafond, comme pour y chercher ses mots. Dimitri sentait bien qu'elle était tout de même ébranlée. Il y avait dans sa voix comme un imperceptible tremblement.

« Vous imaginez... Quelqu'un qui serait capable de faire croire à sa famille qu'il est mort, ce serait un monstre... Non, c'est complètement fou... Je pense que Ludovic s'est monté le bourrichon...

-Vous connaissiez l'histoire de Marcel Orphelin ?

-Non, je n'en avais jamais entendu parler... Cela dit, ce n'était pas bête » ajouta-t-elle en souriant.

Aussitôt, son visage eut l'air plus doux, moins carré grâce à ce sourire ouvert sur des dents blanches et régulières, qui faisaient ressortir le hâle de sa peau.

« Vous avez revu les amis de votre frère après le lycée ?

-Non. Mais, vous savez, j'ai trois ans de moins que Jean-Michel. À cet âge-là, c'était une différence énorme. Pour lui, j'étais la petite.

J'avais mes copines, lui avait ses amis. Je savais qui ils étaient parce que Jean-Mi allait parfois passer la nuit chez eux, ou alors ils venaient quelquefois à la maison. Mais c'est à peine si je me souviens même à quoi ils ressemblaient… »

Dimitri comprit l'absurdité de sa démarche. Il soupira et, comme s'il voulait se donner le temps de la réflexion, il demanda : « Je peux fumer ? »

Sylvie Flaneau le regarda et, souriant à nouveau : « Bien sûr. Je vais vous chercher un cendrier. »

Il la regarda se lever et sortir du salon d'un pas pressé. Il était clair qu'il avait fait chou blanc, et pourtant il persistait à penser qu'il y avait peut-être un fond de vraisemblance dans les propos de Ludovic Corneau.

« Excusez-moi d'insister lourdement, fit-il lorsqu'elle réapparut. Mais est-ce que vous auriez des photographies relativement récentes de votre frère ?

-Les dernières remontent à deux ans. Elles ont été prises au mariage d'une cousine. »

En parlant, elle s'agenouilla devant le téléviseur, ouvrit un tiroir de la commode sur laquelle il était posé, et en sortit un gros album bordeaux orné de dorures.

S'installant sur l'accoudoir du fauteuil où était assis Dimitri, elle feuilleta rapidement l'album.

« Tenez, voici la famille réunie : ma mère, mon père, Jean-Michel et moi. »

Dimitri posa l'album sur ses genoux et examina le cliché avec attention. Aussi blond et frisé que sa sœur, Jean-Michel Flaneau respirait la joie de vivre. Vêtu d'un costume clair et d'une chemise blanche au col ouvert, il n'avait déjà plus qu'un lointain rapport avec le jeune homme dont il avait vu la photographie chez Corneau, et encore moins avec le cliché de « Marcel Orphelin ».

« C'est vrai, admit Dimitri. La ressemblance ne saute pas aux yeux.

-Je vous l'avais dit » fit Sylvie en refermant l'album.

Dans la maison, une pendule sonna midi. Il n'avait plus qu'à prendre congé.

CHAPITRE 17

Le docteur François Ménessier exerçait son art dans une clinique privée du Vésinet. Lorsque Dimitri y arriva, une dizaine de voitures stationnaient sur le parking aménagé à l'arrière de la maison, une vaste villa début de siècle qui avait de l'allure et devait impressionner les clients.

À l'entrée, installée derrière un bureau en verre fumé, une jeune beauté aux cheveux platine jouait les hôtesses d'accueil. Elle le fit patienter dans un petit salon orné d'un téléviseur à écran plat qui diffusait un film de présentation de la clinique. « Ça pue le fric » se dit Dimitri en s'installant dans un canapé de cuir blanc, parfaitement assorti à la décoration intérieure du salon.

La veille, en rentrant de Senlis, il avait passé dix minutes dans le bureau de Magnin à lui résumer l'entrevue qu'il venait d'avoir avec Sylvie Flaneau. Il avait terminé en lui montrant la photographie qu'elle lui avait confiée.

Aussitôt, Magnin avait eu l'idée de montrer les clichés à un expert : « J'ai un ami chirurgien esthétique. Contacte-le de ma part. »

Grâce à ce Sésame, Dimitri avait obtenu un rendez-vous pour le lendemain.

La maison semblait étonnamment calme en cette fin de matinée. Dans le jardin, sur lequel la porte-fenêtre était grande ouverte, il aperçut un homme en tablier bleu penché sur un massif de fleurs. Tout respirait ici la quiétude, et il se laissa aller à la rêverie. Une

rêverie mélancolique dont il fut tiré rapidement par l'arrivée d'un petit homme sec.

« Monsieur Boizot ? Enchanté. François Ménessier. Si vous voulez bien me suivre… »

Le visage impeccablement bronzé, les dents impeccablement blanches, le pantalon blanc impeccablement repassé, le médecin soignait son apparence. Histoire, sans doute, de mettre en confiance ses patients.

Dans son bureau, sobrement meublé d'une tablette de verre fumé –« On a dû leur faire des prix de gros » songea Dimitri – posée sur des pieds métalliques, et d'une armoire basse, le docteur Ménessier s'installa dans un profond fauteuil en lui désignant un siège.

« Asseyez-vous, je vous en prie. »

Il parlait d'une voix de basse, profonde et chaude, qui devait beaucoup plaire à ses patientes. Dimitri se demanda s'il avait eu recours lui-même à la chirurgie esthétique.

« Bien, si j'ai bien compris la note de ma secrétaire, vous êtes journaliste à *L'Actualité*, monsieur Boizot, chez mon vieil ami Magnin – il va bien ? – et vous faites une enquête sur des disparitions inexpliquées… Un sujet parfait pour les vacances, n'est-ce pas ? »

Dimitri était fasciné par ses dents blanches, lui qui osait à peine ouvrir la bouche pour ne pas exposer des incisives jaunies par l'abus de café et de tabac.

« Tout à fait. Je me suis permis de venir vous voir afin que vous puissiez me donner votre avis sur un cas intéressant : une personne censée avoir disparu l'an dernier dans un accident de voiture aurait été reconnue par certains, ces derniers jours, sous les traits d'un cambrioleur abattu en Bretagne.

-Passionnant » fit Ménessier en chaussant des lunettes de lecture. « Vous avez des photos de ces ou de cette personne ?

-Bien sûr ». Il posa sur la table une enveloppe grise qu'il ouvrit pour en sortir deux clichés.

Le premier était la reproduction de la photo d'identité que *L'Actualité* avait publiée huit jours plus tôt. Le second montrait

Flaneau au mariage de sa cousine. Sylvie avait accepté de le lui confier en lui demandant de bien vouloir le lui restituer. Dimitri en avait fait tirer une nouvelle épreuve, recadrée sur le seul Jean-Michel Flaneau.

Ménessier alluma sa lampe de bureau et se plongea dans l'examen des deux portraits.

« C'est dommage, dit-il en désignant du doigt la photo d'identité, mais la qualité n'est pas fameuse, c'est le moins qu'on puisse dire. Toutefois, je serai formel : il ne s'agit pas ici de la même personne... Je comprends qu'un profane puisse se tromper et trouver un «air de famille » comme on dit, entre ces deux hommes, mais cette impression ne résiste pas deux minutes à un examen, même superficiel. »

Il releva la tête, repoussa ses lunettes sur le bout de son nez et, découvrant à nouveau ses dents scandaleusement blanches, il sourit.

« Quels sont, docteur, les éléments qui vous amènent à être aussi catégorique ?

-C'est très simple. Sans entrer dans le détail, il suffit de comparer, par exemple, l'écartement des yeux, la position de la bouche par rapport au nez, sa largeur. Si vous dessinez mentalement un triangle dont la base relie les bords extérieurs des yeux, et dont la pointe touche très exactement le milieu de la lèvre inférieure, vous verrez qu'il n'a pas les mêmes rapports sur les deux photographies... Et ça, aucun chirurgien esthétique au monde n'est capable de le modifier ».

Dimitri hocha la tête. Sans oser se l'avouer, il se sentait déçu : depuis quelques jours, il était tellement persuadé d'avoir mis le doigt sur une affaire exceptionnelle qu'il acceptait mal de devoir se rendre à l'évidence.

Il insista donc : « Sachant que la personne figurant sur la photo de gauche est censée avoir péri dans un grave accident de voiture, serait-il imaginable de penser que cet accident aurait pu provoquer de telles lésions au visage...

-... Qu'il en aurait modifié les proportions ? » l'interrompit le médecin avec un large sourire condescendant. « Non, c'est inimaginable... D'autant plus que, sur la seconde photo, on ne trouve aucune trace de lésion d'aucune sorte... Non, non, je vous le répète, je suis tout à fait formel. »

***

L'après-midi, Dimitri retrouva son bureau à la rédaction de *L'Actualité*. Installée dans un bel immeuble d'une rue calme à deux pas de la porte de Saint-Ouen, elle en occupait deux étages, juste en face d'un square où, par beau temps, il aimait aller manger son sandwich. Et aussi fumer une cigarette : depuis que le tabac avait été déclaré hors-la-loi à la rédaction, il ne ratait pas une occasion de sortir « prendre l'air ».

Assis juste en face de lui, Censier le regarda arriver, perdu dans ses pensées et affichant l'air sinistre qui ne le quittait jamais.

Patrice Censier était âgé d'une cinquantaine d'années, spécialiste de la vie des entreprises. Grand et maigre, de rares cheveux roux virant au gris qu'il plaquait en arrière comme un ministre de la troisième république, toujours vêtu de costumes en tweed qui, pensait-il, lui donnaient un air britannique, c'était un bon professionnel, discret, voire même un peu effacé, qui partageait sa vie entre un travail qu'il aimait bien et qui lui permettait de côtoyer les grands du monde économique, et une épouse malade de la sclérose en plaques, dont il s'occupait avec beaucoup de dévouement, avec l'aide d'une garde-malade à domicile qui lui coûtait beaucoup d'argent.

« Ça va, Patrice ? » fit Dimitri en s'asseyant.

« Ça va » fit l'autre machinalement. « Toi aussi, tes vacances se sont bien passées ?

-Oui, très bien, un peu agitées vers la fin…

-J'ai vu ça. Un beau scoop… Et tiens, à ce propos, ce matin, un certain monsieur Corneau a téléphoné. Il voulait te parler de l'affaire Perdiou. J'ai proposé de lui donner ton numéro de portable, mais il m'a dit qu'il l'avait déjà. »

Dimitri hocha la tête. Que voulait encore Corneau ? Il décrocha son téléphone et l'appela. À l'autre bout du fil, il paraissait un peu embarrassé. « C'est gentil de rappeler, mais en fait je voulais seulement avoir des nouvelles. »

Avec un certain agacement, Dimitri lui expliqua que, selon toute vraisemblance, Flaneau et Orphelin étaient bien deux personnes distinctes.

« Ah ? » fit Corneau, l'air déçu. « Vous allez faire quoi, maintenant ?

-Que voulez-vous que je fasse ?

-Je ne sais pas... Mais, vous avez vu qu'il y a eu un cambriolage à l'agence d'intérim que tenait Charles Plesse ? »

Dimitri eut soudain l'impression qu'on venait de lui donner un grand coup dans la poitrine. « Qu'est-ce que vous me racontez ?

-Il y avait une brève, dimanche, dans le journal local : on s'est introduit par effraction dans les bureaux de Job-Inter, à Saint-Cloud, et le journal rappelait la mort tragique du patron quelques jours plus tôt... Mais, apparemment, rien n'a été volé.

-Je n'étais pas au courant » avoua avec franchise Dimitri, en se passant la main sur les yeux.

« Il n'y a peut-être aucun rapport... » fit Corneau.

« Peut-être... » Et il raccrocha.

Deux minutes plus tard, il était dans le bureau de Magnin. « Alors, qu'a dit mon ami Ménessier ? »

Dimitri lui expliqua qu'il n'avait obtenu aucun résultat, avant d'ajouter : « Je reste quand même persuadé que l'affaire sort de l'ordinaire... Ainsi, je viens d'apprendre que l'agence d'intérim de Plesse, le type qui a été tué en même temps qu'Orphelin, a été

cambriolée. Il doit y avoir plus qu'une coïncidence. Je vais actionner mes contacts à la crim' et, dès demain matin, j'irai à Saint-Cloud interroger les gens de Job-Inter. Qu'en penses-tu ?

-Vas-y... Mais ça fait quand même une semaine qu'on n'a plus rien dans le canard sur l'affaire Perdiou. Je me demandais si tu ne ferais pas un petit papier pour expliquer que, dix jours après les faits, on ne connaît toujours pas l'identité véritable du cambrioleur. On repasse sa photo à la une et on lance un appel aux lecteurs qui le reconnaîtraient. De cette manière, on met la pression sur les enquêteurs et on rafraîchit la mémoire aux lecteurs en leur rappelant que c'est *L'Actualité* qui a sorti l'affaire en exclu... »

Dimitri regagna son bureau en se disant que Magnin, décidément, ne perdait jamais le nord. Il alluma son ordinateur et, fouillant son bloc-notes, retrouva le numéro du capitaine Tworkowski au Croisic : avant de faire son papier, il valait quand même mieux vérifier que Marcel Orphelin n'avait toujours pas retrouvé son vrai nom et que l'enquête

n'avait pas encore livré d'éléments croustillants...

***

Le soir, Dimitri retrouva son appartement avec un sentiment de vacuité déprimant. Le cafard lui était tombé dessus sans crier gare, comme ça, d'un coup, sur le trajet entre la rédaction et la rue des Lyanes. Toute énergie l'avait abandonné et il se demandait comment il avait pu accorder un peu de crédit à cette histoire imbécile de revenant que lui avait servie Corneau avec un peu trop d'empressement.

Il se servit un whisky avant de brancher la chaîne hi-fi, un antique montage d'éléments disparates dont il n'avait jamais voulu se séparer depuis ses années de fac. Il mit en route un disque d'Ella Fitzgerald chantant les chansons de Rodgers et Hart…

Il s'assit sur le canapé, alluma une cigarette et fuma lentement, les yeux mi-clos. Il fredonnait « Manhattan » à voix presque basse, comme s'il craignait d'être entendu. En même temps, alors qu'il passait en revue les événements des derniers jours, la note de brasserie que Mireille avait découverte dans sa voiture lui revint en mémoire.

Il l'avait fourrée dans son pantalon de toile beige, il en était sûr. Il écrasa sa cigarette, se leva et fonça dans la chambre à coucher. Comme d'habitude, il avait rangé avec soin son pantalon sur un cintre, en célibataire maniaque qu'il était devenu.

Au salon, Ella chantait toujours, et rien que ça lui remontait un peu le moral.

Il retrouva la note sans peine et, sans plus réfléchir, il passa son blouson et ressortit.

Direction la rue Belgrand, Chez Maurice. Il était dix-neuf heures vingt-cinq, il en profiterait pour casser la croûte.

***

« Salut, Dimitri, ça va ? »

Il s'installa à une petite table, à côté de la porte d'entrée, en répondant au salut de Stan. Comme il s'y attendait, l'établissement était quasiment désert : les Parisiens étaient partis au bord de la mer, et les touristes n'avaient aucune raison de s'aventurer jusqu'ici.

Mais Stan était un vrai bistrot à l'ancienne. La brasserie, rachetée une quinzaine d'années plus tôt, était toute sa vie et, client ou pas client, il n'était pas question de fermer. Il s'approcha de Dimitri, la bedaine proéminente. « Tu rentres de vacances ? T'es tout bronzé ! »

Boizot lui raconta le séjour dans la villa de Batz, en omettant l'épisode Perdiou, il était inutile de lui mettre la puce à l'oreille. Après avoir commandé un spaghetti bolognese et un demi de rouge, il sortit de sa poche la note et, la poussant sous le nez de Stan : « Par hasard, tu ne te souviendrais pas du client, ou des clients, qui sont venus chez toi vendredi dernier ? »

Stan s'empara du papier, l'examina, puis, relevant les yeux : «Pourquoi tu demandes ça ? »

Il s'attendait à la question et avait préparé une réponse toute faite : « Pour rien. Figure-toi que, le week-end dernier, j'avais les gosses et, après les avoir ramenés chez la belle-doche, j'ai trouvé cette note dans ma voiture. Elle ne pouvait provenir que des enfants, alors je me suis demandé si c'était pas la belle-mère qui, par hasard, serait venue siffler deux pressions chez toi… »

En parlant, Dimitri n'avait pas cessé de sourire et il s'était efforcé de prendre le ton le plus désinvolte possible.

« Je vais te dire, fit Stan dès qu'il eut terminé. Si ta belle-doche ressemble à Galabru qui sortirait d'une poubelle, alors c'est bien elle qui est venue vendredi… »

Boizot le regarda sans répondre, l'air interrogateur du type qui ne comprend rien.

Stan s'assit en face de lui : « Je m'souviens bien de ce gonzier. C'est pas tous les jours qu'on rencontre un type aussi mal embouché. Pire dans le genre, je vois que King Kong… Et encore…

-Qu'est-ce qui s'est passé ? »

Stan haussa les épaules. « Ce gros con a bouffé son croque là-bas, dans le coin. Il m'a d'abord vidé une bière cul sec, a roté sans trop de discrétion et en a commandé une deuxième. Jusque là, ça allait, si on peut dire… Ça s'est gâté quand il a reçu un appel sur son portable. Entre parenthèses, je te recommande la sonnerie : une espèce de chevauchée des walkyries électronique, c'est coquet. Bon, le type a décroché et s'est mis à gueuler : « Qu'est-ce tu fous ? » Puis, de plus en plus fort, de plus en plus rouge, de plus en plus suant : « Tu te radines illico. J'ai pas envie d'y aller à pattes. Alors tu viens, ou je te vire ! » Il a raccroché, a fini son croque en vitesse. J'te raconte pas

l'ambiance dans le rade, les clients savaient plus où regarder… Et, un peu plus tard, on a vu arriver son « chauffeur », à bord d'une ridicule Fiat Punto verte. J'aime autant te dire qu'il y a eu des commentaires une fois qu'il est sorti… »

Stan s'interrompit soudain, conscient qu'il était peut-être en train de parler d'une connaissance de Dimitri. Mais celui-ci le rassura bien vite : « Curieux… Je ne vois pas qui ça pourrait être. Je ne vois pas non plus comment cette note a pu atterrir dans ma bagnole, alors. »

Stan poussa un soupir, moitié soulagement, moitié ignorance. Il se leva : « Bon, je vais passer ta commande… »

CHAPITRE 18

Au volant d'une Fiat Punto verte, garée à une centaine de mètres de là, un homme pianota nerveusement sur les touches de son mobile.

« Bonjour, monsieur Lullier, c'est Quiguer. Je vous appelle comme convenu... »

Tout en parlant, il ne perdait pas de vue la vitrine de Chez Maurice, derrière laquelle il suivait le moindre mouvement de Dimitri, alors en grande conversation avec le patron.

« Oui, il est occupé à bouffer dans une brasserie de la rue Belgrand. Pendant le week-end, Pierrot l'a suivi : rien à signaler, il était avec ses enfants... En revanche, lundi, c'est plus intéressant, il est allé à Senlis pour rencontrer une fille qui s'appelle Sylvie Flaneau. C'est la fille de la boulangerie et il y aurait du cul là-dessous que ça m'étonnerait...

- Comment avez-vous dit ? » rugit son correspondant.

« Pardon ?

-Comment s'appelle la fille que Boizot a rencontrée lundi ?

-Flaneau, Sylvie Flaneau… »

Un silence : à l'autre bout du fil, Lullier semble avoir perdu la voix.

« Il y a un problème, monsieur Lullier ?

-Non, non. Continuez ! »

« Eh bien, hier, il a passé le reste de la journée à son canard. Rien de spécial à en dire. Mais le plus drôle, vous devinerez jamais : il est allé ce matin au Vésinet consulter un chirurgien esthétique ! C'est dingue, ça !

-En effet… » fit seulement son correspondant qui, déjà, n'écoutait plus et raccrocha sans ajouter un mot.

Quiguer rangea son portable dans la poche de sa chemise. Il alluma une cigarette, entrouvrit la vitre et pesta. Il en avait assez d'être toujours à la merci de clients exigeants, qui ne le considéraient pas mieux qu'un domestique, tout ça pour des sommes dérisoires qui parvenaient à peine à le faire vivre.

Il consulta l'horloge de bord : il était presque vingt heures. Il en avait fait assez pour aujourd'hui. De plus, il avait promis à Chantal de ne pas rentrer trop tard… De toute façon, Boizot allait passer un bon moment à manger, et puis il rentrerait tranquillement dans son petit appartement minable…

Il tira une dernière bouffée, expédia le mégot sur la chaussée, dut s'y reprendre à deux fois pour que la voiture daigne démarrer, et il s'en alla en direction de la place Gambetta, en grognant de plus belle contre cette « vie de merde », ces « clients de merde »…

CHAPITRE 19

Philippe Congy était abonné à *L'Actualité* depuis une éternité. Quand il était gamin – et ça ne datait pas d'hier puisqu'il avait fêté, quelques semaines plus tôt, son soixante et onzième anniversaire –, ce journal faisait déjà partie des objets familiers à la maison. A l'époque, on sortait à peine de la guerre et il ne comptait que quelques feuillets et de rares illustrations. Mais le petit Philippe dévorait la page des sports, surtout quand il y était question de football.

Il entendit la camionnette de La Poste s'arrêter devant la maison, puis redémarrer dans un grand crissement de pneus. Il soupira et secoua la tête en levant les yeux au ciel : le nouveau facteur se prenait pour Fangio et cela avait le don de l'énerver. Il se leva lentement – toujours ces maudits genoux ! – et sortit de la cuisine où il venait de boire sa première tasse de café de la journée.

Il ouvrit la porte d'entrée, jeta un coup d'œil presque machinal vers le ciel plombé qui ne présageait pas une belle journée, et il alla prendre le journal dans la boîte aux lettres. Le facteur avait l'habitude de le plier en deux dans le mauvais sens – encore quelque chose qui l'agaçait ! –, si bien qu'au premier regard, il n'apercevait que la dernière page. Il referma à clef la boîte aux lettres, déplia le journal... et s'arrêta d'un coup, une expression de surprise incrédule sur le visage.

« Mais c'est Franck, ça ! » grommela-t-il.

À la une s'étalait une grande photo, de qualité médiocre mais qui ne laissait pas le moindre doute sur la personne qui y était représentée.

Philippe Congy se hâta de rentrer, claqua d'un coup sec la porte et se précipita au salon où son épouse était déjà en train d'épousseter les bibelots.

« Catherine, regarde ! » fit-il seulement en lui mettant *L'Actualité* sous les yeux.

Surprise, elle recula un peu la tête et, découvrant le cliché, eut la même réaction que son mari : « C'est Franck Héron. Qu'est-ce qu'il a fait ? »

Le titre de « une » était concis, mais n'apportait pas beaucoup de précisions : « Connaissez-vous cet homme ? »

Philippe Congy chaussa ses lunettes qu'il portait en sautoir, il lut alors : « Dans la nuit du dimanche 27 au lundi 28 juillet, un cambriolage était perpétré au domicile de vacances du député parisien de l'UGR, Lionel Perdiou, à Batz-sur-Mer (Loire-Atlantique). Au cours de ce « casse » et en état de légitime défense, l'homme politique a abattu son agresseur. Dès le lendemain, nous étions en mesure de vous révéler l'identité supposée de cet homme, qui était dépourvu de tous papiers d'identité et de tout objet personnel. Une carte d'identité découverte par notre reporter pouvait laisser supposer que l'homme était originaire de Nantes et s'appelait Marcel Orphelin. Toutefois, immédiatement, nous mettions en doute cette identité, tant il paraissait vraisemblable que la carte d'identité en question était fausse. Supposition avérée dans les jours suivants. Aujourd'hui, dix jours après les faits, les gendarmes du Croisic, qui sont chargés de l'enquête, n'ont pu encore découvrir l'identité véritable de cet homme. C'est la raison pour laquelle nous lançons aujourd'hui un appel à nos lecteurs : si vous reconnaissez cet homme, prévenez-nous en appelant la rédaction au ... »

Le visage de Catherine s'était littéralement décomposé au fur et à mesure de la lecture de l'article. « Franck est mort... Mon Dieu ! »

Sans un mot, son mari replia le journal et le déposa sur la table.

« Et il n'y a pas de doute, c'est vraiment bien lui, c'est sûr... » ajouta-t-elle en regardant à nouveau la photo.

« J'avais bien remarqué que la maison était vide depuis que nous sommes rentrés, fit son mari. Mais je pensais que Franck était en vacances... ou en virée. »

Il parlait entre ses dents, un peu comme s'il s'adressait à soi-même.

« Qu'est-ce qu'on va faire ? » demanda Catherine. « Est-ce qu'il faut contacter le journal, comme ils le demandent ? Ou ne vaut-il pas mieux prévenir d'abord ses parents ?... Je vais appeler Marie-Jeanne en prétextant seulement l'envie de prendre de ses nouvelles, lui demander comment ça se passe à Biarritz, si la ville leur plaît toujours autant, et j'en profiterai pour lui demander comment va Franck.

-Elle va s'étonner. C'est nous qui habitons à côté de chez lui et c'est nous qui demandons de ses nouvelles.

-Justement. Je glisserai un mot pour demander ce que devient Franck, disant que nous ne l'avons plus vu depuis plusieurs jours et que nous pensons qu'il est parti en vacances... »

Elle jeta un regard à l'horloge, il n'était que huit heures. « C'est un peu tôt pour téléphoner... On va attendre qu'il soit neuf heures... Quelle affaire ! »

Une heure plus tard, Catherine composait fébrilement le numéro de Marie-Jeanne et Fernand Héron, ses voisins de toujours rue Théodore-Gobert, à Clamart. Deux ans plus tôt, lorsque Fernand était parvenu à l'âge de la retraite après avoir passé sa vie à vendre des voitures, ils avaient décidé d'aller s'installer à Biarritz, où ils passaient régulièrement leurs vacances et où ils avaient eu l'occasion d'acheter un petit appartement pour leurs vieux jours. Ils avaient laissé la maison à leur fils Franck, une espèce de bon à rien qui avait passé le cap des trente ans, célibataire et oisif.

« Marie-Jeanne, tu vas bien ? » fit Catherine sur un ton exagérément léger. À ses côtés, Philippe tendait l'oreille, attentif et tendu. Il fallut un bon quart d'heure, à parler de tout et de rien, à promettre de se revoir dans un avenir plus ou moins lointain, avant d'en venir au fait. « Tiens, à propos, depuis que nous sommes revenus de chez Lucie, nous n'avons pas encore vu Franck. Il est en vacances quelque part ?

-Je suppose. La dernière fois que j'ai eu de ses nouvelles, c'était il y a quinze jours. Je l'avais appelé – ce n'est certainement pas lui, tu sais, qui fera l'effort de décrocher le téléphone – et il m'avait dit qu'il allait passer quelques jours à La Baule. Je suppose qu'il doit toujours s'y trouver.

-Ah ? C'est bien. Il paraît que c'est très beau, La Baule… »

Catherine, ébranlée par cette nouvelle qui ne laissait plus le moindre doute sur l'identité du cambrioleur de Batz-sur-Mer, ne savait plus que dire. Alors elle raccrocha très vite après une vague formule de politesse à sa vieille amie.

Puis elle se tourna vers son mari et éclata en sanglots. Philippe, décontenancé, la prit dans ses bras avec une infinie tendresse. « C'est moche » murmura-t-il. Il revoyait Franck lorsqu'il avait une dizaine d'années. Il jouait souvent avec son père dans le jardin voisin. Parfois, le ballon franchissait la clôture et atterrissait sur la terrasse. Il s'amusait à le renvoyer d'un grand coup de pied à la Kopa. Jamais il n'y avait eu la moindre histoire avec les Héron. Au contraire, ils avaient partagé nombre de bonnes soirées autour d'un repas, prolongé par une partie de belote. Et voilà que le petit Franck était mort, et ses parents n'étaient même pas au courant. Dans ses bras, Catherine avait cessé de sangloter et reniflait à petits coups. « Je vais appeler *L'Actualité* » décida-t-il d'un coup.

***

En arrivant rue Théodore-Gobert, Dimitri fit la grimace. Sous le ciel gris, les petits pavillons de brique sombre n'avaient rien d'engageant. Il avança lentement jusqu'au numéro 25, parqua sa voiture devant l'allée de garage. En sortant, il remarqua que les rideaux avaient bougé à la fenêtre. Visiblement, il était attendu.

D'ailleurs il n'eut même pas le temps de sonner que la porte d'entrée s'ouvrait et que s'y encadrait un grand vieillard, maigre et sec, le visage bronzé sous des cheveux blancs soigneusement plaqués. Sans un sourire, il tendit la main à Dimitri. « Monsieur Boizot ? Je suis Philippe Congy. Entrez donc ! »

La maison sentait le propre, une odeur qui lui fit penser à ses parents, installés dans un pavillon semblable à celui-ci, du côté de Vernouillet.

« C'est tout droit » fit le vieux en refermant derrière lui.

Dimitri entra dans un salon aux dimensions modestes où une vieille dame petite et ronde l'attendait debout, immobile à côté d'une table de chêne sur laquelle elle avait déposé un plateau avec des tasses à café.

« Asseyez-vous donc !

-Où vous voulez, ajouta son épouse. Vous prendrez bien un bon café ?

-Volontiers » fit Dimitri en s'installant à la table, toujours souriant.

Philippe Congy s'assit en face de lui et, sans plus attendre, lui mit la « une » de *L'Actualité* sous les yeux. « Voilà pourquoi je vous ai appelé, monsieur Boizot. Je suis un vieux lecteur de votre journal et, ce matin, en l'ouvrant, j'ai découvert que la personne que vous recherchez n'est autre que le fils de nos voisins et amis. » Il parlait d'une voix assurée, nette. Dimitri se dit qu'il avait dû être enseignant ou quelque chose comme ça.

Sa femme revint et versa trois cafés. Il remercia d'un sourire. Alors qu'elle repartait à la cuisine, Dimitri demanda : « Monsieur Congy, vous permettez que je vous pose une petite question au préalable ?

-Bien sûr… » fit le vieux, un peu surpris.

« Vous étiez enseignant dans la vie active ?

-Oh là, oui. J'ai fait toute ma carrière au collège Saint-Exupéry à Meudon, professeur d'histoire et géographie. C'est d'ailleurs pour cela que nous sommes venus nous installer à Clamart, il y a une bonne trentaine d'années, pour une question de facilité de déplacements… Vous me demandez ça pourquoi ?

-Pour rien. Je trouvais que vous aviez effectivement l'allure d'un enseignant.

-Ah bon ? »

Revenue de la cuisine, la femme vint s'installer à table en leur compagnie.

« Il y a une petite chose qui me chiffonne : la semaine dernière, nous avons déjà publié à la « une » la photo de votre voisin. Vous ne l'aviez pas reconnu alors ?

-La semaine dernière, nous étions aux Etats-Unis, dans le New Jersey, en vacances chez notre fille Lucie. J'avais d'ailleurs fait suspendre l'abonnement jusqu'à lundi.

-Je comprends... »

L'entretien s'engagea enfin sur la personne de Franck Héron. Pour appuyer leurs dires, la vieille dame alla chercher une photo qui avait été prise deux ans plus tôt, lorsqu'ils avaient organisé un barbecue à l'occasion du départ des parents à Biarritz.

En regardant le cliché avec attention, Dimitri remarqua : « Il a bien changé, Franck, par rapport à la photo d'identité actuelle où il est blond et frisé. Là, il a des cheveux châtains et raides...

-Justement, fit Catherine. Il avait changé il y a un an environ : un jour, on l'avait vu rentrer avec des cheveux décolorés et frisés. Quand je lui en avais parlé, l'air de rien, il avait ri en disant qu'il voulait ainsi avoir un « look » plus moderne.

-Que fait-il dans la vie ?

-Pas grand-chose, reprit le mari. Des petits boulots, rien de stable. Il avait longtemps travaillé comme mécano dans un garage du côté de Meaux, et puis il avait été viré. Il faut dire que ce n'est pas quelqu'un de très sérieux : paresseux, buveur...

-Et ça ne vous étonnerait pas, si c'est bien lui, de le retrouver mêlé à un cambriolage ?

-Vous savez, j'ai toujours pensé que Franck devait trafiquer des trucs pas très honnêtes. Parfois on le voyait rentrer au petit matin, d'autres fois il s'absentait deux ou trois jours sans explication...

-Vous vous parlez ?

-Vous pensez ! On le connaît depuis qu'il est gamin... Ses parents n'ont jamais été assez sévères avec lui. C'était leur seul enfant, alors ils lui passaient tout.

-Et lui ? »

La vieille dame reprit la parole, rappela qu'il jouait avec sa fille cadette, Corinne, et puis ils s'étaient peu à peu perdus de vue. Depuis, c'était bonjour bonsoir, des nouvelles de ses parents. « Les pauvres, quand ils vont apprendre, ça va les tuer ! »

Dimitri hocha la tête en silence, en s'efforçant de prendre un air consterné. « Il vivait seul ?

-Oui.

-Il avait été marié, ou avait eu une compagne ? »

La femme jeta un regard à son mari, comme pour quêter son appui.

« Depuis que Fernand et Marie-Jeanne sont partis, on n'a jamais vu de fille à la maison.

-Il était… homosexuel ? »

Cette fois, c'est Philippe Congy qui répondit : « Franchement, on s'est déjà posé la question. Mais il ne ramenait pas non plus d'homme chez lui. En fait, je crois plutôt qu'il vivait seul, que ça ne devait pas lui déplaire. Vous savez, il y a beaucoup plus de gens qu'on ne le pense qui vivent en solitaires. Soit parce qu'ils n'ont pas trouvé chaussure à leur pied, soit parce qu'ils ne cherchent pas, tout simplement… »

Dimitri acheva de prendre des notes avant de relever la tête.

« Il avait une voiture ?

-Non, juste un cyclomoteur.

-Si je comprends bien, la maison est vide, alors ?

-Oui. D'ailleurs ça nous avait un peu étonnés quand nous sommes rentrés de voyage…

-Mouais… Quelqu'un s'occupe du courrier en son absence ? »

Là, Philippe Congy eut un large sourire : « Du courrier ? En dehors de quelques factures, Franck ne devait pas recevoir grand-chose. En plus, il avait collé un avis sur sa boîte aux lettres « Pas de publicités ». Alors ça ne risque pas de déborder avant un bon moment…

-Bien… Une dernière chose : est-ce que vous pourriez me donner l'adresse et le numéro de téléphone des parents Héron ? »

***

Installé sur la terrasse, Fernand Héron était plongé dans la lecture de *Sud-Ouest* lorsque le téléphone sonna. Il soupira, agacé, posa lunettes et journal, et rentra dans l'appartement. Il détestait répondre au téléphone, mais Marie-Jeanne était au marché et il n'avait pas le choix.

À l'autre bout du fil, il entendit une voix inconnue : « Monsieur Héron ? Bonjour, je m'appelle Dimitri Boizot, je suis journaliste à *L'Actualité*, et je cherche à joindre votre fils Franck. »

D'un seul coup, Fernand Héron sentit l'inquiétude l'envahir. Le matin même, il y avait déjà eu cet appel de Catherine, et maintenant un journaliste…

« Pour quelle raison ? »

Dimitri avait préparé une réponse toute faite : « Votre fils a participé à un concours lancé par le journal pour les vacances et je voulais lui annoncer qu'il est toujours en course pour les demi-finales.

-Ah ? Franck fait des concours, maintenant. C'est nouveau... Mais je regrette, monsieur, ça fait plusieurs jours que je n'ai pas eu de nouvelles de mon fils.

-Vous n'auriez pas un numéro de portable, monsieur Héron ? Sur son bulletin de participation, votre fils a seulement mentionné son numéro fixe, et le vôtre. »

Fernand Héron soupira. Devait-il livrer ce renseignement à un inconnu ? Si seulement Marie-Jeanne avait été là, elle aurait su comment agir. En même temps, ça n'engageait à rien... Il ouvrit le répertoire à la lettre F et épela les chiffres. Dimitri remercia, raccrocha, et appela aussitôt. Comme il l'avait prévu, il tomba sur un répondeur. Il raccrocha sans laisser de message et se décida à aller voir Magnin.

« C'est génial, ton histoire ! On va pouvoir griller les concurrents et la police en même temps ! Combien tu peux me faire ? »

Dimitri était sûr de sa réaction : Magnin était du genre à foncer avant de réfléchir.

« Attends ! On ne peut pas donner le nom du gars dans le canard sans être sûr à cent pour cent que c'est bien lui. En plus, les parents ne sont pas au courant... »

Magnin, agacé, ne supportant pas la contradiction, lui jeta un regard noir. Dimitri poursuivit très vite : « Écoute, voilà ce que je te propose. Demain matin, je pars pour Biarritz, je vais voir les parents Héron, je leur mets sous les yeux la photo de Marcel Orphelin... Ce sera encore plus fort : si, en plus, j'ai la réaction des parents... Franchement, on peut attendre un jour.

-Tu es sûr que la concurrence n'est pas sur le coup ?

-Tout à fait... »

Magnin hocha la tête, apparemment convaincu par ses arguments.

***

En quittant son bureau, Dimitri se sentait euphorique. Il se voyait déjà en grand reporter du *Washington Post* à l'époque du Watergate. Evidemment, lui, ce ne serait pas un président de la République qu'il allait faire tomber, mais un simple député...

En face de lui, Censier était occupé au téléphone avec un de ses informateurs. Il composa le numéro de Paul Vendroux. Avec tout ça, il n'avait pas eu le temps de passer à l'agence Job-Inter, à Saint-Cloud, comme il en avait l'intention. Mais il valait mieux se brancher sur l'identité d'Orphelin. Vendroux décrocha à la troisième sonnerie.

« Salut, c'est Boizot. Ça va ?

-Ça va... »

Il avait sa voix des mauvais jours. Dimitri poursuivit : « Il y a du nouveau dans l'affaire Plesse ?

-Du nouveau ? Non... Non, rien de fameux en tout cas.

-Et le cambriolage à son agence d'intérim de Saint-Cloud, tu en penses quoi ?

-Pas grand-chose à vrai dire : il peut s'agir d'une coïncidence, des petits malfrats qui auront lu dans le journal ce qui est arrivé à Plesse et qui auront profité de la confusion... Ça se voit souvent, tu sais... »

Dimitri n'arrivait pas à croire au hasard dans cette affaire, mais il garda ses doutes pour lui et termina rapidement la conversation.

***

Sylvie Flaneau, debout près de la fenêtre du salon, regardait sans le voir le clocher de la cathédrale Notre-Dame. Perdue dans ses pensées, elle hésitait sur la conduite à tenir. Devait-elle appeler ce journaliste ou tout garder pour elle ? Nerveuse, elle se mordillait l'intérieur de la joue. Ludovic Corneau, elle en avait été très amoureuse quand elle avait quinze, seize ans. Il n'en avait jamais rien su. Elle avait oublié jusqu'à son existence, et voilà qu'il ressurgissait tout à coup par l'intermédiaire de ce Boizot et de son histoire abracadabrante. Comment avait-il pu prendre ce Marcel Orphelin pour la réincarnation de Jean-Mi ? Il n'y avait pourtant aucune confusion possible. En même temps, elle devait bien admettre qu'elle était troublée, et cela l'énervait.

Elle soupira, ébouriffa ses cheveux dans un geste machinal et, finalement, elle se décida. Lovée dans son fauteuil préféré, elle prit la carte de visite qu'il lui avait laissée, décrocha son téléphone et composa le numéro de portable de Dimitri. Il avait plutôt une tête sympathique et elle avait envie de lui faire confiance. « De toute façon, c'est lui ou personne… »

Dimitri ouvrait la porte d'entrée de son appartement lorsque son portable sonna. Il claqua la porte, jeta sa mallette dans un coin du hall d'entrée et décrocha. À coup sûr, ce ne pouvait être qu'un importun, mais il n'avait jamais pu résister aux sollicitations d'un téléphone.

« Oui ?

-Bonjour. Monsieur Boizot ? » fit une voix féminine, vaguement inconnue.

« Oui, c'est moi » dit-il sèchement.

« Excusez-moi de vous déranger, c'est Sylvie Flaneau. » Et elle s'interrompit comme si elle voulait lui laisser le temps de comprendre ou de se souvenir.

Il se radoucit aussitôt : « Sylvie ? Comment allez-vous ?

-Bien, bien… Vous avez deux minutes, là ? »

Machinalement, il consulta sa montre : seize heures douze. « Oui, bien sûr. Laissez-moi juste le temps d'enlever ma veste. Je rentre à l'instant… »

« Je peux y aller ? » fit Sylvie quand il reprit l'appareil.

« Je vous en prie.

-Voilà… Depuis que vous êtes passé à la maison, avant-hier, j'ai beaucoup repensé à Jean-Michel, à cet accident… Et je me suis souvenue d'un fait – sans doute accessoire, ou sans importance, je n'en sais rien –, mais je vous en parle quand même… L'année dernière – j'ai même retrouvé la date exacte, j'ai la manie de tout noter dans mon agenda –, le 20 avril, c'était le dimanche de Pâques, et Jean-Michel était venu déjeuner à la maison. À un moment, il a été appelé sur son portable… C'était Charles Plesse. »

Tout à coup, Dimitri se sentit très intéressé : « Comment vous souvenez-vous de cela avec une telle précision ?

-Je vous l'ai dit, je note tout, et puis ça m'avait vraiment étonné d'apprendre que Jean-Mi voyait toujours Plesse. Je pensais qu'il avait coupé les ponts avec les mousquetaires depuis le lycée… »

Dimitri laissa passer quelques secondes. Puis il reprit : « Est-ce que votre coup de téléphone signifie que vous prenez tout de même un peu au sérieux mon histoire ? »

Cette fois, c'est Sylvie qui réfléchit longuement avant de répondre : « Je ne sais pas… Je vous avoue que votre visite m'a remuée. Je n'ai plus pensé qu'à ça depuis deux jours… Et de me souvenir aujourd'hui des relations entre mon frère et Charles Plesse quelques semaines avant l'accident, ça m'intrigue encore plus… »

Dimitri alluma une cigarette, toussa, puis, sans réfléchir, dit très vite : « Ça vous dirait, un dîner ce soir ? »

À l'autre bout du fil, il devina la surprise de Sylvie Flaneau.

Quelques secondes de silence… « Allo, vous êtes toujours là ?

-Oui, oui… Je réfléchissais…

-Vous avez un agenda tellement chargé ? » fit Dimitri sur un ton qui se voulait léger.

« Non, ce n'est pas ça… Mais je me demandais…

-Pourquoi je vous invite ? Parce que je me suis dit qu'on pourrait passer une soirée ensemble, faire un peu mieux connaissance, parler de votre frère… »

Tout en parlant, Dimitri s'étonnait lui-même. Ce devait être la première fois de sa vie qu'il draguait de cette manière, et il en était le premier surpris.

Il fut encore davantage épaté par la réponse de Sylvie : « Pourquoi pas ? »

CHAPITRE 20

Passée la commande, le maître d'hôtel repartit, silencieux et guindé, pareil au souvenir qu'en avait conservé Dimitri. Il y a longtemps, dans une autre vie, il avait emmené Andrée dans cette auberge en bordure de la forêt de Montmorency. La première fois, ce devait être pour un anniversaire de mariage. Puis ils étaient venus fêter ici la première grossesse d'Andrée. En fin de compte, ils n'étaient plus jamais revenus. Peut-être parce qu'il n'y avait jamais plus rien eu à fêter…

Face à lui, Sylvie Flaneau ne savait trop quelle contenance adopter. Elle avait vaguement tenté de discipliner sa tignasse blonde en y insérant des pinces qui faisaient ressortir son visage pointu de souris malicieuse.

Il nota avec satisfaction qu'elle avait fait un effort pour cette soirée. Lui-même avait ressorti le veston des grandes occasions et se sentait un peu engoncé.

« Bel endroit » apprécia Sylvie. Le maître d'hôtel les avait installés sur la terrasse pour l'apéritif. À quelques mètres, une tablée de

Hollandais riait bruyamment. Ils devaient être les seuls à comprendre leurs blagues.

« Vous êtes déjà venu ? » insista-t-elle.

Le piège… « Non, non, mentit Dimitri. J'ai trouvé l'adresse dans un guide gastronomique.

-Ah oui ? Lequel ?

-Euh… Le Routard, je crois… »

Sylvie hocha la tête, l'air passionnée par ses propos.

« Vous aimez aller au restaurant ? » demanda-t-il afin de prendre la direction de la conversation.

« J'y vais très rarement. La boulangerie occupe beaucoup de mon temps… Et je ne suis pas vraiment mondaine… »

Le maître d'hôtel apporta les deux coupes de champagne que Dimitri avait commandées, accompagnées de leurs mises en bouche.

Il ne put s'empêcher de penser à la note et au trou béant qu'elle creuserait dans ses finances déprimées…

« À ta santé ! lança-t-il, soudain hardi. Ça ne te gêne pas que je te tutoie… Je tutoie tout le monde, c'est une manie.

-Pas de problème » fit Sylvie, en trempant à peine ses lèvres dans le champagne.

« C'est toi qui tiens la boulangerie ? » demanda-t-il en engloutissant un minuscule canapé au saumon fumé.

« En quelque sorte… En fait, à Senlis la boulangerie Flaneau existe depuis 1868. Elle a été fondée par mon arrière-arrière-arrière-grand-père Jean. Je suis donc la représentante de la sixième génération de Flaneau, boulangers-pâtissiers à Senlis » expliqua-t-elle avec un large sourire.

Il lui sourit à son tour en attendant qu'elle poursuive.

« Dans ma famille, depuis le fondateur Jean, tous les hommes s'appellent toujours Jean-quelque chose. Ainsi mon arrière-arrière-grand-père se prénommait Jean-François. Son fils, mon arrière-grand-père, s'appelait Jean-Marie. Puis il y a eu mon grand-père, qui était né pendant la guerre de quatorze et qu'on avait appelé Jean-Raymond en hommage à Poincaré. Enfin, il y a mon père, Jean-Marie, comme son grand-père…

Dans la tête de mes parents, Jean-Michel était évidemment destiné à poursuivre la lignée, mais Jean-Mi n'avait aucune envie de passer sa vie au fournil. »

Elle s'interrompit pour prendre une gorgée de champagne. Ses yeux marron se plantèrent droit dans ceux de Dimitri, comme lors de leur première rencontre, trois jours plus tôt. Mais, cette fois, il n'y avait plus d'agressivité dans le regard, plutôt une lueur d'amusement.

« Ton frère préférait la géologie, c'est ça ?

-Oui, et ce qui est marrant, c'est que c'est mon père qui lui a donné le virus... Et ça a fini par se retourner contre lui.

-Comment ça ?

-Quand on était petits, je me rappelle, dès qu'il avait deux heures devant lui, mon père filait à ce qu'il appelait la chasse aux pierres. Dans la forêt de Chantilly, ou même dans les champs. Il rapportait son butin à la maison et pouvait s'extasier pendant des heures, comme un gamin, devant la beauté de ses trouvailles. Chez lui, ça n'avait rien de scientifique. C'était juste un passe-temps, mais à force de le voir, à force de jouer avec les pierres, Jean-Mi s'est passionné, lui aussi. Il s'est mis à dévorer des bouquins sur le sujet et il est vite devenu incollable. »

Dimitri écoutait en silence, en hochant la tête pour marquer son intérêt. « Il a toujours travaillé dans ce secteur ? » demanda-t-il.

« Oui, après ses études, il a bossé quelques années à Orléans, dans un labo, puis il a eu l'opportunité d'être engagé dans une grosse boîte à Paris, Palonnier. Assez branchée sur l'Afrique, d'après ce que j'ai compris. Pour Jean-Mi qui adorait les voyages, c'était le pied : il partait pendant des semaines au fin fond de la brousse. Il était ravi.

-Une sorte d'Indiana Jones, quoi ?

-Si tu veux... » fit Sylvie avec un curieux sourire, entre ironie et tendresse rétrospective.

Le maître d'hôtel vint les chercher pour les conduire à leur table, et la conversation changea de cours. Dimitri était curieux de savoir pourquoi Sylvie s'était mis sur le dos une boulangerie alors qu'elle ne paraissait pas vraiment enthousiaste.

« Je n'ai pas eu le choix, en fait. Quand mon père s'est rendu compte que Jean-Mi ne poursuivrait pas la tradition familiale, il a reporté tous ses espoirs sur moi. J'étais encore au lycée à l'époque, et je me souviendrai toujours de cette soirée au restaurant – un peu comme celui-ci, d'ailleurs, mais du côté de Senlis – où mes parents m'avaient invitée.

Je me demandais ce qui se passait... J'avais d'abord cru qu'il y avait un problème grave au lycée, mais je ne voyais pas lequel...

J'avais aussi pensé qu'ils voulaient divorcer… Mais je n'ai pas tardé à comprendre. Ils ont attaqué à peine installés. « Ma petite fille » par ci, « mon ange » par là, je ne les avais jamais vus si attentionnés. Ils ont sorti le grand jeu pour me convaincre que, sans moi, la boulangerie Flaneau n'en aurait plus que pour quelques années… J'ai même cru à un moment que mon père avait un cancer ou une maladie incurable… À cette époque, j'étais en seconde, pas vraiment branchée études, je n'avais aucune idée de ce que je voulais faire plus tard… Bref, j'ai fait un peu la tête pour la forme, mais au fond, la solution qu'ils m'offraient sur un plateau d'argent m'arrangeait bien. »

Dimitri crut apercevoir comme un voile de mélancolie dans le regard de Sylvie.

« C'est ainsi que tu es devenue la reine de la baguette et du Paris-brest ? » plaisanta-t-il pour rendre à la conversation un tour plus léger.

« Oh, pas du tout ! Tu sais, mon père et ma mère ont soixante et un ans, ils sont en pleine forme, même s'ils ont pris un coup de vieux après l'accident de Jean-Mi. Moi, je me contente d'aider au service, à la livraison à domicile. Je m'occupe aussi de la compta… Et voilà. Ça me laisse pas mal de temps libre… que je sais perdre comme pas deux, d'ailleurs : feuilletons débiles à la télé, le ciné une ou deux fois par mois à Paris, des revues people. Bref, la glandouille dans toute sa superbe horreur.

-Si tu t'ennuies tant, pourquoi tu n'essaies pas de faire autre chose ? »

Sylvie haussa les épaules, d'un air résigné.

« Impossible. Tu ne te rends pas compte… Et c'est devenu encore moins possible depuis la disparition de Jean-Mi… Mais je ne me trouve pas malheureuse… Et toi ? »

Dimitri redoutait cette question, il avait une sainte horreur de parler de lui. « Pas grand' chose à dire… Un job de journaliste qui me fait vivre. Une femme qui m'a plaqué et qui a la garde de nos deux gosses, un appart' minable dans le vingtième. Rien de passionnant… C'est peut-être pour ça que je m'accroche tant à ce cambriolage étrange et à ses suites. »

Sylvie hocha la tête en silence. Elle comprenait parfaitement l'état d'esprit de Dimitri.

Le maître d'hôtel, toujours efficace et silencieux, vint resservir un peu de vin. Lorsqu'il tourna le dos, Sylvie le désigna du regard et chuchota, son visage penché vers celui de Dimitri : « Et lui, tu crois qu'il est heureux ?

-Tout dépend du sens que tu donnes au mot bonheur... Cela dit, et pour éviter que nous ne nous mettions à sangloter au milieu du resto, je vais te raconter un petit truc à propos de l'affaire qui nous occupe. »

Le matin, avant de passer au journal, il était allé rendre une petite visite à son garagiste, un vieux mécano de quartier, installé dans le douzième, qu'il connaissait depuis toujours. Il n'avait qu'une question à lui poser, mais elle lui paraissait importante depuis sa visite de la veille chez Maurice.

« Dis donc, Antoine, à ton avis, est-ce qu'il est possible que quelqu'un soit entré dans ma bagnole sans effraction ? »

L'autre l'avait regardé sans comprendre, en essuyant vaguement ses grosses mains noires sur une espèce de serpillière graisseuse. Il lui avait expliqué l'histoire de la note de brasserie retrouvée dans sa vieille Renault.

« Sur ce modèle, y a pas d'électronique, pas de verrouillage central. Donc une simple copie de la clef de contact suffirait.

-Et ça se trouve facilement, des copies de clefs ?

-J'en sais rien, moi... Mais y doit bien exister des garagistes pas très honnêtes qui peuvent fourguer des copies à des mecs qui font le trafic de bagnoles... »

« Tu penses que quelqu'un est venu fouiller ta voiture ? » demanda Sylvie.

« Je ne pense pas, j'en suis sûr ».

Sylvie écarquilla les yeux d'un air surpris. « Ah bon ?

-Oui, j'en suis certain parce que j'ai pu confirmer mes soupçons avec un autre élément : en rentrant chez moi, j'ai vérifié un petit truc et je me suis rendu compte que mon appartement avait aussi été visité.

-Et pour quelle raison ? »

Dimitri fit la moue : « Alors là, je ne sais pas, mais j'ai bien une petite idée. Ecoute : je rentre de Batz vendredi dans la journée. Le soir, je suis chez mon frangin, et j'y reste jusqu'au lendemain. Je récupère ma bagnole le samedi matin, avec la fameuse note à l'intérieur. Donc, dans la soirée de vendredi, ou dans la nuit, on a profité de mon absence pour se rencarder sur moi... Apparemment, deux types dans une Fiat Punto verte pas très fraîche. Puisque, ni chez moi ni dans la voiture on n'a volé quoi que ce soit, j'en déduis qu'ils cherchent seulement des renseignements à mon sujet… Or, jusqu'à présent, je n'ai jamais intéressé personne. Donc, pour moi c'est clair, leur intérêt est lié à l'enquête sur le cambriolage de Batz. Et, à mon avis toujours, ça doit être lié à la personne du député Perdiou. Ce mec, qui est loin d'être un imbécile, a compris que je savais des trucs sur son cambriolage bidon, et il a dû chercher à savoir ce que je connaissais exactement. »

Sylvie déglutit avec peine, soudain soucieuse.

« Tu crois qu'il peut être dangereux ?

-Tu sais, il y a quand même un mort dans cette affaire, peut-être même deux si le rapport avec Charles Plesse est avéré.

-Et qu'est-ce que tu veux faire ? »

En invitant Sylvie dans cette auberge, Boizot savait que, tôt ou tard, elle finirait par poser cette question. Malgré tout, elle le gêna.

« Eh bien… Grâce à un appel lancé dans le journal, avec la photo du cambrioleur de Batz, celui que j'ai confondu un moment avec ton frère, je viens enfin d'apprendre son nom. Il s'agit d'un certain Franck Héron, qui habite à Clamart. Et j'ai obtenu de mon rédacteur en chef de partir pour Biarritz demain matin. Je vais aller rendre visite aux parents de Franck Héron. Ils ne sont pas encore au courant de la mort de leur fils. Je vais donc aller la leur apprendre et, en même temps, m'assurer de façon incontestable que c'est bien lui. »

Il hésita à poursuivre, mais Sylvie attendait, immobile, obstinée. Elle sentait bien qu'il avait encore quelque chose à dire.

« Et puis, j'espère que tu ne vas pas le prendre mal, mais j'ai l'intention, en remontant de Biarritz, de passer par Cahors, et d'y retrouver Marc Dabos, un de mes vieux potes avec qui j'ai fait mes études de journalisme. Il travaille aujourd'hui dans un quotidien de l'endroit. Grâce à lui et à ses relations, j'espère relancer l'enquête sur l'accident de ton frère, j'aimerais savoir si c'était vraiment un accident. »

Cette fois, Sylvie eut un haut-le-corps. « Reprendre l'enquête ? Mais elle est refermée depuis longtemps, l'enquête, et elle a conclu à un accident tout simple !

-Je sais… Mais je me dis que, même s'il n'y avait qu'une chance sur un million que ce ne soit pas un accident, il faut le savoir.

-Ce sont tes mystérieux visiteurs qui t'ont poussé à faire ça ?

-Oui, je suis sûr maintenant qu'il y a bien un rapport entre toutes les affaires. Mais pourquoi, comment, je n'en sais rien. Alors je vais chercher... »

Sylvie le regarda. Elle semblait hésiter. Dimitri vit se former sur son visage une esquisse de sourire, et elle dit très vite : « Et ça t'ennuierait que je t'accompagne ? »

Dimitri, qui s'attendait à tout sauf à ça, se sentit rougir. « Ben, non, pourquoi tu voudrais que ça m'ennuie ? »

CHAPITRE 21

Le premier matin avec une femme avait toujours été pour Dimitri une épreuve difficile. La veille, lorsqu'il avait raccompagné Sylvie à Senlis, doucement euphorique, pour un peu, il se serait pris pour Alain Delon. Surtout quand, après avoir arrêté la voiture en face de la boulangerie, elle s'était tournée vers lui et, les yeux brillants, s'était avancée pour l'embrasser, sans un mot.

Il ouvrit les yeux, prit quelques secondes avant de comprendre où il se trouvait. De Sylvie, allongée à ses côtés, il ne distinguait que la tignasse blonde, une tache de lumière dans la pénombre de l'aube, et une respiration profonde, régulière, qui le rassura. Elle ne le verrait pas sortir du lit, et il aurait le temps de retrouver apparence humaine avant son réveil.

Dimitri ne s'était jamais aimé, et ça ne s'arrangeait pas avec le temps. Il détestait sa panse qui prenait des proportions tragiques, sa calvitie qui semblait prise d'une frénésie démoniaque depuis quelques semaines.

Dans la salle de bains, il récupéra ses vêtements, s'habilla à la hâte, trouva au fond de ses poches un chewing-gum qu'il s'empressa de mâcher comme si sa vie en dépendait.

Sa barbe avait bien poussé et il n'y avait évidemment aucun rasoir, mais un coup d'œil indulgent le convainquit que ça ne lui allait pas si mal, tout compte fait. Il retourna donc dans la chambre, s'agenouilla à côté du lit et, tout doucement, il embrassa le bout de nez de Sylvie.

Elle se réveilla lentement, avec application pour ainsi dire. L'air dur qu'elle affichait lors de leur première rencontre avait disparu. À la place, Dimitri découvrit une forme de tendresse qui l'étonna.

« Quelle heure est-il ? » fit-elle en repoussant le drap, découvrant sans complexe son corps avec lequel elle, au moins, n'avait pas l'air d'avoir le moindre problème. Sylvie était une fausse maigre, tout en muscles, mais dotée d'une poitrine et de fesses tout à fait respectables.

« Huit heures et demie » répondit Dimitri en ne perdant pas une miette du spectacle qui lui était offert. Sylvie s'assit sur le rebord du lit, face à lui et, appuyant sa tête dans la paume de ses mains, d'un air mutin, elle demanda : « Tu es toujours d'accord de m'emmener avec toi ?

-Plus que jamais ! » répondit Dimitri en tentant de l'enlacer.

Mais elle se releva d'un bond. « Sage ! Biarritz, c'est pas la porte à côté. Je vais vite prendre une douche et m'habiller. Toi, pendant ce temps-là, tu pourrais nous préparer du café ? »

Dimitri hocha la tête en souriant, le regard rivé sur les jolies fesses rondes de Sylvie qui s'éloignait, légère et coquette.

La cuisine, grande et meublée à l'ancienne, comme le reste de l'appartement, était installée au premier étage de la maison, juste au-dessus du fournil.

Quand Sylvie arriva, vêtue d'un jean et d'une large chemise à carreaux qui lui donnaient l'air d'un garçon manqué, Dimitri avait déjà dressé la table.

« Un vrai homme d'intérieur ! » lança-t-elle, ironique, en s'asseyant face à lui.

Les rayons du soleil qui envahissaient la pièce mettaient en valeur son fin visage bronzé. Il se demanda comment il avait pu ne pas remarquer son charme lorsqu'il était venu ici la première fois.

« À quoi penses-tu ? » fit-elle en posant sa main sur la sienne.

« Pfft... À plein de trucs... À la journée et au voyage à Biarritz, au fait que je vais devoir passer chez moi pour y prendre des affaires, et me raser un peu.

-Tu as tort, ça te donne un petit air moins... lisse, qui n'est pas pour me déplaire. »

Dimitri sourit à son tour. Il avait une envie folle de la prendre à nouveau dans ses bras et de lui faire l'amour. « Et puis je pense à toi, je me dis que tu es très belle. »

Cette fois, elle rougit nettement et perdit de sa contenance.

« Si tu me dis des choses aussi gentilles, on n'est pas près de partir à Biarritz.

-Pourtant, il le faut : Magnin, mon rédacteur en chef, n'est pas du genre à me laisser flâner en route. »

Sylvie hocha la tête, l'air un peu dépité. « Tu as raison, il faut être raisonnable... Et puis, il y a sûrement de bons hôtels à Biarritz. »

Dimitri siffla entre ses dents. « Eh ben dis donc, avec toi au moins, les choses sont claires. »

Sylvie haussa les épaules. « J'ai passé l'âge de tourner autour du pot, mon vieux ! »

Dimitri avala une gorgée de café. « Parle-moi un peu de ton frère. Tu me disais hier qu'il avait d'abord travaillé à Orléans, puis à Paris ?

-Oui. Il avait d'abord fait ses études à Nancy, à l'école nationale supérieure de géologie...

-C'est pas rien, ça !

-Non, non. Mais, tu sais, c'était une grosse tête, Jean-Mi. Même s'il n'avait rien d'un intello au sens traditionnel. Il avait vraiment la passion de la géologie. D'ailleurs, avant même la fin de ses études, il avait trouvé un engagement à Orléans, dans un truc qui s'appelle le Bureau de Recherches Géologiques et Minières, le BRGM.

-Il y est resté longtemps ?

-Plusieurs années, oui. Attends... Il a terminé ses études en 1990, et puis il a quitté Orléans pour Palonnier, à Paris, euh... C'était l'année de la Coupe du Monde.

-En 98 ?

-Oui, c'est ça. »

Dimitri reposa sa tasse. « Donc, si je compte bien, il a passé quand même huit ans à Orléans. Et il vivait là-bas ?

-Oui, oui, il avait pris un appartement dans le centre-ville. Pas mal, d'ailleurs. J'ai eu l'occasion d'aller lui rendre visite quelques fois, avec les parents…

-Il était seul dans la vie, ton frère ? »

Elle eut un large sourire et leva les yeux au ciel d'un air faussement accablé. « Jean-Mi, seul dans la vie ? Ça c'est la meilleure ! C'était un vrai bourreau des cœurs, mon frère. Il collectionnait les filles comme mon père collectionne les cailloux !

-L'image est audacieuse…

-Mais exacte. En fait, à Orléans, nous avons bien cru qu'il avait fini par rencontrer la femme de sa vie…

-Ah bon ?

-Oui, une très chouette fille, une infirmière prénommée Patricia. Ils ont vécu ensemble pendant, pfft, au moins deux ans. Mes parents économisaient déjà pour le mariage…Et puis un jour, terminé. Plus de Patricia. Jean-Mi m'a raconté bien plus tard qu'il avait découvert qu'elle le trompait allègrement avec tous les toubibs de l'hosto où elle travaillait.

-Classique…

-Oui. C'est toujours classique, sauf quand ça t'arrive à toi. Alors là ce n'est plus classique, c'est tragique. Jean-Mi a mis du temps à se remettre… Un jour il a trouvé les bras compatissants de Chantal, la femme d'un de ses collègues de la boîte. Ce n'était pas une très bonne idée, évidemment. Parce qu'un beau jour, le mari a fini par apprendre son infortune, comme on dit dans les romans-photos. Et l'affaire s'est terminée par une bagarre à coups de poing sur le parking du BRGM. Inutile de te dire que ça n'a pas plu à la direction. Jean-Mi, qui avait laissé l'autre à demi inconscient, a reçu un sévère avertissement. C'est d'ailleurs pour ça qu'il s'est mis à chercher un autre job et qu'il a fini par trouver un poste d'inspecteur chez Palonnier… Bon, c'est pas tout ça, mais va falloir penser à y aller, non ?

-Tu as raison ! »

***

Dimitri venait de dépasser Roissy lorsqu'il lui sembla apercevoir dans son rétroviseur une Fiat Punto verte.

« Ne te retourne pas, dit-il à Sylvie, mais j'ai bien l'impression que nous sommes suivis… »

Elle le regarda, incrédule : « Suivis, comme dans les films, c'est une blague ou quoi ?

-Non, non, je t'assure. La Punto verte dont je t'ai parlé, elle est là depuis un bon moment. Tu peux lire une plaque à l'envers ?

-Je peux toujours essayer… »

Elle actionna la manette du rétroviseur passager. Mais, au bout d'un moment : « C'est impossible. Le gars s'arrange pour être toujours derrière une autre voiture !

-Bon, eh bien on va l'obliger à se montrer ! » répondit Dimitri en déboîtant soudain et en donnant un violent coup d'accélérateur. Derrière, le conducteur de la Fiat Punto ne réagit pas tout de suite mais, lorsqu'il vit la Renault prendre du champ, il dépassa à son tour, et Sylvie eut tout le loisir de noter le numéro de plaque. « 78, c'est les Yvelines, ça ?

-Ouais. De toute façon, dès qu'on sera arrivés chez moi, j'appellerai un pote bien placé, et on saura très vite à qui appartient cette bagnole. »

Elle posa sa main sur son genou. « Ça commence à me faire peur, cette histoire… »

Il lui sourit, mais il se sentait stressé, lui aussi…

***

Arrivé en face de son immeuble, Boizot trouva par miracle une place pour sa voiture. Alors qu'il coupait le moteur, il vit passer la Punto avec, à son volant, un type dont la tête ne lui disait rien du tout et qui ne lui accorda pas un regard. Il vit la bagnole poursuivre son chemin à faible vitesse et s'arrêter au coin de la rue, pile sur un passage clouté.

« Viens et prends ton sac ! » fit Dimitri à Sylvie.

« Mon sac ?

-Ben oui, si le type nous suit depuis chez toi, il t'aura forcément vue mettre ton sac dans le coffre. Maintenant, en te voyant le prendre et le monter chez moi, il va peut-être s'imaginer que tu emménages et il se méfiera moins…

-Y en a là-dedans ! » rigola Sylvie en ouvrant le coffre.

Quelques minutes plus tard, alors qu'elle faisait le tour du propriétaire, Dimitri raccrochait, satisfait : « Voilà, je connais l'identité de notre joyeux suiveur. Il s'agit d'un certain Pierre-Yves Quiguer, domicilié à Marly-le-Roi. Et je te donne en mille ce qu'il fait dans la vie ? »

Sylvie, qui s'était installée sur le canapé à côté de Dimitri, eut une moue éloquente : « Je sais pas, moi… Homme politique ? L'amant de Perdiou, c'est ça !

-Tu n'y es pas du tout : le Quiguer en question est un détective privé.

« Un mari jaloux ? ». Mais Dimitri n'avait pas envie de rire : « De toute façon, on ne va pas aller à Biarritz avec ce gus sur nos talons.

-À nos basques, si j'ose dire…

-Holà, je vois que tu cultives aussi les calembours. On ne va pas s'ennuyer en route. N'empêche qu'il faut trouver le moyen de le larguer. Et j'ai une idée : je vais sortir à pied, tranquille, comme si j'allais faire une course dans le quartier. De deux choses l'une, ou bien il me suit et alors la solution est toute trouvée. Dès qu'il est parti, tu prends les sacs, tu descends – tu fermes bien la porte à clef surtout –, tu démarres la bagnole et tu viens me retrouver rue des Balkans, direction Biarritz !

-Et s'il ne bouge pas, en se disant que tu vas revenir ? »

Dimitri eut un grand sourire : « Aussi simple… »

***

Une heure plus tard, la Renault de Dimitri avait dépassé le péage de Saint-Arnoult et filait sur Orléans. « Plus de Punto, finito ! On l'a bien eu, le vilain détective !» lança Sylvie en s'installant plus confortablement sur le siège passager. Un peu anxieuse, elle n'avait cessé de regarder derrière depuis qu'ils avaient quitté Paris. Mais cette fois elle en était sûre : ils avaient semé leur poursuivant.

« Et maintenant direction Orléans. On en a quand même pour quelques heures : à mon avis, Biarritz doit se trouver à pas loin de huit cents bornes. » fit Dimitri.

« Oui. Il est déjà onze heures passées. Ça veut dire qu'on ne sera pas arrivés avant dix-neuf heures ?

-Probablement... Mais c'est marrant, j'ai presque l'impression de partir en vacances.

-Moi aussi, fit Sylvie. Et, en même temps, j'ai des appréhensions... Ma petite vie était drôlement plus calme avant de te connaître. »

Elle posa sa main sur le genou de Dimitri, avec tendresse. Il lui sourit. « Si on parlait encore un peu de ton frère ? Dans les semaines qui ont précédé l'accident, il était comment ? Il n'y avait pas eu de changement dans sa vie, un événement quelconque ? »

Sylvie retira sa main et, soudain redevenue sérieuse : « Rien de spécial, à part une nouvelle rupture sentimentale. Il avait eu une relation de quelques mois avec Geneviève, une secrétaire de Palonnier, et elle l'avait laissé tomber pour un ponte de la boîte. Apparemment, la demoiselle couchait utile... Jean-Mi l'avait plutôt mal pris, et puis ça avait fini par passer, comme le reste. »

Il lui jeta un coup d'œil à la dérobée : son visage avait repris cette expression dure et sèche qui lui allait si mal. Il insista : « Donc il était tout à fait... disons, normal, quand il avait pris sa voiture pour partir en vacances ? »

Sylvie ne répondit pas tout de suite. Le regard dans le lointain, elle semblait chercher au plus profond de sa mémoire.

« Pour autant que je sache, oui... Mais, tu sais, dans ma famille, on n'a jamais été très doué pour les épanchements, les confidences. Je devais souvent ruser pour apprendre des trucs sur la vie de Jean-Mi. »

Dimitri, qui ne pouvait s'empêcher de jeter de fréquents regards dans le rétroviseur, resta silencieux un moment. Il se sentait bien, presque heureux, même s'il avait passé l'âge de se faire beaucoup d'illusions. En même temps, il ressentait une appréhension diffuse...

Il vit une aire de repos, mit son clignotant et alla se garer entre deux caravanes allemandes.

« Qu'est-ce que tu fais ? » demanda Sylvie.

Dimitri coupa le moteur et, avec un large sourire, sortit de la boîte à gants un paquet de cigarettes. « Excuse-moi, mais ça fait un bon moment que je n'ai pas fumé. Je n'y tiens plus, et je vais en profiter pour me dégourdir les jambes.

-Je vais avec toi ! »

Les Allemands pique-niquaient sous les arbres, sérieux et appliqués comme si leur vie en dépendait. Ils s'éloignèrent lentement.

« Tu as souvent rusé au sujet de Jean-Mi ? » demanda Boizot.

« Je sais pas… Tout le temps, peut-être : avec Jean-Mi, il ne fallait jamais aborder les problèmes directement, sinon il se braquait.

-Tu veux dire qu'il était secret, solitaire ?

-Il y a sûrement un peu de ça… Mais il avait pas mal d'amis, aussi bien au boulot qu'en dehors. Il n'était pas casanier, en tout cas : en plus de ses fréquents voyages en Afrique pour sa boîte, il partait souvent en week-end à Deauville, sans parler des sports d'hiver…

-Il vivait sur un grand pied, dis donc !

-On peut dire ça comme ça. Je crois qu'il gagnait bien sa vie… Mais de ça non plus on ne parlait jamais.

-Tu connaissais ses amis ? »

Sylvie glissa sa main dans la sienne. « C'est un interrogatoire ? » demanda-t-elle en souriant.

Dimitri haussa les épaules. « Pas du tout. Je cherche seulement à cerner la personnalité de ton frère, à le comprendre, à apprendre des trucs sur sa vie qui pourraient me faire progresser…

-Dans ton enquête, c'est ça ? N'oublie quand même pas que tu n'es pas flic.

-Je le sais bien… Mais je suis journaliste, et c'est peut-être un peu la même chose.

-Mouais… »

Dimitri écrasa soigneusement sa cigarette et ils repartirent vers la voiture. « Tu ne m'as pas répondu. Tu connaissais ses amis ?

-Non. Jean-Mi avait sa vie, j'avais la mienne, et elles n'avaient rien de commun. Je sais seulement, parce qu'on en parlait quand il venait à la maison, qu'il allait dans les grands restaurants, qu'il sortait dans des clubs parisiens dont j'ai oublié le nom… En effet, il ne manquait de rien. »

Ils remontèrent dans la Renault et reprirent l'autoroute. Dimitri, qui sentait bien que Sylvie ne tenait pas trop à être interrogée plus avant sur son frère, changea de sujet de conversation.

CHAPITRE 22

La patronne de l'hôtel de Touraine s'exprimait avec un délicieux accent chantant qui ravissait Sylvie. Elle posa sa main sur celle de Dimitri : « Je n'étais jamais venue à Biarritz. C'est merveilleux. Et, en plus, on a du beau temps. » Ils venaient de passer leur deuxième nuit ensemble, une nuit comme il n'en avait plus connu depuis Sandrine…

Il lui sourit, même s'il ne partageait pas tout à fait son enthousiasme : ce matin-là, il allait devoir s'acquitter d'une tâche pénible. Sylvie, elle, avait tout de suite réglé le problème. Alors qu'ils en discutaient la veille au soir, installés dans un petit restaurant à côté des halles – « Vive les notes de frais ! » avait pensé Dimitri –, elle avait lancé, d'un ton sans réplique : « En tout cas, demain matin, ne compte pas sur moi pour aller voir les parents Héron. C'est au-dessus de mes forces ! »

Le petit déjeuner terminé, ils allèrent chercher leurs bagages dans la chambre, Dimitri régla la note et, après avoir rempli le coffre de la vieille Renault, ils se rendirent à pied rue de la Poste, toute proche. Le soleil brillait sur la ville et les passants avaient l'air insouciant des gens en vacances. Dimitri songea que, dans quelques minutes, à cause de lui, deux personnes marqueraient à tout jamais cette journée ensoleillée d'une pierre noire.

Au pied de l'immeuble des Héron, Sylvie fit : « Bon, je te laisse. Moi, je vais profiter du soleil pour aller voir la grande plage et je t'attends à la terrasse du bistrot, là-bas sur la place, à côté des Galeries Lafayette. D'accord ? »

Dimitri hocha la tête, déposa un baiser dans ses cheveux fous et, après l'avoir suivie du regard un instant, il se décida à sonner chez les Héron.

L'immeuble était récent, un petit building de six étages. Les Héron avaient leur appartement au cinquième. À l'interphone, Dimitri se présenta et expliqua à une voix féminine – il espérait que c'était celle de madame Héron – qu'il venait de Paris pour parler de Franck.

Arrivé au cinquième, il tomba directement sur Fernand Héron, qui attendait dans l'entrée, la porte largement ouverte. C'était un homme d'une petite soixantaine d'années, les cheveux poivre et sel, avec un ventre proéminent, un visage rougeaud et jovial.

« Monsieur Boizot ? C'est vous qui m'avez téléphoné avant-hier, non ?

-C'est bien ça » fit Dimitri en tendant la main et en s'efforçant de sourire.

Dans la salle de séjour, petite mais meublée avec goût, madame Héron attendait. Blonde, coquette, maquillée, elle était vêtue d'une robe blanche sans manches. Elle avait un visage rond et pourtant un peu triste, avec des yeux très bleus. Elle s'apprêtait à partir au marché, comme chaque matin, mais le coup de sonnette de Dimitri l'inquiétait visiblement.

Extrêmement embarrassé, il s'assit à la table que Fernand Héron lui désignait du bras et, sortant d'une chemise en carton un exemplaire de *L'Actualité*, il dit, en levant la tête : « Voilà… Je suis venu de Paris tout exprès pour vous parler. Au cours d'une enquête que je mène en ce moment pour le journal…

-Vous m'aviez parlé d'un jeu au téléphone » l'interrompit soudain Fernand Héron.

Dimitri se sentit rougir comme s'il avait été pris le doigt dans un pot de confiture. « Oui, en fait... Ce n'est pas exactement ça... Mais, excusez-moi, vous ne voudriez pas vous asseoir ? »

Le mari et la femme se lancèrent un rapide regard et s'installèrent sans un mot. Dimitri sentit la transpiration l'envahir tout à coup. Il n'aurait jamais cru qu'une telle démarche pût être aussi difficile.

« Voilà... Euh... Avant-hier, nous avons publié en première page de *L'Actualité* la photo d'un inconnu en demandant la participation de nos lecteurs pour l'identifier...

-Qu'est-ce qu'il a fait, cet « inconnu » ? » demanda madame Héron en appuyant avec scepticisme et ironie sur le mot « inconnu ».

« Je vais y venir. Mais avant cela, sachez que, au vu de la photo, j'ai été contacté par des personnes habitant Clamart, lesquelles m'ont dit avoir reconnu votre fils... »

Dimitri ne voyait pas ce qu'il aurait pu ajouter et, dépliant d'un coup le journal, il leur montra la « une ».

« Franck ! » s'exclama aussitôt la femme. Le mari ne disait rien, mais Dimitri, qui l'observait, vit son visage se transformer, comme s'il s'affaissait soudain, comme s'il avait déjà tout compris.

Il s'empara du journal et lut le texte accompagnant le cliché.

Dimitri s'adressa alors à son épouse, qui semblait ne pas très bien réaliser ce qui se passait : « Madame Héron, il s'agit bien de votre fils ? »

Elle hocha la tête lentement, les yeux perdus dans le lointain, le visage impassible.

Alors Dimitri parla et leur raconta l'histoire du cambriolage de Batz. Le mari avait reposé le journal et le regardait avec une attention particulière. « Je suis désolé de vous annoncer une si pénible nouvelle, mais je suis venu de Paris tout exprès pour le faire. J'estimais que c'était beaucoup plus correct de ma part que d'en parler à des policiers qui seraient venus vous annoncer la chose sans ménagement. »

« Mais comment c'est possible ? » fit le mari.

La femme éclata alors en sanglots, se leva et sortit de la pièce en titubant. Fernand Héron, le visage dur, resta assis et répéta : « Comment c'est possible ? »

Avec un brin de cynisme, Dimitri se dit que c'était le bon moment pour l'interroger sur son fils.

« Monsieur Héron, il n'y a vraiment aucun doute, c'est votre fils Franck sur la photo ? »

L'homme le regarda comme s'il le voyait pour la première fois.

« Évidemment, j'en suis sûr. Je suis quand même capable de reconnaître mon fils…

-Bien sûr, bien sûr… Vous vous voyiez souvent ?

-Pas souvent, mais régulièrement, et puis sa mère l'appelait beaucoup au téléphone. »

Il étouffa un sanglot et reprit : « Vous savez, Franck est un très gentil garçon qui n'a qu'un défaut : il est paresseux comme pas deux. J'avais essayé de le faire travailler avec moi dans la concession automobile où je bossais. Mais au bout d'un mois à peine, le patron, qui était aussi un copain, m'a convoqué dans son bureau et m'a dit franchement que Franck n'était pas fait pour ce job. Alors, comme il s'intéressait depuis tout petit à la mécanique, je l'ai fait engager chez un garagiste que je connaissais bien. Mais là aussi il s'est arrangé pour se faire renvoyer. Lui, tout ce qui l'intéresse, c'est de glander devant la télévision. »

Baissant la voix, il dit : « Vous savez, toute ma vie, j'ai beaucoup travaillé et je ne me suis pas vraiment occupé de son éducation. J'ai laissé cela à Marie-Jeanne, mon épouse. Et, comme Franck est notre fils unique, j'ai l'impression qu'elle l'a gâté un peu trop, lui passant tous ses caprices et le transformant à la longue en un garçon incapable du moindre effort.

-Il ne travaillait donc pas ?

-Non, il a toujours vécu à nos crochets, jusqu'à il y a deux ans. J'ai pris ma retraite et, avec Marie-Jeanne, nous avons décidé de venir nous installer ici, à Biarritz, où nous avions acheté cet appartement il y a déjà longtemps. Et nous avons laissé le pavillon de Clamart à Franck.

-De quoi vivait-il ?

-Chaque mois, je lui verse un peu d'argent, de quoi assurer la nourriture et le chauffage. Pour le reste, depuis trois, quatre ans, il se contente de faire des intérims de loin en loin.

-Dans quel domaine ?

-N'importe…

-Et il trouvait ces emplois de quelle manière ?

-Oh, il s'était inscrit dans une agence…

-Vous savez quel était le nom de cette agence ?

-C'est un truc à Saint-Cloud, Job-quelque chose…

-Job-Inter ? » fit Dimitri très vite.

« Oui, c'est ça. Vous connaissez ?

-Oui, c'est une agence qui a bonne réputation » mentit Dimitri, ébranlé par cette révélation.

Sylvie était occupée à siroter un Vittel-menthe lorsqu'il la rejoignit.

« Ah bon ? » fit-elle seulement lorsqu'il lui raconta ce qu'il venait d'apprendre.

« C'est insensé, non ? Voilà donc le cambrioleur de Batz inscrit à l'agence de Plesse ! Ça ouvre de sacrés horizons !

-Lesquels ? » fit Sylvie, un peu sceptique.

« Je n'en sais rien… Enfin, pas vraiment, mais avec le rapport Plesse-Héron, je suis sûr qu'il y a forcément quelque chose qui se cache derrière ce… ces cambriolages. Il ne peut pas s'agir d'une coïncidence ! »

Sylvie hocha la tête, troublée.

« Qu'est-ce qu'on fait ? » demanda-t-elle.

« Je vais d'abord appeler Magnin, lui dire que j'ai eu la confirmation pour Héron et je vais taper en vitesse un papier pour demain, puisque ce brave homme a eu la bonté de me confier un portable.

-Qu'est-ce que tu vas mettre dans ton article ?

-Le fait que le cambrioleur de Perdiou est identifié, un peu de pathos avec la réaction des parents, et puis les quelques éléments biographiques que j'ai pu obtenir.

-Tu vas parler de Job-Inter et de Charles Plesse ?

-Non, je pense que nous devons creuser nous-mêmes ce volet de l'enquête. » Il avait parlé sans vraiment réfléchir et il se demanda pourquoi il avait employé le « nous » au lieu du « je », mais Sylvie n'avait pas semblé surprise ni choquée…

***

Marc Dabos, un drôle de petit bonhomme avec une face de pleine lune barrée par des moustaches en guidon de vélo, les cheveux ras et un énorme nez rond, termina l'article sur lequel il avait passé une bonne partie de la journée. L'horloge de la rédaction de *L'Indiscret,* le magazine local où il travaillait à Cahors, à deux pas de la préfecture, marquait dix-huit heures passées de quelques minutes. Il se frotta les yeux et murmura : « Ils ne vont plus tarder. »

Il était seul dans la rédaction, installée au rez-de-chaussée d'un immeuble moderne et sans charme. Il envoya son article, éteignit l'ordinateur et alluma sa pipe. Un plaisir qu'il ne pouvait plus guère s'offrir quand ses collègues étaient présents : depuis quelques mois, le clan des non-fumeurs avait définitivement pris le dessus…

À cet instant, une vieille Renault cabossée vint s'arrêter juste en face de son bureau, et il reconnut aussitôt son vieux camarade Dimitri Boizot. Quand ils étaient étudiants, ils avaient fait les quatre cents coups, et ils avaient réussi, en vingt ans, à ne jamais se perdre de vue, même s'ils ne se rencontraient que très épisodiquement. Il se leva et alla les accueillir : « Alors, vous avez fait bonne route ? » et, se tournant vers Sylvie qui venait de sortir de voiture : « Bonjour, moi c'est Marc, et on s'embrasse ! »

Quelques instants plus tard, ils se retrouvaient à la terrasse délicieusement ombragée d'un café proche du journal, où Dabos avait à tout prix tenu à les emmener. Il paraissait tout excité et il attaqua, dès qu'ils furent installés : « J'ai fait des recherches sur ton accident. On peut dire que tu as eu le nez creux. J'ai retrouvé l'épave de la bagnole chez Tallet, un ferrailleur du coin que je connais un peu. Faut pas être expert pour voir que les freins avaient été sabotés.

-Sabotés ? » fit simplement Dimitri, qui s'attendait bien à quelque chose du genre, sans trop oser y croire.

« Tout ce qu'il y a de plus sabotés, ouais.

-La voiture est encore chez ton pote ? » demanda Dimitri.

« Oui, oui, j'ai demandé à Tallet de me la garder au chaud, en accompagnant ma demande d'un petit geste, si tu vois ce que je veux dire…

-Et vous êtes sûr, absolument sûr, que c'est bien un sabotage, pas quelque chose qui pourrait avoir été provoqué par l'accident ? » intervint Sylvie.

« Tu penses ! » fit Dabos en riant. « J'ai fait appel à mon ami Turquaise, un champion dans son genre, expert automobile et pas manchot, vous pouvez me croire. Eh bien il est formel ! Il a même ajouté que c'était du travail d'amateur… Je lui ai évidemment demandé de ne pas ébruiter l'affaire… Maintenant, si vous m'expliquiez de quoi il s'agit au juste ?… »

CHAPITRE 23

La salle du restaurant était vaste et bruyante, avec de faux airs de brasserie de la Belle Epoque et des garçons aux longs tabliers blancs. Il était le lieu de rendez-vous favori de Geneviève Murelle, de Françoise Jandrain et de Gabriel Cano. Célibataires, trentenaires, travaillant tous les trois chez Palonnier où ils s'étaient liés d'amitié, il leur arrivait fréquemment de se retrouver ici le vendredi en prélude à une virée sur les Champs-Elysées.

Ce soir-là, comme d'habitude, Geneviève Murelle arriva en retard. Elle embrassa rapidement ses collègues et remarqua tout de suite leur air d'excitation inhabituelle.

« Qu'est-ce qui se passe ? » fit-elle en s'asseyant. « Vous m'avez l'air drôlement chauds ce soir ! »

Françoise, l'informaticienne, la trentaine « épanouie » comme elle disait elle-même – ce qui signifiait en réalité qu'elle trimballait un bon paquet de kilos superflus –, répondit : « Gaby était en train de m'expliquer qu'il va y avoir des changements à la boîte. Des changements qui concernent quelqu'un que tu connais très bien » ajouta-t-elle avec un clin d'œil.

Soudain inquiète, comme si elle avait deviné ce qui allait suivre, Geneviève Murelle se tourna vers « Gaby ».Gabriel Cano, qui devait avoir trente-cinq ans au plus, était un grand type décharné aux cheveux trop longs et peu soignés, qui cultivait volontiers un air artiste, avec ses T-shirts et ses jeans qui détonaient dans le milieu costume-cravate où il évoluait. Employé au département Communication de Palonnier, il était toujours au courant de plein de trucs avant tout le monde. « Vas-y, crache ! C'est quoi ? » fit-elle, impatiente.

« C'est très simple, ma grande : ton excellent ami Ernest Lullier, ci-devant directeur du département Prospection, et grand arriviste devant l'Eternel – excuse ma franchise…– sera, le premier octobre prochain, le nouveau directeur général de Palonnier, en remplacement de ce bon Simon Estrepont, qui semble avoir fait son temps aux yeux des actionnaires. »

Geneviève, qui était sûre qu'une telle chose arriverait un jour, ne réagit pas. Elle profita de l'arrivée du garçon pour tenter de se donner une contenance. Mais ses amis n'étaient pas dupes.

« Eh bien voilà, fit Gaby. Il ne te reste plus qu'à renouer avec Nénesse, et on pourra t'appeler madame la directrice générale. » Comme à l'accoutumée, il tentait de désamorcer par l'humour les situations de crise qu'il sentait arriver.

Françoise fit : « À ton avis, c'est bon ou c'est mauvais, pour la boîte, pour nous, pour toi ? »

Geneviève soupira longuement en regardant alternativement ses deux amis. Ils savaient – cela n'avait jamais été un secret – qu'elle avait longtemps couché avec Lullier, mais leur aventure était terminée depuis des mois. Elle n'avait jamais digéré leur rupture, d'autant moins qu'elle était toujours amenée à travailler avec lui au quotidien, puisqu'elle était sa secrétaire attitrée au département Prospection.

« Si c'est vrai, je n'ai plus qu'à me chercher une autre place » dit-elle franchement.

Depuis qu'il l'avait abandonnée pour une autre, Geneviève Murelle savait très bien que Lullier ne rêvait que de la licencier. Seulement, aussi longtemps qu'Estrepont était en place, ce n'était pas possible.

« Que peux-tu faire ? » demanda Françoise.

« Rien, malheureusement » répondit-elle.

Mais elle ne dit pas tout à ses amis, car elle avait une idée derrière la tête. Une idée qu'elle mûrissait depuis quelques mois et qu'elle serait bien obligée de réaliser très vite, puisque les circonstances l'y forçaient...

***

Le samedi matin, au mois d'août, les jardins du Luxembourg sont envahis par les familles, les touristes, et les promeneurs de chiens.

Assis sur un banc à l'arrière du Sénat, un grand type aux cheveux frisés, en survêtement de sport, semblait reprendre son souffle après un jogging. Il consulta sa montre, lança un regard circulaire et soupira doucement en voyant arriver un marcheur gracieux comme une barrique, vêtu d'un pantalon de toile aux poches latérales qui devaient déborder de trucs, au vu des bosses qu'elles lui faisaient. Par-dessus tout ça, il avait enfilé une chemise d'un rouge criard sur laquelle la sueur composait des taches sombres.

Essoufflé, il s'affala sur le banc. « Vous pourriez au moins être à l'heure » grommela l'autre en refusant la main qui lui était tendue.

« Excusez-moi, monsieur Lullier, je mettais la dernière main à mon rapport !

-Il est bien question de rapport ! » s'énerva l'autre, sans un regard pour son interlocuteur.

« Ça fait quarante-huit heures que vous avez perdu Boizot, et vous me parlez d'un rapport sur ses activités. Comment pouvez-vous faire un rapport si vous ne savez même pas où il est ?

-Ecoutez, monsieur Lul...

-Non ! Vous, écoutez-moi ! J'aurais mieux fait de m'adresser à la concurrence. Si vous avez perdu la piste de Boizot et de cette fille, ça veut dire qu'il vous a repérés et qu'il s'est bien foutu de vous en réussissant à vous semer ! »

À ses côtés, le gros homme suait sang et eau. À la fin, il lui tendit une chemise en disant : « Monsieur Lullier, voici tout de même mon rapport. Vous y trouverez des renseignements sur la fille avec qui il a filé. »

L'autre prit la chemise en grognant, l'ouvrit et parcourut rapidement les quelques feuillets qui s'y trouvaient. Quiguer le vit tiquer en découvrant le nom de la fille : décidément, Sylvie Flaneau semblait lui faire de l'effet. « Vous la connaissez ? »

Mais Lullier le fusilla du regard et reprit sa lecture. Quand il eut terminé, il releva la tête, sourit et s'adressa à Quiguer : « C'est bien. Je crois que j'en ai assez désormais. Je n'ai plus besoin de vos services. Et je vais vous dire, moi, où est passé Boizot, ainsi vous n'aurez pas tout à fait perdu votre journée : il était à Biarritz, il y est peut-être encore… » Et, ouvrant le journal qu'il tenait plié à la main, il mit sous les yeux de Quiguer la « une « de *L'Actualité* parue le matin même. Puis il ajouta, en sortant son portefeuille : « Je vous dois combien ? En liquide, bien sûr… »

Ernest Lullier attendit que Quiguer eût disparu de son champ de vision avant de se lever à son tour. Il avait besoin de marcher et de prendre l'air avant de rentrer chez lui. Ce journaliste commençait à le gêner vraiment. Aussi longtemps qu'il s'était contenté de mener sa petite enquête sur la nuit de Batz, il paraissait plus folklorique que réellement dangereux. Mais, à partir du moment où il avait réussi à découvrir la véritable identité de Marcel Orphelin, il prouvait qu'il avait beaucoup plus de ressources et de capacités de nuisance que prévu.

« Dimanche soir, Perdiou revient de son escapade avec son bellâtre. Je vais le convoquer vite fait, il faut qu'on se mette d'accord sur ce qu'on veut faire de ce Boizot. »

Une jeune joggeuse, blonde et mince, croisa son chemin. Machinalement, il lui sourit et se retourna pour suivre ses longues foulées souples. Mais il revint vite à ses pensées du moment : il était hors de question de laisser ce journaliste pousser son nez dans leurs affaires. Et comment l'en empêcher, sinon en faisant appel, une nouvelle fois, à José ?

***

Au même instant, au Croisic, Anne-Marie Tworkowski décrochait le téléphone. Venant de la salle de bains, elle entendait les échos de son mari, occupé à prendre une douche.

« Allo oui ?

-Madame Tworkowski ? Brigitte Le Guen, juge d'instruction, à l'appareil. J'aimerais parler à votre mari.

-Il est sous la douche et…

-C'est urgent, madame Tworkowski ! »

Au ton de son interlocutrice, Anne-Marie comprit que c'était du sérieux et qu'il valait mieux lui passer Serge sans attendre.

Lorsqu'il la vit entrer, le téléphone à la main, hurlant pour couvrir le bruit de l'eau « Madame Le Guen pour toi ! », il jura un coup et arrêta l'eau. Puis il prit l'appareil et répondit, rogue : « Tworkowski à l'appareil ».

Prudente, Anne-Marie s'était retirée en prenant bien soin de fermer la porte…

« Bonjour, capitaine, je suis désolée de vous déranger, mais avez-vous eu l'occasion de lire la presse ce matin ?

-Pourquoi ?

-Parce que *L'Actualité* révèle à la « une » l'identité véritable de Marcel Orphelin. »

Et, sans laisser au gendarme le temps de répliquer, Brigitte Le Guen ajouta, sur un ton sec et cassant : « J'ai moi-même été prévenue par le procureur, qui avait lui-même été alerté, tenez-vous bien, par des journalistes locaux ! C'est vous dire de quoi on a l'air ! »

Tworkowski sortit de la cabine de douche, dégoulinant. Il était furieux. « C'est encore ce Dimitri Boizot ?

-Exactement. Vous allez le contacter et me le cuisiner. Je veux savoir où il est allé chercher ses informations… On se retrouve à midi dans le bureau du procureur… Et je peux vous dire qu'il n'est pas content, pas content du tout. Nous avons donc intérêt à avoir quelque chose à lui offrir pour le contact de presse qu'il aura cet après-midi. »

Elle raccrocha aussitôt. Serge Tworkowski déposa le téléphone sur le rebord de la baignoire et décrocha une serviette. Brigitte Le Guen avait dit « nous avons intérêt » et pas « vous avez intérêt »… Tiens, tiens, commencerait-elle à comprendre qu'ils étaient les deux faces d'un même service ? En tout cas, il allait passer un savon sévère à ce Dimitri Boizot. Il l'avait pourtant bien mis en garde d'encore fourrer son nez dans cette enquête…

CHAPITRE 24

« Du genre curieux, ton pote Dabos », fit Sylvie en s'apprêtant à sortir de l'hôtel.

« Tu sais, la curiosité, c'est un peu notre gagne-pain » répondit Dimitri après avoir aimablement salué la réceptionniste, qui lui avait apporté dès l'aube un exemplaire de *L'Actualité* auquel Dimitri avait largement contribué.

« Peut-être, mais il voulait tout savoir sur Jean-Mi, et je t'avoue qu'à certains moments, j'ai eu envie de l'envoyer balader... »

Dimitri se dirigea vers la voiture, ouvrit le coffre, y fourra rapidement les deux sacs.

« Il a quand même été sympa de faire ces recherches pour moi...

-Tu parles ! Ça le faisait bicher, cette histoire. Il se voit déjà avec le scoop du siècle, ton copain ! Entre parenthèses, tu aurais pu me prévenir que tu lui avais déjà demandé d'enquêter sur l'accident de Jean-Mi, ça m'aurait évité de passer pour une gourde...»

Dimitri soupira doucement en mettant en marche. « Je t'assure que tu n'as pas eu l'air d'une gourde. Pas du tout... Et puis je t'avoue que j'avais un peu peur de te parler de ça avant... En tout cas, le résultat est là : on sait que ton frère a été victime d'un assassinat... »

La matinée s'annonçait radieuse sur Cahors et sa région. Mais Sylvie n'avait que faire du soleil. Elle se mordillait nerveusement l'intérieur de la bouche, réfléchissant à ce que Dimitri venait de lui dire.

« Bon ! fit-il. Tu as le plan ? Par où je dois passer pour rejoindre la route de Limogne ? »

Elle se tourna vers lui, parut sortir soudain de sa rêverie et, le regard sur la carte, elle fit : « Ça paraît tout simple : tu dois d'abord passer le pont de Cabessut, par là à gauche, à trois cents mètres et, de là, on rejoint très vite la départementale 911 et il n'y a plus qu'à rouler. Cela dit, je suis très étonnée qu'un journaliste comme toi n'ait même pas un GPS... »

Une heure plus tard, ils parvenaient à quelques kilomètres de Limogne-en-Quercy, à l'endroit exact où Jean-Michel Flaneau avait perdu la vie dans l'incendie de sa voiture, après avoir percuté un arbre.

« J'était déjà venue l'année dernière avec mes parents, fit Sylvie. Ils avaient à tout prix tenu à faire le pèlerinage. Alors tu penses si je me souviens du lieu. Regarde, le platane a encore des traces… »

Dimitri fut surpris du ton résolu, presque rude, qu'elle venait d'employer, un peu comme si cette histoire ne la concernait plus…

« Ça ne te fait rien de revoir cet endroit ? » demanda-t-il.

Elle haussa les épaules : « Evidemment, ça me fait quelque chose, mais je ne vais pas m'effondrer à terre en me tordant les mains de douleur et de chagrin. Ce n'est pas le genre de la maison… »

Dimitri posa sa main sur son épaule, tendrement, et déposa un baiser dans sa crinière. Puis il examina les lieux : « Le virage est assez dangereux, en effet, surtout pour quelqu'un qui avait l'habitude de rouler vite…

-Il roulait comme un cinglé, tu veux dire ! Tu sais, l'enquête des gendarmes à l'époque avait conclu à un endormissement au volant : il n'y avait pas la moindre trace de freinage.

-Mouais » fit Dimitri en faisant la moue. « Et pour cause, s'il n'avait plus de freins ! Ce qui est quand même curieux, c'est le lieu de l'accident : qu'est-ce qu'il pouvait bien faire ici en pleine nuit ?

-Alors là, mystère et boule de gomme. Mes parents et moi nous sommes posé la même question à l'époque, sans trouver la réponse. En fait Jean-Mi devait arriver le lendemain au Grau-du-Roi où il avait réservé une chambre d'hôtel pour six jours. Et il avait quitté Paris l'avant-veille en fin de matinée. Qu'est-ce qu'il a fait pendant ces trente-six heures ? On n'en sait rien. »

-Il était parti seul ?

-Oui. »

Dimitri fit quelques pas. Depuis qu'ils s'étaient arrêtés, pas une seule voiture n'était passée. « Le coin n'est vraiment pas très fréquenté...

-Il y a tout de même une maison, là, un peu plus loin » fit Sylvie en tendant le bras.

À une centaine de mètres, à demi cachée par une haie vive, on pouvait distinguer une grosse bâtisse en pierre.

« On y va ? » demanda Dimitri.

Elle le regarda sans comprendre. « On va où ?

-Ben, on va sonner à la porte et on demande aux occupants, s'il y en a, de raconter ce qu'ils ont vu.

-Un an après ? »

Dimitri fit la moue. « Tant qu'à être venus jusqu'ici... »

Venant de l'intérieur de la maison, le carillon de RTL marqua les dix heures. Installés au jardin, Sylvie et Dimitri ne perdaient pas un mot du récit de leur hôte.

« Vous pensez, ça ne s'oublie pas, une scène pareille ! Je venais à peine de m'endormir quand j'ai entendu le choc... Nous dormons à l'avant et, comme il fait très calme, le moindre bruit prend des dimensions... »

L'homme devait avoir passé le cap des soixante-dix ans, mais il émanait de lui une sorte de solidité à la fois impressionnante et rassurante. Il était venu ouvrir au premier coup de sonnette, comme s'il attendait quelqu'un. Sans hésiter, il avait entraîné ses visiteurs au jardin. « Léone, tu peux préparer du café ? » avait-il fait après leur avoir présenté son épouse, une femme presque aussi imposante que lui, ronde de partout, qui s'était dirigée sans un mot vers la cuisine.

« En plus, à mon âge, on a le sommeil de plus en plus léger... Alors je me suis levé, j'ai été à la fenêtre, et j'ai vu les flammes. J'ai tout de suite compris ce qui se passait... J'ai téléphoné aux pompiers, je me suis habillé en vitesse et j'ai couru vers l'accident avec mon extincteur de voiture... Mais ça ou rien... »

Il parlait en regardant seulement Dimitri, comme s'il craignait de raviver de trop douloureux souvenirs chez Sylvie.

« Évidemment, fit Dimitri. Si je comprends bien, la voiture s'était encastrée dans le platane et avait pris feu immédiatement... »

« Oui, fit le vieux. Et ce qui est dégueulasse, c'est qu'au moment où je sortais de la maison, j'ai vu passer une voiture à toute vitesse sur la route. Le conducteur n'a même pas ralenti, il a continué son trajet comme si de rien n'était. Belle époque... »

Dimitri le regarda. « C'était quoi comme voiture ?

-Franchement, je ne m'en souviens pas... Une sorte de quatre-quatre, je crois... »

À cet instant, Léone apporta le café, qu'elle servit avec un plateau de biscuits. « Je les ai faits moi-même. Demain, nous avons la visite des enfants : Frédo fête ses soixante-treize ans, et nous sommes déjà trois fois arrière-grands-parents ! »

« Oui, ça a été instantané : une vraie torche. Le conducteur n'a pas eu le temps de se rendre compte de quoi que ce soit...

-Il y a souvent des accidents dans le coin ? » intervint Sylvie.

Frédo sembla soudain s'apercevoir de sa présence. Il se passa la main sur les joues comme s'il voulait vérifier l'état de sa barbe, et il répondit, en cherchant du regard l'approbation de Léone : « Souvent, non, mais ça arrive, c'est sûr...

-Surtout le week-end, avec des jeunes. »

L'homme approuva de la tête.

Dimitri jeta un coup d'œil autour de lui. Derrière le jardin, un grand verger alignait ses pruniers. Il avala une gorgée de café, réprima une grimace, et demanda : « Toutes les voitures ne prennent pas feu, tout de même ?

-Encore heureux, répliqua Frédo en reposant sa tasse.

-À l'époque, les gendarmes se sont inquiétés de savoir pourquoi l'auto avait cramé si vite ? » insista Dimitri.

Le vieux ricana : « Ça, je n'en sais rien, ils ne m'ont pas tenu au courant... Tout ce que je sais, c'est que, le lendemain, ils sont revenus examiner la voiture. Ils ont pris des photos... Il devait y avoir un expert avec eux, et puis un dépanneur est venu enlever la carcasse... Point final. »

Dimitri regarda Sylvie : elle semblait décomposée. Il se leva brusquement : « Bien. Nous n'allons pas vous déranger plus longtemps. Merci pour le café. »

Dans la voiture, il posa la main sur le genou de Sylvie : « Ça devenait insupportable pour toi, cette évocation ? »

Elle fit doucement oui de la tête, incapable de parler.

Le portable de Dimitri se mit à sonner. Il jeta un coup d'œil à l'écran et sourit : « Ça commence par 02... Je te parie que c'est le capitaine du Croisic, ou alors la juge d'instruction : ils doivent avoir lu mon article à l'heure qu'il est... On va les laisser mijoter un peu. » Et, du pouce, il refusa l'appel.

Ils reprirent, en silence, le chemin jusqu'à Cahors.

Marc Dabos les avait invités à déjeuner avant de les laisser remonter sur Paris. Il habitait une belle maison, à quelques kilomètres de la ville. Dimitri et Sylvie y arrivèrent sur le coup d'onze heures. Dabos était en pleine préparation à la cuisine. « Ma femme et les gosses sont partis quinze jours à Royan. Alors je me fais mon frichti. Vous allez voir, je suis le roi du spaghetti carbonara... ! »

Ils s'installèrent à la grande table de pin qui occupait une bonne partie de la cuisine, et Dimitri fit le récit de leur matinée.

« En somme, vous n'avez rien appris de plus ? » résuma Dabos.

« On peut le dire ainsi, fit Boizot. Mais, au moins, on a le témoignage du bonhomme qui a vu l'accident. Donc, ça nous enlève tout doute sur son déroulement.

-Ouais... Moi, de mon côté, j'ai gambergé depuis hier à cette affaire, et à un truc que m'a expliqué l'expert. Il m'a dit que, sabotés de cette façon, les freins devaient claquer à la première ou à la deuxième sollicitation. Donc, on peut se dire que le ou les gars qui ont fait ça l'ont fait pas très longtemps avant l'accident... »

Il quitta un instant ses fourneaux du regard et se tourna vers Sylvie. « Ton frère n'aurait pas pu venir de Paris sans anicroche si ses freins avaient été sabotés là-bas. L'hypothèse est donc qu'il a dû s'arrêter, pour une raison quelconque, dans la région, et quelqu'un en a profité pour bricoler sa voiture... »

Sylvie l'avait regardé sans broncher, comme si elle était absente. Dimitri répondit : « Oui, ça semble logique... Il ne reste plus qu'à savoir qui, où et pourquoi... »

CHAPITRE 25

Ce matin-là, le temps était à l'orage sur l'île Saint-Louis, et Claudio Boninsegna faisait les cent pas entre le bureau et le hall d'entrée de l'appartement, incapable de rester en place. En passant derrière la double porte vitrée donnant sur le salon, il y jeta un rapide coup d'œil.

Assis dans un profond canapé de cuir blanc, Ernest Lullier, avec son physique de rugbyman et sa gueule d'empereur romain, cachait mal, lui aussi, sa nervosité. Son pied droit battait la mesure de son exaspération, et il fumait cigarette sur cigarette, remplissant un gros cendrier de marbre sous le regard mauvais, et inquiet, de Lionel.

Claudio retourna dans le bureau et, se plantant devant la porte-fenêtre donnant sur le quai d'Orléans, il regarda sans les voir le pont Saint-Louis et les tours de Notre-Dame. Il soupira. Les dix jours qui venaient de s'écouler avaient été merveilleux. Dix jours d'amour et de farniente à l'île Maurice avec un Lionel redevenu détendu, drôle et léger comme lorsqu'il avait fait sa connaissance.

Et puis voilà, à peine débarqués de l'avion, ce Lullier qui téléphonait et replongeait Lionel dans une espèce de mélancolie désespérée.

Claudio se passa la main dans les cheveux. Qu'est-ce qui s'était passé dans la villa de Batz pour mettre Lionel dans un tel état ? Il gonfla ses joues et expira longuement, avec application. Mais en vain…

Au salon, Lullier parlait sur ce ton qui lui était si particulier, mélange de sécheresse et d'ironie mordante. « Franchement, je crois que tu as bien fait de profiter de tes vacances, parce que les nouvelles que j'ai pour toi ne sont pas vraiment excellentes. Figure-toi que le journaliste à qui tu as si gentiment accordé une interview à Batz a sorti samedi un très joli article que je ne résiste pas au plaisir de te montrer. »

Perdiou, déjà décomposé, prit le journal que lui tendait Lullier. Lorsqu'il le reposa sur la table basse, il se recroquevilla dans son fauteuil, incapable de parler… Derrière la double porte vitrée, frôlant un totem de Besson, passa une nouvelle fois Claudio.

Lullier avait repris : « Bon, ça va, pas la peine de faire un infar. D'accord, il a réussi à mettre un nom sur Marcel Orphelin. Mais il n'est encore nulle part, tout compte fait. Ce qui importe, désormais, c'est de ne pas lui permettre d'avancer… »

Perdiou le regarda sans comprendre. « Que veux-tu dire ? »

Lullier se fabriqua un sourire condescendant. « Ah oui, c'est vrai, avec tes vacances aux îles, tu n'es pas au courant de tout. Figure-toi que ce Dimitri Boizot, non content d'aller interroger les parents Héron à Biarritz, comme tu viens de le lire, s'y est rendu en compagnie, tiens-toi bien, de Sylvie Flaneau !...Oh ! Et puis demande donc à ton petit ami de cesser de faire la navette. Il me donne le tournis ! »

Perdiou n'en menait pas large. À cet instant précis, il était très loin du fringant député de l'UGR qui n'hésitait jamais à monter à la tribune de l'Assemblée pour fustiger le relâchement général des mœurs.

Sans même se retourner, d'un geste agacé de la main droite, il signifia à Claudio de se faire oublier. L'ancien pizzaiolo jura entre ses dents, en italien, et retourna dans le bureau, dont il claqua la porte pour bien marquer son dépit d'être traité en larbin. Comment Lionel pouvait-il accepter de se laisser ainsi dominer par ce butor, c'était un mystère… Qu'il devrait bien éclaircir s'il voulait préserver son avenir…

« Sylvie Flaneau ?

-Mais oui, mon cher, la sœur de…

-Et comment ?...

-Comment ils se connaissent ? Alors là… Mais tu vois que l'affaire est potentiellement beaucoup plus grave que prévu. Ce matin, avant de venir te voir, j'ai convoqué José et je lui ai demandé de ne pas quitter notre ami journaliste d'une semelle. Je veux tout savoir, et si jamais je me rends compte qu'il a une possibilité, même toute petite, d'arriver à la vérité, je n'hésiterai pas… »

Perdiou le regarda fixement, avec incrédulité : « Tu ne vas pas encore… ?

-Écoute, c'est ma vie que je joue dans cette histoire ! Et si je dois choisir entre ma vie et celle des autres, je n'hésite pas longtemps… De toute façon, on est déjà allé trop loin, plus moyen de faire marche arrière… Pas plus toi que moi, d'ailleurs. Inutile de te rappeler que nous sommes liés à tout jamais, que ça te plaise ou non…»

Il ne le savait que trop bien. Ça lui pourrissait la vie depuis si longtemps…

« Et le dossier ?

-Volatilisé ! À Saint-Cloud, José n'a rien trouvé. Dans la maison de campagne de Plesse, non plus. Pour moi, il doit l'avoir déposé dans un coffre… C'est assez rassurant : visiblement, la veuve n'est au courant de rien et, même si elle entre en possession du dossier, je vois pas ce qu'elle pourra en faire… »

Perdiou baissa la tête et regarda la pointe de ses chaussures. Bizarrement, il y nota une minuscule tache de boue. Dehors, les gros nuages gris qui roulaient dans le ciel parisien achevèrent de le déprimer.

Lullier écrasa sa cigarette et se leva en grognant. « Tu sais qu'on est vraiment mal assis dans ton canapé ? »

Perdiou lui jeta un regard de commisération. Décidément, ce pauvre Ernest avait autant de grâce qu'un éléphant dans un magasin de porcelaine. Insensible à tout ce qui pouvait faire la beauté de l'existence, il n'était motivé que par l'argent… Et il le tenait…

***

Installée à son bureau, Geneviève Murelle profitait de l'absence de son patron pour faire du rangement. Mais un rangement d'un type un peu particulier. Quatre chemises de carton, de couleurs différentes, étaient disposées sur son bureau. Dans l'une, elle avait classé des copies de contrats ; dans une autre, elle arrangeait dans l'ordre chronologique une série de factures ; dans la troisième, elle avait disposé plusieurs rapports illustrés et, dans la dernière, tout ce qui lui semblait avoir de l'importance, mais ne rentrait pas dans les catégories précédentes. « Avec ça, Lullier peut faire une croix sur sa promotion ! » se disait-elle.

Elle était persuadée de disposer d'un dossier accablant pour son ancien amant. Un dossier qu'elle avait monté petit à petit depuis les années qu'elle travaillait chez Palonnier. Au fond d'elle, Geneviève Murelle était bonne fille et elle aurait souhaité ne jamais avoir à s'en servir, mais Lullier était incapable du moindre sentiment pour autrui. Seul comptait son petit confort, seule le préoccupait la réalisation de ses désirs. Ce que les autres pouvaient penser, dire ou faire lui importait peu. « Quand je pense que j'ai laissé tomber ce pauvre Jean-Mi pour ça, c'est à pleurer ! »

À l'époque, pourtant, elle était persuadée d'avoir tiré le gros lot : Lullier, même à son âge, était un homme séduisant, et le pouvoir lui donnait encore plus d'attrait. Pendant quelques mois, comme une gamine, elle avait cru au prince charmant. Il savait se montrer attentionné, tendre même à l'occasion. Mais ce n'était que de la poudre aux yeux : quand il en avait eu assez d'elle, il l'avait jetée et était passé à une autre, sans l'ombre d'une hésitation.

Elle rangea un dernier document dans la chemise rouge, la referma et la glissa avec les autres dans un grand sac plastique de la Fnac.

« Insoupçonnable » se dit-elle en déposant le sac dans un tiroir du bureau.

Il lui restait à résoudre un problème fondamental : qu'allait-elle faire au juste de ce dossier ? Il n'y avait pas trente-six possibilités. Elle pouvait le faire parvenir à Simon Estrepont : chacun dans la boîte savait qu'il détestait Lullier, et il devait le haïr encore plus depuis qu'il savait que l'autre allait prendre sa place. Mais Estrepont n'était plus en odeur de sainteté chez les actionnaires. Aurait-il les moyens de se faire entendre ? Et, de toute façon, elle ne le connaissait pas personnellement. Elle écarta donc rapidement cette solution.

Elle pouvait aussi s'adresser à un administrateur. Elle connaissait bien Albert Chatellain. C'était un vieil ami de son père... Mais c'était aussi un vieux type, usé et mollasson, qui aurait peur de s'engager dans une action d'éclat, d'autant plus que le président du conseil n'était autre que Lionel Perdiou, avec qui Lullier était au mieux.

Elle soupira et se gratta le front. Elle devait agir vite car, une fois Lullier installé dans le fauteuil du patron, elle était bonne pour Pôle Emploi.

À ce moment, le téléphone sonna : « Secrétariat de monsieur Lullier, bonjour !

-Bonjour. Vous êtes madame Murelle ? »

Elle examina l'écran du téléphone, le numéro qui s'y affichait lui était inconnu.

« Oui, c'est moi.

-Je m'appelle Dimitri Boizot et je suis journaliste à *L'Actualité*. Je ne vous dérange pas ? »

De plus en plus surprise, Geneviève Murelle répondit : « Non, non. C'est pourquoi ? »

À l'autre bout du fil, elle entendit un raclement de gorge, et puis : « Eh bien, ma démarche va probablement vous sembler un peu curieuse... J'enquête sur le décès, voici un peu plus d'un an, de Jean-Michel Flaneau... que vous avez bien connu, je crois... »

Geneviève Murelle ne comprenait pas grand' chose à ce que lui racontait ce journaliste mais une drôle de petite idée faisait son chemin dans sa tête. « Et si c'était ça, la solution ? » se dit-elle.

Dimitri poursuivait : « ... donc possible de vous voir pour parler de lui ? »

Elle sourit et fit : « Si vous voulez. Où et quand ? »

Quelques instants plus tard, ayant soigneusement noté le numéro de portable de ce Dimitri Boizot, qui était peut-être l'homme providentiel, elle raccrochait.

La porte du bureau s'ouvrit alors, et Ernest Lullier entra en coup de vent. Pas de bonjour, rien. Juste une question : « Quelque chose ce matin ? »

Elle eut à peine le temps de dire non qu'il était déjà entré dans son bureau, dont il claqua la porte avec fracas.

« Tu seras bientôt moins fier ! » se dit Geneviève Murelle.

CHAPITRE 26

Dimitri raccrocha. Si vraiment la voiture de Jean-Michel Flaneau avait été sabotée, cette Geneviève Murelle pourrait peut-être lui apporter des renseignements précieux, à la fois sur sa vie privée et sur sa vie professionnelle.

En face de lui, Censier était plongé dans une activité qui semblait absorber toute son énergie. Il surlignait des passages entiers d'un texte officiel et cela faisait bien dix minutes qu'il n'avait pas relevé la tête.

« Patrice, tu as deux minutes à m'accorder ? J'aimerais te demander un truc. »

Sans interrompre son travail, Censier fit : « Vas-y.

-Voilà… »

Dimitri récapitula, avec le plus de clarté possible, tout ce qui s'était passé depuis deux semaines : le cambriolage de Batz, l'appel de Corneau supposant un rapport avec un autre cambriolage chez un certain Plesse, et l'identification du cambrioleur de Batz, montrant que ce dernier était en rapport, au moins professionnel, avec Plesse ! Pour la première fois, il évoqua même la personne de Jean-Michel Flaneau, et son curieux accident.

Censier avait enfin interrompu son boulot et, le visage aussi inexpressif qu'un plat de pâtes, il le regardait sans ciller de ses petits yeux à peine visibles derrière les reflets de ses lunettes. L'espace d'un instant, Dimitri eut l'impression de se confesser chez un psy.

« Ah oui, il y a aussi une chose dont je voulais te parler. Dans cette histoire, deux personnes sont liées au groupe minier Palonnier : Perdiou lui-même, qui y a travaillé comme géologue et qui est toujours président du conseil d'administration, et Flaneau, qui y travaillait comme inspecteur. »

En entendant le nom de Palonnier, Censier tiqua pour la première fois et dit : « Alors ça, c'est drôle : figure-toi que j'ai rédigé tout à l'heure une brève sur Palonnier.

-Ah bon ?

-Oui, écoute. » Et il lui lut le texte qu'il avait pondu : « Lundi prochain, le conseil d'administration du groupe Palonnier devrait nommer officiellement M. Ernest Lullier, 52 ans, à la direction générale du groupe en remplacement de M. Simon Estrepont, 58 ans, qui demeurera membre du comité de direction. Il se verra chargé d'une mission de deux ans à la tête de la CGP (Compagnie Générale de Prospection), filiale à 100 % de Palonnier. M. Lullier, géologue de formation, était depuis 1990 directeur du département Prospection du groupe Palonnier. Il devrait prendre ses fonctions le 1er octobre prochain. »

Dimitri hocha la tête et se dit que c'était là le genre d'information à laquelle il ne parviendrait jamais à s'intéresser.

Il demanda : « Palonnier, c'est quoi au juste ? Tout le monde connaît le nom, sait qu'il travaille beaucoup en Afrique, mais sans savoir de quoi il s'agit exactement.

-Palonnier, c'est l'un des principaux groupes miniers français. Il est en effet surtout actif en Afrique. Il y a créé et possède une série de sociétés d'exploitation dans plusieurs pays, surtout en Afrique centrale. Au départ, c'était une simple entreprise, créée par un homme, Jules Palonnier, dans les années vingt. L'entreprise a grandi, est devenue un groupe, qui est resté longtemps familial, avant d'être introduit en Bourse dans les années soixante. Aujourd'hui, Palonnier réalise un chiffre d'affaires de l'ordre du milliard d'euros.

-Pfft, pas mal !

-Oui, pas mal, mais quand tu sais que le numéro un du secteur, un groupe anglo-australien, BHP-Billiton, a des ventes annuelles qui atteignent les 30 milliards de dollars, tu vois la différence… »

« Ouais, je vois… » fit Dimitri, qui ajouta : « Dis-moi, Patrice, si tu étais à ma place, qu'est-ce que tu ferais, là, tout de suite ? »

Censier réfléchit un instant, sérieux comme toujours, et dit. « Le fil entre toutes ces affaires me paraît quand même fort ténu. Mais je serais toi, je creuserais sur les relations entre Héron et Plesse, en allant par exemple interroger quelque peu les employés de l'agence d'intérim à Saint-Cloud. »

Dimitri hocha la tête : « Tu as raison. C'est ce que je vais faire. »

Avant de passer prendre sa voiture, garée dans une rue adjacente, il entra dans le square en face du journal pour y fumer une cigarette. À cause du temps et des gros nuages noirs menaçants, il était vide et Dimitri put s'installer tranquillement sur un banc.

Magnin, à qui il avait fait rapport en arrivant le matin, lui avait laissé carte blanche, ravi de voir *L'Actualité* faire la « une » avec cette histoire. « Ce que je voudrais aujourd'hui, c'est la réaction de Perdiou après l'identification de son cambrioleur. Tiens, voilà son numéro de portable. »

Dimitri avait laissé un message sur le répondeur. « Je me demande s'il me rappellera. S'il ne le fait pas, je lui retéléphonerai début d'après-midi » se dit-il. Et il prit sa vieille Renault, direction Saint-Cloud.

Il jeta un coup d'œil machinal dans le rétroviseur, mais depuis son retour de Cahors, la Fiat Punto avait disparu de son horizon. « Ils se sont peut-être rendu compte que ma vie n'avait rien de passionnant » se dit-il, sans remarquer qu'une Mégane grise le suivait à bonne distance…

Dimitri se sentait doucement euphorique : sa vie traversait soudain l'une de ces périodes bénies où tout semble aller bien. Le matin, avant de passer au journal, il avait ramené Sylvie chez elle après une nuit passionnée. Une nuit dont il n'aurait même plus osé rêver depuis que Sandrine l'avait quitté… Au journal, Magnin lui parlait avec une considération inédite comme s'il lui découvrait des compétences insoupçonnées, et sa dépression chronique se faisait discrète.

Même les gros nuages noirs qui roulaient dans le ciel lui paraissaient amicaux. « Et si, tout compte fait, la vie était plus simple qu'on ne le pense ? » se dit-il en jetant un coup d'œil à la carte, posée sur le tableau de bord, que lui avaient envoyée Simon et Anne-Catherine. Datée de Florence, elle montrait les jardins du Boboli déroulant leurs terrasses derrière le Ponte Vecchio. Au dos, ils avaient écrit : « Salut Sherlock, où en es-tu de tes investigations criminelles ? Nous, nous investiguons plutôt les grands crus de la région. Chacun son truc… » Eux au moins avaient trouvé la clef du bonheur. Pour lui aussi, elle était peut-être à portée de main, pour la première fois de sa vie, depuis sa rencontre avec Sylvie, dont le charme n'avait rien de superficiel. Elle avançait sans trop se poser de questions et ne cherchait pas à se donner une image idéale.

« Une fille nature, c'est ça… » se dit-il. À bien y réfléchir, c'était ce côté authentique qui le séduisait chez elle.

C'était aussi, d'ailleurs, ce qui l'avait attiré chez Andrée. Quand il l'avait connue à la fac, il avait d'abord craqué sur son épaisse chevelure noire ondulée. Des cheveux mi-longs, entretenus avec soin, à la différence des autres filles du cours, qui semblaient chercher leur personnalité dans un laisser-aller factice. Andrée, elle, ne se souciait pas du tout de ressembler à un modèle, quel qu'il fût. Elle paraissait traverser l'existence comme une reine, insensible aux aléas du quotidien. Dimitri avait longtemps hésité avant d'oser l'aborder…

En fait, il devait bien le reconnaître, il n'avait jamais été vraiment amoureux que de sa femme. Et aujourd'hui encore, il ne pouvait pas y penser sans un pincement au cœur…

Sandrine avait ensuite constitué un bon rempart contre la solitude. Sylvie, enfin, le ravissait par son manque d'inhibitions. Elle semblait tellement « immédiate », sans une once de mystère ni de dissimulation.

« C'est un beau roman, c'est une belle histoire… » La radio donnait le succès de Michel Fugain, parfaitement adapté à son état d'esprit du moment.

L'agence « Job-Inter » était installée sur le quai Marcel-Dassault, à Saint-Cloud. Au rez-de-chaussée d'un immeuble cossu de quatre étages, ses deux vitrines encadrant la porte d'entrée vitrée s'ornaient de dizaines d'affichettes avec des offres d'emploi à pourvoir. Dimitri gara sa vieille Renault à une centaine de mètres et parcourut à pied la distance qui le séparait de l'agence.

Il était onze heures quarante. D'abord, il fit mine de s'intéresser aux affichettes, puis il poussa la porte et avança jusqu'à un petit bureau en Formica et tubes métalliques où trônait une matrone aux cheveux frisés et négligés.

L'air peu amène, elle le regardait arriver, un peu comme si elle le jaugeait. Charles Plesse devait lui avoir enseigné cette façon de faire, qui n'avait d'autre but que de rabaisser encore un peu plus les pauvres hères qui se risquaient ici avec l'espoir de trouver un job.

Deux autres bureaux étaient occupés et Dimitri s'avança d'un pas décidé vers la grosse femme. Arrivé devant elle, et la dominant de toute sa hauteur, il s'arrêta et fit simplement « Bonjour » avec un large sourire. Ce matin-là, il avait décidé d'être aimable, quoi qu'il arrive.

Décontenancée, elle lui rendit son salut d'une voix à peine audible.

« Je peux m'asseoir ?

-Je vous en prie… »

Visiblement, elle l'étudiait, se demandait dans quelle catégorie le ranger au juste. Pour ne pas la laisser mariner plus longtemps, Dimitri se présenta et demanda : « Vous avez deux minutes à m'accorder ? »

Avant de répondre, elle jeta un regard à ses deux collègues, mais ceux-ci ne lui prêtaient pas la moindre attention.

« À quel sujet ? » fit-elle à voix presque basse, comme si elle craignait d'être entendue des autres.

« Au sujet de votre patron, monsieur Plesse. Je ne sais pas si vous lisez *L'Actualité.* »

Elle eut un pauvre sourire désenchanté. « Je n'ai pas le temps de lire les journaux…

-Je comprends… C'est d'ailleurs pour ça que j'ai apporté avec moi le journal de samedi. Regardez… »

Elle examina la photo de Franck Héron, parcourut les titres, puis elle le replia et le rendit à Dimitri, lui lançant un regard d'incompréhension.

« Vous connaissez ce Franck Héron ?

-Oui, bien sûr, il faisait partie de nos clients, mais pas très régulier.

-Eh bien figurez-vous que ce garçon est mort le même jour et pratiquement à la même heure que votre patron, alors qu'il tentait de commettre un vol dans une maison à Batz-sur-Mer, en Bretagne. »

Raïssa Rzaev hocha la tête, et eut une moue pour bien signifier à Dimitri qu'elle ne voyait toujours pas où il voulait en venir.

« Vous ne trouvez pas ça bizarre ? » insista Dimitri, en élevant soudain la voix.

Aux bureaux voisins, les deux autres employés, une jeune blonde décolorée qui devait avoir Madonna pour idole, et un garçon au physique aussi avantageux qu'un furoncle, se tournèrent vers eux, interloqués.

« Un ton plus bas, s'il vous plaît ! Ça ne sert à rien de hurler… » gémit la matrone dont la voix n'était plus qu'un chuchotement.

« Vous avez raison » fit Dimitri, conciliant. « Ma question est toute simple : est-ce que votre patron connaissait, lui aussi, ce Franck Héron ? »

Raïssa Rzaev baissa soudain les yeux et, de la main droite, chassa une poussière imaginaire de son sous-main. « Je ne pense pas… Non, quand Héron venait, c'était pour trouver du boulot, et il avait toujours affaire aux employés. »

Dimitri hocha la tête, mais il n'était pas vraiment convaincu que la grosse lui disait tout.

« Vous êtes nombreux dans cette agence ?

-Trois employés, c'est tout.

-Ce sont vos deux collègues, là-bas ?

-Oui…

-Et comment ça se passe depuis la mort de votre patron ?

-Nous attendons de savoir ce que madame Plesse va décider, mais elle nous a dit de ne pas nous en faire, alors… »

Dimitri jeta un coup d'œil autour de lui : les locaux étaient clairs, accueillants, visiblement bien entretenus.

Il reprit : « Quel genre d'homme était votre patron ?… Était-il attentionné, chiant, coureur ? »

-Monsieur Plesse était quelqu'un d'exigeant. Vous savez, il avait lui-même créé cette agence, il y a sept ou huit ans, je crois, et c'était un peu comme son enfant. Il travaillait énormément pour se faire connaître et lutter contre les grosses boîtes du secteur…

-Il devait donc forcément avoir des ennemis ? »

Elle le regarda sans comprendre. « Pourquoi dites-vous ça ? Il ne faisait de tort à personne. »

Dimitri sourit d'un air condescendant. « Dès qu'on se remue un peu et qu'on déplace de l'air, on a toujours des ennemis.

-Si vous le dites… En tout cas, Monsieur Plesse ne m'a jamais parlé de rien.

-Vous le connaissiez bien ?

-Bien… C'est-à-dire que j'ai été engagée voilà trois ans. Pour moi, c'était une chance inespérée. Mon mari m'avait abandonnée, je n'avais plus travaillé depuis au moins dix ans et, à quarante-deux ans, je me voyais mal partie. Un jour, j'ai poussé la porte de l'agence à la recherche d'un intérim. Je suis tombée sur Monsieur Plesse lui-même. Il était bien embêté parce qu'une employée venait de le quitter du jour au lendemain… Quand il a su que j'avais une formation de secrétaire, il m'a embauchée sur-le-champ…

-Eh ben dites donc, sacré coup de pot ! » apprécia Dimitri tout en continuant à prendre des notes.

« Ça oui… Maintenant, je ne peux pas dire que je le connaissais bien. Avec lui, c'était boulot-boulot… Il m'a juste invitée à déjeuner une ou deux fois, ici dans le quartier, et c'était à chaque fois pour parler travail…

-C'était quelqu'un de souriant, d'accès facile ?

-Il était toujours pressé, toujours trente-six choses à faire. Alors il n'avait pas trop le temps pour blaguer…

-La boîte marche bien ?

-Ça, je n'en sais rien…

-Vous savez quand même si les affaires sont calmes ou, au contraire, s'il y a beaucoup de boulot. »

Raïssa Rzaev haussa les épaules. « Vous savez, l'intérim, c'est cyclique… Ces derniers temps, c'est vrai que j'avais noté un ralentissement, mais rien d'exceptionnel…

-Mouais… Votre patron n'avait pas changé, récemment ?

-Changé ? Dans quel sens ?

-Je ne sais pas, moi, il aurait pu se montrer plus soucieux, par exemple…

-Alors là, pas du tout. Au contraire, il se réjouissait de voir arriver les vacances – on ferme dans la seconde quinzaine d'août – et je l'avais même trouvé exceptionnellement souriant.

-Ah bon ? Uniquement à cause des vacances ? C'est drôle pour quelqu'un qui aime tant son travail.

-Vous savez, on peut aimer son travail et avoir besoin de vacances, on n'est pas des robots ».

Du quai provenaient les bruits assourdis de la circulation.

« Vous avez une spécialité dans cette agence ?

-Disons que nous travaillons surtout dans le tertiaire, avec les petites et moyennes entreprises à la recherche d'employés de bureau performants. »

À côté, le client se leva, serra la main de Marina et s'en alla en lançant un sonore « Bonne journée, m'sieurs-dames ! » Visiblement, celui-là avait trouvé son bonheur. Du coin de l'œil, Dimitri vit la jeune blonde se lever et se diriger vers l'arrière de l'agence où elle disparut après avoir poussé une porte marquée « Privé ».

Il revint à son interlocutrice : « C'est vous qui avez averti la police le jour de la mort de monsieur Plesse ? »

La grosse avait sorti un Kleenex et se mouchait sans discrétion. Elle fit oui de la tête. Dimitri se dit que c'était le bon moment d'aller un peu plus loin dans l'interrogatoire.

« Sur le plan privé, ça se passait comment entre votre patron et sa femme ? »

Raïssa Rzaev jeta son Kleenex dans la corbeille à papier. « Quel rapport avec votre enquête ?

-Fondamental ! C'est avec ce genre de détail qu'on peut vraiment cerner la personnalité d'un individu... Et puis, n'oubliez pas que votre boss n'est pas mort dans son lit. C'est d'ailleurs pour cette raison que mon rédacteur en chef m'a mis sur le coup. »

Elle soupira et resta silencieuse quelques secondes, comme si elle cherchait à rassembler ses souvenirs avant de répondre. « Je n'étais pas très intime avec la famille. De temps en temps, j'avais madame Plesse au téléphone, quand elle cherchait à joindre son mari. En trois ans, je l'ai peut-être croisée une dizaine de fois...

-Et depuis le décès ?

-Je l'ai d'abord vue au funérarium, mais nous avons juste échangé les politesses d'usage, et puis je l'ai revue à l'enterrement...

-Le jour où l'agence a été cambriolée ? » l'interrompit Dimitri.

« Euh oui, c'est ça. Comment vous êtes au courant ?

-Je travaille quand même dans un journal » fit Dimitri en souriant. « Et justement, ça non plus vous ne trouvez pas bizarre, qu'on vienne cambrioler l'agence trois jours après avoir cambriolé votre patron ?

-Je ne sais pas... »

Dimitri griffonna quelques signes abstraits dans son calepin, le temps de repasser rapidement dans sa tête tout ce qui venait d'être dit...

« Quelque chose a été volé au cours de ce cambriolage ?

-Non, rien du tout. Vous savez, nous n'avons jamais d'argent ici. Alors si ce sont des jeunes du coin qui ont fait le coup, ils ont dû être plutôt déçus.

-Ça, c'est sûr ! » fit Dimitri, toujours souriant.

Il avança sur son siège pour approcher son visage de celui de Raïssa et, à mi-voix : « Je reviens à ma question : votre patron et sa femme s'entendaient bien ?

-On ne peut jamais dire. Mais en tout cas je ne l'ai jamais entendu dire quelque chose qui aurait pu faire croire le contraire.

-Il n'avait pas de maîtresse ?

-Non. Ça, j'en suis pratiquement sûre : il partageait tout son temps entre son travail et sa famille. Il adorait ses enfants. Il m'en parlait pratiquement tous les jours...

-Il en avait combien ?

-Deux... Deux garçons de neuf et sept ans. Il avait déjà plein de projets pour eux : comme l'aîné se débrouille bien au piano, il le voyait concertiste, applaudi à New York, à Berlin. Il était drôle, monsieur Plesse, quand il parlait de ça. Là, on sentait qu'il était vraiment heureux, il perdait son air soucieux, partait dans ses rêves... Et pour le cadet, qui est un fou de tennis, il l'imaginait évidemment vainqueur à Roland-Garros. »

Dimitri sourit et prit congé de Raïssa Rzaev. Il n'en tirerait rien de plus, et les deux autres paraissaient vraiment trop insignifiants...

CHAPITRE 27

Claudio avait sa tête ses mauvais jours. Le visage fermé, les lèvres pincées, il respirait bruyamment en se livrant à une occupation dont il n'était pas fier. Assis à un horrible bureau en acajou style « Napoléon-Quelque chose », qui jurait affreusement avec le reste du mobilier de l'appartement, mais auquel Lionel tenait plus que tout pour une raison mystérieuse, il avait posé une liasse de papiers sur le sous-main et les consultait avec méthode, les uns après les autres.

Tout à l'heure, après le départ de Lullier, ils n'avaient pas échangé plus de trois mots. Lionel s'était enfermé un long moment dans la salle de bains avant d'en ressortir, l'air toujours aussi sombre. Il s'était habillé en silence et avait appelé lui-même un taxi.

« J'ai un déjeuner avec « Alpha ». Si on me demande… » avait-il fait en sortant.

Claudio avait hoché la tête, silencieux lui aussi, boudeur pour tout dire. « Alpha » était le nom, simpliste et gamin selon lui, qu'avaient trouvé un groupe de députés UGR partageant les mêmes idées dans le parti. Ils se réunissaient deux fois par mois dans le même restaurant de la rue Saint-Dominique, où ils avaient leur salle réservée. De ces agapes, auxquelles jamais Claudio n'avait été convié, Lionel ne ressortait jamais avant dix-sept heures, et toujours avec un petit coup dans le nez.

Il avait donc tout le temps de faire quelques recherches. Lionel lui cachait des trucs, il en était sûr. Ses conciliabules avec ce Lullier l'inquiétaient…

Il venait de remettre à leur place une série de documents sans intérêt dans le deuxième tiroir du bureau lorsque le portable professionnel de Perdiou sonna, le faisant sursauter. Il referma le tiroir, souffla un coup et décrocha. Il reconnut aussitôt la voix : c'était de nouveau ce journaliste qui avait déjà tenté d'appeler le matin.

« Je suis désolé, monsieur, mais monsieur Perdiou est en réunion et il ne sera pas disponible avant dix-sept heures. Puis-je vous demander à quel sujet vous voudriez parler à monsieur le député ?»

Docile, Dimitri lui expliqua qu'il avait rencontré son patron la nuit même du cambriolage de Batz et qu'il souhaitait obtenir une réaction suite à l'identification de son voleur.

Après avoir raccroché, Claudio réfléchit. Il se leva et alla ouvrir largement la porte-fenêtre du bureau. Il avait besoin d'air. Ce journaliste, qui logeait dans la villa voisine la nuit du cambriolage, pourrait peut-être lui être utile s'il savait être habile. Il nota avec soin dans le répertoire de son mobile les deux numéros qu'il lui avait laissés, celui du journal et celui de son portable…

***

Quand on sonna à la porte d'entrée, Philippe Congy était au jardin en train de soigner ses fleurs. À l'intérieur, Catherine faisait du repassage. Sur le seuil, deux hommes attendaient en bavardant.

« Monsieur Congy ? Police ! » fit le plus âgé en tendant une carte tricolore lorsqu'il ouvrit la porte. Il hocha la tête en silence. Il s'attendait à leur visite. Samedi soir, il avait passé un long moment au téléphone avec Fernand Héron. Après la publication de l'article de *L'Actualité*, le matin même, des policiers étaient venus voir ses vieux amis, dans leur retraite de Biarritz, et leur avaient demandé la confirmation de leurs déclarations.

« Bonjour messieurs » fit-il enfin. « Vous voulez entrer ?

-Si ça ne vous dérange pas. »

Ils saluèrent d'un signe de tête Catherine qui venait de débrancher son fer à repasser, déclinèrent poliment la tasse de café qu'elle leur proposait, et le plus âgé, qui devait être aussi le plus gradé, expliqua : « Excusez-nous de vous déranger, mais les parents de Franck Héron, votre voisin, ont dit à nos collègues que vous disposiez d'une clef de la porte d'entrée de la maison ?

-En effet. Lorsque Fernand et Marie-Jeanne sont partis s'installer à Biarritz, ils nous ont confié un jeu de clefs de leur maison.

-Pouvez-vous nous les remettre ?

-Bien sûr. J'ai eu Fernand au téléphone qui m'a averti de votre visite. Je vous les ai préparées... » fit Philippe Congy en leur tendant un trousseau de trois clefs. Non seulement, vous avez celle de la porte d'entrée, mais il y a aussi celle de la porte du garage et celle de la boîte aux lettres. »

Cette fois, c'est le plus jeune qui prit le trousseau, tandis que son collègue reprenait : « Merci, monsieur Congy... À propos, c'est bien vous qui avez pris contact avec *L'Actualité* après avoir vu la photo de Franck Héron dans le journal ?

-Oui, oui. Avec mon épouse, nous avions immédiatement reconnu Franck.

-Pourquoi n'avez-vous pas plutôt prévenu la police ?

-Je n'en sais rien... Parce que j'ai vu le numéro d'appel dans le journal et, en plus, avec ma femme, on était un peu sonnés par la nouvelle... »

Le policier approuva de la tête et, sans plus de commentaire, ils prirent congé.

Ils passèrent un long moment dans la maison voisine et en ressortirent en emportant deux grosses caisses en carton, apparemment remplies de papiers...

« Et les clefs ? » demanda Catherine, postée derrière les rideaux du salon.

« Ils vont les garder, qu'est-ce que tu crois ? Et puis, après tout, je préfère... » fit son mari.

***

Lionel Perdiou était installé à son bureau. Il avait un peu mal à la tête. Le temps orageux sans doute, ou alors les trois pousse-café qu'il avait alignés tout à l'heure. Depuis un moment, il s'efforçait, sans succès, de jeter sur le papier quelques notes. Pourtant, dans un peu plus de deux semaines, il devait faire une intervention sur la lutte contre l'insécurité lors de l'université d'été de l'UGR à La Baule. Et, s'il voulait un jour se retrouver place Beauvau, il n'avait pas le choix, il devait être brillant. Mais il ne parvenait pas à se concentrer sur son sujet.

À ce moment, Claudio entra avec, à la main, le portable. « C'est le journaliste » fit-il à voix basse.

Perdiou soupira ostensiblement et prit l'appareil. « Perdiou, j'écoute ! » fit-il sèchement.

Après avoir écouté en silence, il répondit : « Écoutez, monsieur Boizot, je veux bien répondre à toutes vos questions. Mais j'ai horreur d'être interviewé par téléphone. Alors, si ça vous convient, passez donc chez moi. Je suis en train de travailler. Ce sera bien plus sympathique… »

Lionel Perdiou savait qu'en tête à tête avec ce journaliste, il pourrait plus facilement lui faire son numéro de charme et lui tirer les vers du nez…

Une heure plus tard, un soleil timide poussait ses rayons entre deux nuages lorsque Dimitri arriva quai d'Orléans. « Il n'est pas dans le besoin, le député ! » se dit-il en examinant la façade du bel immeuble. À peine avait-il appuyé sur la sonnette qu'on décrocha. Il sourit.

« Bonjour, c'est Dimitri Boizot.

-Oui, monsieur Perdiou vous attend. C'est au second. »

Il poussa la lourde porte d'entrée, qui se referma derrière lui avec un claquement sec. Un claquement qui lui fit penser aux coups de feu entendus une nuit dans la villa de Batz-sur-Mer…

Claudio, l'amant-factotum, l'attendait derrière la porte entrebâillée. Il avait bien la tête de l'emploi, d'épais cheveux noirs brillantinés, le teint mat, des dents d'une blancheur étincelante, un air de biche effarouchée malgré une carrure avantageuse… et avantagée par un T-shirt moulant.

« Entrez, monsieur Perdiou vous attend dans son bureau. »

Dimitri pénétra dans une pièce vaste et haute de plafond, inondée de clarté grâce à une porte-fenêtre entrouverte sur un balcon donnant sur le quai. Perdiou, qui faisait semblant de travailler, se leva à son arrivée. Un sourire figé éclairait sa face livide. « Une vraie gueule de croque-mort » songea Dimitri en lui serrant la main.

« Monsieur Boizot, asseyez-vous, je vous prie. Vous voulez boire quelque chose ?

-Non, ça ira, je vous remercie » fit Dimitri en prenant place sur un siège moderne extrêmement inconfortable.

Perdiou congédia Claudio d'un geste de la main.

« Nous ne nous quittons plus, décidément : voisins en vacances, aujourd'hui à Paris… Que puis-je pour vous ? » fit-il en se réinstallant derrière un vaste bureau.

Dimitri sourit à son tour. « Eh bien, depuis que nous nous sommes vus, dans des circonstances assez… spéciales, j'ai appris que votre cambrioleur avait fini par être identifié. Je suppose que vous le savez…

-Oui, j'ai vu votre article. Très bien, d'ailleurs…

-Je suppose que vous êtes aussi au courant de la personnalité de ce Franck Héron ? »

Perdiou regarda Dimitri comme s'il ne comprenait pas bien le sens de la question. « Que voulez-vous dire, monsieur Boizot ?

-Eh bien, vous savez sans doute que ce Héron était déjà connu de la justice pour des faits de vols.

-Non… Non, je n'en savais rien. D'ailleurs, ça n'apparaissait pas dans votre article.

-En effet. Je ne l'ai appris qu'hier, en appelant le capitaine Tworkowski. Il n'était pas vraiment ravi d'avoir été doublé sur ce coup-là, vous vous en doutez bien… Mais je dois reconnaître qu'il a bien repris la main… Grâce à ses dossiers, il a pu retrouver le nom de Héron pour de menues affaires en région parisienne. Le procureur, qui donnait une conférence de presse samedi après-midi, a ainsi pu apporter du neuf et donner l'impression de maîtriser son enquête. »

Perdiou sourit, comme pour indiquer à Dimitri qu'il se réjouissait avec lui du bon tour joué aux enquêteurs de Saint-Nazaire.

« Donc, ce garçon avait un casier judiciaire ?

-Léger. Quelques vols à la tire qui lui avaient valu, il y a une dizaine d'années, une condamnation avec sursis. C'est dire que ce n'était vraiment pas Mesrine…

-Oui, effectivement... Mais ça correspond bien avec ce que les enquêteurs pensaient depuis le début : un petit cambrioleur qui aura voulu se faire une villa de vacances... Mais, vous savez, monsieur Boizot, cela n'enlève rien à mon sentiment de culpabilité... Tuer un homme est la pire des choses qui puisse arriver, même si celui-ci l'avait un peu cherché... »

« Faux cul » se dit Dimitri, tout en admirant les qualités d'acteur de Lionel Perdiou. Pour un peu, il aurait marché, comme ses milliers d'électeurs lorsqu'il leur faisait des promesses creuses...

« Oui, évidemment » fit-il tout haut. « Monsieur Perdiou, connaissez-vous un certain Charles Plesse ? »

Tout en parlant, il examinait avec attention le visage de son interlocuteur. Perdiou cligna des yeux très vite, à plusieurs reprises. Puis, sur le ton le plus neutre possible, il fit : « Plesse ? Ça ne me dit rien... Pourquoi ? »

Dimitri haussa les épaules et sourit, comme si la question n'avait aucune importance : « L'homme a été victime d'un cambriolage qui s'est passé en même temps que le vôtre, mais ici à Paris. Et, dans son cas, ça s'est terminé assez mal, puisqu'il a été tué par ses voleurs. »

Dimitri vit avec satisfaction des gouttes de sueur perler soudain au front de Perdiou. Le député se leva avec un peu trop de brusquerie, alla à la porte-fenêtre, qu'il ouvrit plus largement et, se retournant vers Dimitri : « Excusez-moi, mais il fait un peu trop chaud dans ce bureau. »

Et il vint se rasseoir, de nouveau impassible, au moins en apparence.

« Oui, ça prouve bien que nous avons raison, à l'UGR, de faire de la lutte contre l'insécurité l'un de nos chevaux de bataille... Cela dit, monsieur Boizot – vous ne voulez toujours rien boire ? –, je n'ai jamais entendu parler de ce monsieur Plesse... Je devrais ?

-Non. » fit simplement Dimitri.

Cette fois, Perdiou s'autorisa un haussement de sourcils : il voulait manifestement marquer son incompréhension et exigeait ainsi de plus amples explications.

Dimitri sourit : « Je vous demandais ça parce que Héron, votre cambrioleur, et ce Charles Plesse se connaissaient. Plesse avait une agence d'intérim à Saint-Cloud et il employait parfois Héron... »

Perdiou l'avait écouté sans broncher, presque serein, comme si ce que disait Dimitri le rassurait, paradoxalement.

«Étonnant, en effet... C'est une drôle de coïncidence... C'est vous qui l'avez découverte ? »

Dimitri mentit : « Oui, par hasard, en tombant sur un entrefilet dans le journal. Au début, je n'y avais pas accordé trop d'importance. Forcément, puisqu'on ne connaissait pas encore l'identité de votre cambrioleur. Et puis, voici quelques jours, ça m'est revenu, et j'ai trouvé, effectivement, la coïncidence extraordinaire. »

« C'est étonnant, oui... » répéta Perdiou, qui semblait évaluer le poids exact de ce que venait de lui dire Boizot.

À cet instant, le portable du député, qu'il avait déposé sur le bureau, sonna. Perdiou le prit en main, regarda l'écran puis, très vite, le mit à l'oreille en disant : « Excusez-moi ».

Dimitri se tortilla sur son siège. « Il pourrait se payer des trucs plus confortables » se dit-il. Il en profita pour jeter un coup d'œil autour de lui. Tout un mur de la pièce se composait d'une bibliothèque aux centaines d'ouvrages parfaitement rangés. Parmi les livres, quelques babioles et deux cadres avec des photographies.

Dans le premier, un couple de personnes âgées souriait maladroitement à l'objectif. « Les parents Perdiou, à tous les coups » se dit Dimitri. Dans l'autre, au-dessus de l'inscription « Ecole Nationale Supérieure de Géologie de Nancy. Promotion 1983 », une douzaine de filles et de garçons étaient alignés en rang d'oignons.

Au téléphone, Perdiou s'exprimait, comme beaucoup de gens, par monosyllabes. « Oui », « non », « d'accord », « OK »... Puis : « Bon, je te laisse, je suis en réunion, là... Oui, c'est ça... À plus tard! »

Il reposa l'appareil et répéta : « Excusez-moi. » Cette fois, il paraissait avoir retrouvé parfaitement son self-control.

Dimitri désigna les deux cadres sur les rayons : « Ce sont vos parents, là ? »

Perdiou, un peu surpris par le changement d'orientation de la conversation, se contenta de hocher la tête affirmativement.

« Et à côté ? » insista Dimitri.

« C'est ma promotion à l'ENSG...

-Vous êtes où, vous, sur la photo ? »

Coquet, Perdiou sourit largement. Il se leva, alla prendre le cadre et vint s'asseoir sur le siège à côté de Dimitri : « À votre avis ? » fit-il.

Dimitri regarda de plus près et désigna du doigt un grand escogriffe barbu et chevelu portant de petites lunettes rondes à la John Lennon. « Là, non ?

-Exact. On avait des dégaines incroyables à cette époque. Regardez les autres, ils sont tous rangés, sérieux aujourd'hui. Là, à gauche, le gros poupon à la coiffure afro s'appelle Maurice Crellant et il dirige au Canada un groupe minier qui emploie vingt mille personnes…

-Pas mal. Vous, vous êtes entré immédiatement chez Palonnier après vos études ?

-Oui… » fit simplement Perdiou en se levant pour aller reposer le cadre à sa place.

« D'autres élèves de votre promotion y ont été engagés aussi ? » insista Dimitri.

« Écoutez, monsieur Boizot. Je crois que nous nous éloignons un peu, là. Vous m'avez demandé une interview, fit Perdiou en se rasseyant. Nous pourrions peut-être commencer, non ?

-Bien sûr, vous avez raison » fit Dimitri, conciliant.

Il posa son bloc-notes sur le bureau, décapuchonna son stylo et demanda à Perdiou où en était l'enquête sur le cambriolage de Batz. En réalité, il s'en fichait complètement. Il savait que le député, passé maître dans l'art de noyer le poisson, ne lui donnerait que des réponses convenues. Mais puisque Magnin voulait à tout prix tenir les lecteurs en haleine avec ce qu'il estimait pouvoir être l'un des feuilletons de l'été, autant jouer le jeu. D'autant qu'à bien y réfléchir, il n'était pas venu ici tout à fait pour rien…

Il n'était pas loin de dix-neuf heures lorsqu'il se retrouva sur le quai d'Orléans. Il alla reprendre sa vieille Renault garée un peu plus loin. Objectif : le journal pour y mettre en boîte l'interview sans perdre de temps, et profiter de ce qui resterait de la soirée pour téléphoner à Sylvie, qui lui manquait déjà. Il jeta un rapide coup d'œil dans le rétroviseur avant de démarrer et ne remarqua pas la Mégane grise qui se mettait en marche à son tour…

CHAPITRE 28

Geneviève Murelle referma la porte d'entrée, se débarrassa de ses chaussures dans un coin du hall et alla déposer son sachet Fnac sur la table de la salle de séjour avant d'ouvrir largement la porte-fenêtre sur la rue Vasco de Gama. Elle avait trouvé cet appartement, perché au cinquième étage d'un immeuble plutôt bien conservé, deux ans plus tôt, grâce à un collègue de Palonnier, neveu du propriétaire. Elle s'y sentait bien, parfois trop seule. Mais à trente-deux ans, elle se disait qu'elle avait encore la vie devant elle pour trouver l'âme sœur.

Comme chaque lundi soir, en rentrant du boulot, elle était passée au Shopi du coin faire quelques courses destinées à remplir un peu le réfrigérateur. Tout en vidant ses sachets, elle repensa à la conversation téléphonique qu'elle avait eue avec ce journaliste. Pourquoi donc voulait-il lui parler de Jean-Mi ? Lorsqu'elle avait appris sa mort – elle s'en souvenait avec une précision étrange –, elle était en vacances chez ses parents, à côté de Nevers. Son téléphone portable avait sonné alors qu'elle paressait sur un transat, au jardin, en train de relire « La conspiration ». Elle avait hésité à décrocher, puis elle avait reconnu le numéro du portable de Françoise.

Celle-ci avait d'abord parlé de tout et de rien sur un ton artificiellement désinvolte. Au point qu'elle avait fini par lui demander, avec une soudaine appréhension : « Françoise, tu es sûre que tu n'as rien d'autre à me dire ?

-Si. Jean-Mi s'est tué en voiture », avait-elle fait d'une traite, et elle avait éclaté en sanglots. Geneviève avait mis quelques secondes à réaliser. Françoise était amoureuse de Jean-Mi depuis qu'il était arrivé chez Palonnier. Pourtant, c'était elle qui avait réussi à l'attirer dans son lit. À une certaine époque, elle avait même cru l'aimer sincèrement. Mais elle avait vite fait le tour d'un personnage plutôt superficiel et sans grand intérêt, et elle n'avait pas résisté longtemps aux avances d'Ernest Lullier. Il n'avait présenté qu'un avantage: il lui avait permis de rompre sans équivoque avec Jean-Mi.

Elle avait laissé Françoise déverser son trop-plein de chagrin avant de s'appliquer à la consoler. Quand elle avait raccroché, elle avait craqué à son tour. C'était comme si la mort brutale de Jean-Mi arrachait d'elle à jamais une période de sa vie qui, somme toute, avait été heureuse. Le destin semblait lui adresser un clin d'œil ironique en lui disant : « Voilà, tu l'avais laissé tomber et tu ne le retrouveras jamais. En plus, te voilà coincée avec un infâme personnage qui t'en fait voir de toutes les couleurs. »

Elle avait passé la soirée à s'épancher auprès de sa mère. Jamais elle n'aurait pensé que, plus d'un an après, un journaliste voudrait reparler de cette mort tellement banale.

Elle sortit l'assiette de raviolis du micro-ondes et alla s'installer à table, face à la télévision.

C'était l'heure de « N'oubliez pas les paroles » Mais ce soir-là, elle n'avait aucune envie de s'intéresser aux crises de doute des candidats. Le sachet Fnac et son contenu accaparaient toute son attention. Pour la première fois de sa vie, elle devait prendre une décision qui ne l'engageait pas seulement, elle, mais qui risquait de bouleverser d'autres existences. « Oui… D'un autre côté, c'est la loi de la jungle. Si je ne me défends pas, c'est moi qui serai dévorée. Lullier ne me ratera pas, lui. »

Elle se dit que les raviolis avaient un drôle de goût, mais en réalité elle n'avait pas faim. Alors elle repoussa son assiette, ouvrit le sachet Fnac et en sortit le paquet de documents qui lui procurait à la fois une espèce d'exaltation puérile et une angoisse diffuse. Avant le lendemain et sa rencontre avec ce journaliste, elle devrait en tout cas avoir pris sa décision.

Elle se leva, alla chercher son portable dans son sac à main, et elle appela Gabriel Cano. Au son de la musique qui se déchaîna dans l'écouteur quand il décrocha, elle comprit qu'il était occupé à prendre un verre dans un bar près des Champs, avant de rentrer chez lui. « Gaby ? C'est Geneviève. Je ne te dérange pas ?

-Penses-tu, tu ne me déranges jamais ! Qu'est-ce que je peux faire pour toi ?

-Tu n'as pas envie de passer boire un verre chez moi ? Je voudrais te parler d'un truc…

-Là tout de suite ?

-Oui, je crois que c'est urgent…

-OK ma belle. Je suis là dans dix minutes. À plus ! »

***

Après avoir raccompagné Dimitri jusqu'à la porte d'entrée de l'appartement, Claudio avait voulu rejoindre Lionel dans son bureau. Mais quand il avait pointé sa tête dans l'encadrement de la porte, celui-ci lui avait adressé un signe de la main, ce geste de grand seigneur congédiant un laquais, qu'il supportait de moins en moins.

Il referma la porte en silence et colla son oreille au panneau. Comme beaucoup de gens, Lionel se croyait obligé de parler plus fort au téléphone. Claudio l'entendit donc distinctement lancer à un interlocuteur invisible : « Boizot… Oui, oui, le journaliste… Oui, si tu veux… En tout cas il sort d'ici. Il voulait une interview soi-disant pour avoir ma réaction à l'annonce de l'identité de Héron… Oui, évidemment… Laisse-moi continuer, je n'ai pas fini… En réalité, il m'a demandé si je connaissais Plesse… »

Claudio ne perdait pas un mot de ce que disait Lionel. Il n'y comprenait d'ailleurs pas grand' chose. Mais il aurait mis sa main au feu que celui à qui parlait Perdiou n'était autre que Lullier. Il jura en italien…

***

« C'est vraiment sympa d'être venu aussi vite.

-Penses-tu ! » fit Gabriel Cano. « De toute façon, je n'avais rien à faire… Non, je plaisante. En fait je meurs d'envie de savoir ce que tu as de si urgent et de si important à me dire. Tu connais mon côté pipelette. »

Geneviève sourit en s'installant à la table de la salle à manger où elle avait laissé bien en vue les quatre chemises avec les documents.

« Viens t'asseoir ici. Je vais te montrer quelque chose. »

Plus d'une heure après, alors que le soir tombait, Gaby reposa le dernier papier et regarda Geneviève. Il ne songeait plus du tout à plaisanter. « C'est de la dynamite, ton dossier. »

Geneviève hocha la tête en silence. Cano reprit la première chemise et se remit à feuilleter les papiers, comme s'il voulait se convaincre de leur réalité.

« Donc, si je résume, fit-il enfin, notre futur directeur général roule Palonnier dans la farine depuis des années. Et toi, tu détiens ici toutes les preuves…

-Oui… Tu comprends, Gaby, je n'ai plus le choix… C'est lui ou moi. Ma seule arme pour me défendre, désormais, c'est ce dossier… »

Il ne répondit pas tout de suite, comme s'il voulait se donner le temps de la réflexion. Finalement, il posa sa main sur celle de Geneviève, dans un geste d'amitié.

« Je comprends, mais il y a quand même une série de questions auxquelles il faudrait répondre avant d'aller plus loin.

-C'est-à-dire ? » fit-elle, soudain sur ses gardes, pressentant des objections de tous ordres.

« Eh bien, d'abord, es-tu absolument sûre qu'une fois en place, Lullier te jettera à la porte ? »

Elle haussa les épaules et, avec un large sourire : « Réfléchis : chacun sait dans la boîte que nous avons couché ensemble pendant des mois et que, désormais, c'est fini. Il n'aura rien de plus pressé que de se débarrasser de moi et de se trouver une autre secrétaire.

-Admettons. Autre question : qu'as-tu au juste l'intention de faire de ce dossier ?

-Ça c'est la bonne question, et c'est pour ça que j'ai besoin de tes conseils. Demain à midi, j'ai rendez-vous avec un journaliste…

-Hou là là !

-Attends, pas la peine de faire « hou là là » sans avoir entendu tout ce que j'ai à dire. J'ai donc rendez-vous avec un journaliste qui m'a téléphoné ce matin au bureau. Il veut me voir, tiens-toi bien, pour me parler de la mort de Jean-Mi…

-« Ton » Jean-Mi ?

-Oui, « mon » Jean-Mi, comme tu dis. Franchement, je me demande bien pourquoi un journaliste peut s'intéresser à un accident vieux d'un an… Bref, je le vois demain et c'est pour ça que je me suis demandé si je n'allais pas lui offrir un scoop. Tu vois le scandale d'ici… »

Gaby se passa la main sur le menton, deux ou trois fois, très vite, dans un geste qui trahissait son embarras. « Justement, le scandale. Voilà encore une autre question : tu files le dossier à ce journaliste. Il en fait la « une » de son canard… La réputation de Palonnier va forcément en prendre un coup. Il y aura peut-être même des problèmes avec le cours de l'action Palonnier à la Bourse… À ce moment-là, ce ne sera plus seulement notre ami Lullier qui sera dans la panade, mais chacun de nous… »

Geneviève, qui s'attendait à tout sauf à ça, regarda son ami droit dans les yeux et fit : « Tu es sérieux ou c'est juste pour me faire rire ?

-Bien sûr, je noircis peut-être un peu le tableau. Mais tout de même, diffuser ce dossier, c'est un peu ouvrir la boîte de Pandore.

-Oui, il ne faut pas exagérer. Moi je veux seulement la peau de Lullier avant qu'il ait la mienne, rien d'autre.

-Là, avec ça, c'est sûr que tu l'as, sa peau, mais ça risque de faire des dégâts collatéraux. Il y a donc peut-être une autre solution… Je suppose que Lullier ne sait pas que tu disposes de ces papiers ?

-Forcément !

-Il suffit peut-être de lui mettre le marché en mains, ou il te garde, avec même une chouette augmentation, ou tu diffuses ce que tu sais… »

Cette fois, Geneviève sourit largement, incrédule : « Si je comprends bien – reprends-moi si je me trompe –, tu es en train de me conseiller de faire chanter Lullier pour ne pas toucher à la réputation de Palonnier. Ainsi je me fais complice de lui et je deviens aussi coupable. »

Gaby rougit légèrement, mais Geneviève ne comprit pas si c'était de honte ou de colère. « C'est ça ? » insista-t-elle en haussant le ton malgré elle. Elle se sentait trahie. Elle avait fait appel à lui afin de savoir quelle était la meilleure conduite à tenir, et voilà qu'il se contentait de faire valoir les intérêts supérieurs du groupe, et donc les siens par la même occasion !

Lorsqu'elle referma la porte d'entrée après le départ de Gabriel, sa décision était prise de façon irrévocable : le lendemain, après avoir entendu ce que ce Boizot avait à lui dire au sujet de Jean-Mi, elle lui proposerait de faire tomber Lullier…

CHAPITRE 29

Les cernes avaient encore gagné du terrain cette nuit-là. Dimitri plongea le rasoir dans l'eau savonneuse et, approchant son visage du miroir embué, examina les ridules au coin des yeux. Il s'adressa une dérisoire grimace de dépit et reprit le rasage avec, en fond sonore, les informations à la radio.

Il avait mal et peu dormi. Vers 23 heures, alors qu'il était plongé dans une douce torpeur, il y avait eu le coup de fil de Geneviève Murelle. Elle paraissait inquiète, nerveuse. Elle avait d'abord prétendu vouloir savoir, avant de le rencontrer, ce qu'il voulait lui dire au juste au sujet de Flaneau. Il le lui avait expliqué en quelques mots. Elle avait alors ajouté, hésitante, qu'elle aurait, elle aussi, des choses à lui dire à propos de Palonnier, des affaires de « magouilles » en Afrique avec des campagnes de prospection fictives qui remplissaient certaines poches depuis plusieurs années. Elle avait chez elle les preuves de ce qu'elle avançait, avait-elle lancé avant de raccrocher.

Un peu plus tôt dans la soirée, il avait eu Sylvie au téléphone, mais elle venait à peine de rentrer de Roissy avec ses parents et elle n'avait pas le temps de lui parler. Elle lui avait donné rendez-vous pour le mardi soir. Dimitri aurait pourtant aimé qu'elle vienne passer la nuit chez lui…

Une nuit complètement perturbée par cet étrange coup de fil, à quatre heures vingt-huit exactement – son radio-réveil pouvait en témoigner – où son correspondant s'était contenté de rester silencieux pendant un bon moment. À la fin, exaspéré, et tout à fait réveillé, Dimitri avait raccroché en jurant. Il avait tenté en vain de se rendormir, mais son cœur affolé cognait dans sa poitrine, et il avait dû se résigner à se lever. Il n'était même pas cinq heures. Ce qui expliquait la tête bouffie et pas fraîche qu'il contemplait ce matin-là dans la glace…

Il termina de s'habiller, rangea sa tasse dans l'évier et s'apprêta à sortir. Il avait une idée très précise de ce qu'il allait faire avant de rencontrer Geneviève Murelle. Il allait d'abord se rendre à la rédaction de *L'Actualité*. Là, il tiendrait Magnin au courant des derniers développements de l'affaire, et il en profiterait pour téléphoner à l'Ecole Nationale Supérieure de Géologie de Nancy : il avait une furieuse envie de connaître les noms et les coordonnées de tous les personnages figurant sur la photo de la promotion 1983…

Il sortit de l'immeuble, leva les yeux vers le ciel et enregistra inconsciemment le fait qu'il semblait annoncer une belle journée. Il pensa alors à Andrée et aux enfants, qui s'envolaient le matin même pour la République dominicaine. Avec cet imbécile de Jean-Christophe, bien entendu…

Il soupira, chercha du regard sa voiture qui, pour une fois, était garée pile en face de l'immeuble. En traversant la rue, il remarqua aussitôt que le pneu avant gauche était crevé. Il s'approcha, donna un léger coup de pied, bien inutile, et se pencha. C'est alors qu'il entendit le bruit du moteur d'une voiture qui s'approchait rapidement. Il se retourna et se rendit compte qu'elle lui fonçait dessus. Il voulut se redresser pour s'écarter, mais il ne fut pas assez rapide : le choc était inévitable…

***

Dimitri se réveilla dans un endroit inconnu. Quand il ouvrit les yeux, il ne comprit pas tout de suite où il se trouvait, puis il vit le visage, douloureusement souriant, de Sylvie. Elle se pencha vers lui et déposa un baiser très doux sur ses lèvres.

« Alors ? murmura-t-elle. On joue à se faire peur et à faire peur aux autres ? »

Il faisait une chaleur d'enfer dans cette chambre. Dimitri referma les yeux. Il avait l'impression de flotter sur un nuage de coton, d'être pour ainsi dire déconnecté du monde. Il sentit la main de Sylvie, toute fraîche dans cet environnement moite, se poser sur la sienne. Il rouvrit les yeux avec une infinie lenteur. Dans la pièce flottait l'odeur caractéristique des hôpitaux, ce mélange d'éther, de produits chimiques et de chaleur excessive qui l'avait toujours rebuté. Sylvie murmura : « Ça va. Tu te réveilles ? »

Il voulut répondre, mais n'arriva à produire qu'un couinement dérisoire. Il avait la bouche et la gorge sèches. Il essaya de tousser, mais sa poitrine lui faisait trop mal. Il se contenta de chevroter : « On est où ? »

-À l'hôpital Tenon. Tu ne te souviens pas ? Ce matin, tu as été renversé devant chez toi par un chauffard qui a pris la fuite. Heureusement, une voisine de ton immeuble s'est pointée à la fenêtre en entendant le choc, elle t'a vu allongé sur la chaussée, la voiture qui fichait le camp. Elle a aussitôt prévenu le SAMU. »

En parlant, sa main pétrissait la sienne.

« Tu peux me donner un verre d'eau ? »

Sylvie poursuivit. « J'ai été prévenue par l'hôpital vers midi et demi. Il paraît qu'en te réveillant, tu as donné mes coordonnées... Une belle preuve d'amour et de confiance, ça... Quand je suis arrivée, les examens étaient terminés et on t'avait amené dans cette chambre. J'ai passé l'après-midi à ton chevet... Comme une vraie femme de marin » conclut-elle en souriant.

Dimitri avait toujours l'impression d'avoir la tête dans une énorme balle d'ouate. Il ferma les yeux, submergé par une nouvelle vague de lassitude. En même temps, il se sentait étrangement bien, détendu comme il ne l'avait plus été depuis longtemps. Il aurait voulu que cet instant ne se termine jamais.

« ... En revanche, il te faut du repos... Avec une commotion cérébrale, il faut toujours être prudent, m'a dit le médecin... »

La voix de Sylvie paraissait s'éloigner, de plus en plus perdue dans un curieux assemblage sonore où Dimitri n'arrivait pas à distinguer quoi que ce soit de précis. En une seconde, il replongea de nouveau dans un sommeil profond.

L'infirmière avait une grosse tête, un peu moustachue, posée sur un corps mince et musclé. Elle déposa le plateau-repas sur la petite table de Formica. « Vous avez de la chance : aujourd'hui, c'est la spécialité du chef, potage au cerfeuil, filets de poisson à la normande, purée, et un petit flan au caramel par-dessus tout ça ! Bon appétit, monsieur Boizot ! »

Dimitri soupira. La fin de l'après-midi s'était traînée entre plongées dans un sommeil peuplé de rêves insensés et remontées à la surface d'une réalité indécise.

Un médecin était passé et lui avait expliqué qu'il avait eu beaucoup de chance : aucune fracture, de simples contusions, douloureuses mais sans gravité, et aussi cette commotion, « qu'il ne faut jamais prendre à la légère. Nous allons vous garder avec nous encore demain, en observation. Après ça, vous pourrez rentrer chez vous. Mais vous devrez vous reposer… »

Il se leva avec précaution et franchit lentement les quelques pas le séparant de la table. Il se sentait toujours accablé par une fatigue extrême et il avait une terrible envie de fumer.

Il avait à peine plongé sa cuillère dans le bol de potage que la porte de sa chambre s'ouvrit à nouveau.

Il vit apparaître ses parents, l'air un peu emprunté qu'ont tous les gens en visite à l'hôpital. En le voyant occupé à dîner, sa mère sourit : « Quand l'appétit va, tout va ! »

Derrière elle, son père referma la porte en silence.

Dimitri reposa sa cuillère et se leva pour les embrasser. Il était content de les voir. « Comment avez-vous su ? »

Sa mère posa la veste de son tailleur gris et son sac sur une chaise. Elle semblait avoir maigri.

« Ton amie Sylvie nous a téléphoné cet après-midi » fit-elle.

« Mange ton repas, sinon ça va être froid et ça sera dégueulasse » fit son père.

Dimitri se rassit. Lors d'une de ses courtes périodes de veille, il avait dû demander à Sylvie de prévenir ses parents, mais il ne s'en souvenait absolument pas. Sa mère s'assit en face de lui, tandis que son père allait se planter devant la fenêtre.

Cette soupe était infâme, mais il avait trop faim pour s'arrêter à des détails aussi futiles. Devant lui, comme à son habitude, sa mère n'arrêtait pas de parler. « Avec ton père, on s'est dit que tu pourrais venir passer ta convalescence à la maison. Pour te reposer, Vernouillet sera bien mieux que ton appartement parisien. Qu'en penses-tu ? »

Dimitri releva la tête, sourit, et répondit : « Pourquoi pas ?

-Ton amie Sylvie est la bienvenue aussi, bien entendu. »

Il termina son potage et attira l'assiette de purée vers lui.

« C'est gentil, mais nous ne vivons pas ensemble. Nous nous connaissons depuis quelques jours à peine.

-Ah bon ? »

Dans ces deux mots, Dimitri reconnut toutes les nuances que sa mère parvenait à faire passer, l'air de ne pas y toucher : soulagement – celui de constater qu'elle n'avait pas été tenue à l'écart d'une information capitale –, inquiétude – cette Sylvie serait-elle encore une aventure sans lendemain ? – et espoir – son fils avait peut-être enfin trouvé la femme de sa vie...

« C'est bon ? » demanda son père.

Il fit une grimace et dit : « Et vous, comment ça va depuis tout ce temps ? » Cela faisait à peu près deux mois qu'il ne les avait vus. En général, il s'arrangeait pour leur rendre visite le week-end, lorsqu'il avait la garde des enfants.

« Je fais de plus en plus de vélo, j'en suis à trente kilomètres par jour » répondit fièrement son père.

***

Vingt heures et quelques. Ses parents étaient enfin repartis et il avait pu aller fumer une cigarette dans une espèce de réduit prévu à cet effet. La vasque remplie de sable posée au milieu de la pièce débordait de mégots. Tout était fait pour dissuader les fumeurs de se livrer à leur vice.

Dimitri regagna sa chambre à petits pas. Là, il ouvrit son portable et appela Magnin. À cette heure, il devait avoir bouclé la « une ».

« Magnin. J'écoute.

-Salut, Eric, c'est Boizot.

-Mieux vaut tard que jamais ! » fit simplement Magnin.

« Excuse-moi… Je t'appelle de l'hosto où j'ai été emmené ce matin après avoir été renversé par un chauffard qui cherchait visiblement à m'écraser. »

Dimitri imagina sans peine la tête de Magnin à cet instant : chez ce grand rouquin, aux cheveux brillantinés et au visage constellé de taches de son, la moindre émotion se reflétait sans nuance.

« Qu'est-ce que tu racontes ? »

En quelques mots, Dimitri lui raconta ce qui s'était passé.

« Et tu es sûr que c'était volontaire ?

-Tu penses. J'ai juste eu le temps de me retourner et de voir la bagnole me foncer droit dessus. Il paraît que c'est un miracle si je m'en sors avec quelques contusions ! »

À l'autre bout du fil, Magnin resta un instant silencieux, puis il demanda : « Tu crois que c'est lié à Perdiou ?

-Je vois pas d'autre explication. Hier soir, je vais l'interviewer et, ce matin, on me crève un pneu de ma bagnole pour me bloquer sur la chaussée. Y a pas de hasard !

-Tu as déjà parlé aux flics ?

-Non, je n'ai encore vu personne… Ce qui m'emmerde, c'est que, ce midi, j'avais rendez-vous avec une employée de Palonnier qui avait, soi-disant, des révélations à me faire sur le fonctionnement de la boîte dont je te rappelle que Perdiou est président du conseil… »

Dans l'écouteur, il entendit une sorte de grognement, puis Magnin demanda : « Comment elle s'appelle, ta nana ?

-Murelle, Geneviève Murelle.

-Attends une seconde… Oui, c'est bien ça : j'ai sous les yeux une dépêche AFP annonçant que, la nuit dernière, Geneviève Murelle, 32 ans, a fait une chute mortelle du balcon de son appartement, rue Vasco de Gama, dans le 15ème arrondissement. C'est elle ?

-Oui, c'est ça… Merde alors. Je suis sûr que c'est lié aux révélations qu'elle voulait me faire.

-Dis donc, ça m'a l'air de prendre une sale tournure, ton affaire. Va falloir qu'on en parle sérieusement. »

CHAPITRE 30

Le groupe Palonnier était installé dans un immeuble haussmannien derrière l'Opéra. Le rez-de-chaussée était occupé par les bureaux d'une compagnie aérienne et une simple plaque de cuivre apposée à côté d'une lourde porte ouvragée signalait au passant le siège de l'entreprise.

Sous une pluie battante, Ernest Lullier gara sa voiture dans la cour intérieure et franchit en courant les quelques mètres le séparant de l'accueil. Sans un regard pour la standardiste, il grimpa quatre à quatre l'escalier menant à son bureau du premier étage.

Dans l'antichambre, la remplaçante de Murelle était arrivée. Elle était déjà installée au bureau et elle tapait sur le clavier de l'ordinateur avec une application empruntée. En le voyant entrer, elle s'interrompit et, avec un sourire disgracieux qui découvrait des dents mal plantées, elle voulut le saluer. Mais Lullier n'avait que faire des ronds de jambe de cette fille au physique ingrat. Il se contenta de lancer : « Appelez donc le chef de la sécurité, demandez-lui de venir me rejoindre, tout de suite ! »

Et il referma la porte de son bureau en la claquant violemment.

Il ne décolérait pas. La veille, il avait pourtant bien joué son rôle de patron attentif et humain. En arrivant chez Palonnier, il avait fait mine de s'étonner de l'absence de Geneviève Murelle. « C'est curieux, elle qui est toujours si ponctuelle… Appelez donc chez elle pour savoir ce qui se passe ! » avait-il lancé à l'une des filles de l'accueil.

« Je n'obtiens aucune réponse, monsieur Lullier » avait-elle bredouillé.

Alors il avait insisté, simulant l'une de ses colères proverbiales, et avait conclu : « Appelez sur son portable ! »

La pauvre fille, terrorisée, l'avait fait… et était tombée sur un policier. Interloquée et soudain inquiète, elle s'était présentée. Un lieutenant de la 3ème division de police judiciaire, avenue du Maine, dont dépend le 15ème arrondissement, où vivait Geneviève Murelle, lui avait expliqué l'histoire sans prendre des gants. La fille avait alors éclaté en sanglots, piquant une vraie crise de nerfs, qu'il avait dû calmer avec deux gifles…

Deux coups rapides à la porte. « Entrez ! »

José Léonard était un homme massif d'une petite quarantaine d'années. Sa tête carrée et complètement rasée semblait posée directement sur son buste. Il avança de sa démarche chaloupée et s'assit sans un mot.

« Tu as vu ? » fit simplement Lullier en poussant devant lui le numéro du jour de *L'Actualité*.

L'autre prit le journal et découvrit la « une » avec, en bandeau, la tête de Boizot et ce titre : « Qui a voulu tuer notre reporter ? »

Léonard releva les yeux et, l'air toujours aussi impassible, il haussa les épaules et fit : « Ouais. Et alors ?

-Comment, et alors ? Tu te fous de moi, ou quoi ? Non seulement tu rates ton coup, mais voilà que cet abruti s'offre une assurance-vie avec ses accusations à la noix ! »

Léonard fronça les sourcils. Visiblement, il ne comprenait pas du tout où Lullier voulait en venir.

« Réfléchis… si tu en es capable ! Avec un article comme celui-là, les flics vont foncer chez Boizot et lui demander des explications. Alors, qu'est-ce qu'il va leur raconter ? Tout ce qu'il sait, forcément. Et, désormais, plus question de toucher à un de ses cheveux. Déjà que, hier, ils m'ont cuisiné sur Murelle, nos relations, son caractère, tout le toutim ! »

Léonard, dont la nervosité naissante se manifestait seulement par des clignements d'yeux à répétition, demanda : « Vous craignez qu'il dise des trucs aux policiers ?

-Évidemment » fit Lullier. « Maintenant, qu'est-ce qu'il sait au juste ? C'est lui qui avait pris rendez-vous avec Murelle pour lui parler de Flaneau. Elle, elle hésitait, elle ne savait pas si elle devait ou non évoquer son petit dossier... Eh bien maintenant, la voilà libérée de ses états d'âme... et de son petit dossier que j'ai mis en lieu sûr. Ce qui m'emmerde, en revanche, c'est qu'on n'a pas de nouvelles de l'autre dossier... »

Léonard se passa la main sur le sourcil droit, comme s'il cherchait à en mesurer l'épaisseur : « Je vous l'ai dit, patron, laissez-moi aller voir chez la veuve de Plesse.

-Pas question ! Désormais, on ne bouge plus. On va voir comment les choses vont évoluer...

-C'est vous qui voyez... »

***

À la même heure, la réunion quotidienne de rédaction venait de commencer dans le bureau de Magnin. Les huit chefs de service étaient assis autour d'une grande table ovale. Seul Magnin était debout, tel un professeur, à côté d'un tableau, un gros crayon-feutre à la main.

Après avoir décrit l' « accident » dont avait été victime Boizot, il ajouta : « Je veux qu'on mette le paquet sur cette affaire. Demain, je veux que Boizot fasse la manchette de la « une ». Pourquoi ? Pour deux raisons, d'abord parce que le sujet est vendeur, ensuite parce que je suis certain qu'en agissant ainsi, on rend service à Boizot : plus il sera médiatisé, plus il sera à l'abri. D'accord ?

-D'accord » fit Benaïssa, le chef du service Société. « Comment vois-tu les choses ?

-Je pense que... » intervint alors Drichon. « Je pense qu'une interview de Dimitri sur son lit d'hôpital, avec une bonne photo, serait tout à fait indiquée. Non ? » fit-il en se tournant vers Magnin.

« Exactement. Mais il faut un truc en plus : je veux faire peur à celui qui a essayé de l'écraser, et à ses commanditaires, s'il y en a. Il faut donc sous-entendre que Dimitri donné des éléments à la police, susceptibles de faire coincer son agresseur. Mais il faut travailler dans la dentelle, tout suggérer sans rien affirmer. D'accord ?

-Si tu veux, reprit très vite Drichon, je suis volontaire. Ça m'intéresse, cette affaire. Je l'ai commencée avec Dimitri, ça me plaît de continuer !

-D'accord » fit Magnin.

***

Brigitte Le Guen et Serge Tworkowski s'étaient assis dans un coin tranquille, à la cafétéria du palais de justice de Saint-Nazaire. Installée devant un gobelet en carton fumant, la juge d'instruction écoutait l'enquêteur : « J'ai décortiqué hier la caisse de paperasses ramenées de chez Héron. Je n'y ai rien trouvé d'intéressant, des factures, de vieilles photos de vacances. Chou blanc ! »

Brigitte Le Guen avala une gorgée de café brûlant et hocha la tête. Tworkowski reprit : « En revanche, je viens d'être alerté, il y a une demi-heure à peine, par la police de Clamart, que la maison de Héron a été visitée la nuit dernière. C'est un voisin qui a donné l'alerte. Tout a été fouillé de fond en comble, et ceux qui ont fait le coup ne se sont pas donné la peine de passer l'aspirateur après leur visite : il paraît que la maison est dans un état lamentable.

-Ah bon ? » fit simplement la juge, dont l'esprit de repartie n'était pas la qualité première.

« Oui… Il ne faut pas s'exciter avec ça. Sans doute des jeunes du coin qui se sont dit qu'il y avait un coup facile à faire. Mais il n'y avait vraiment rien de précieux chez Héron.

-Les parents ont été prévenus ?

-J'ai demandé à la police de Clamart de s'en charger. Il y a encore autre chose que je voulais vous dire : Boizot, le journaliste de *L'Actualité,* a été victime d'une tentative de meurtre hier matin. »

Cette fois, il vit les yeux clairs de Brigitte Le Guen s'écarquiller.

« Une tentative de meurtre ?

-C'est en tout cas ce que son journal suppose. Regardez ! » Et il lui tendit *L'Actualité*.

« Qu'en pensez-vous ? » demanda-t-il lorsqu'elle eut terminé de lire.

« C'est… troublant… Mais il faut raison garder : d'abord rien ne prouve qu'il ne s'agit pas d'un simple accident avec délit de fuite. Ensuite, quand bien même il y aurait tentative de meurtre, rien ne dit que ce soit lié à notre affaire, n'est-ce pas ?

-Tout à fait, madame le juge. Cependant je suis persuadé depuis le début que ce journaliste en sait plus que ce qu'il veut bien nous dire. J'aimerais donc, si vous le permettez, aller le réinterroger, mais cette fois sur le terrain, à Paris, et j'en profiterai pour procéder à des constatations chez Héron. »

Cette fois, il crut distinguer une lueur de bienveillance dans le regard de la juge. Elle sourit et dit : « Pas de problème, capitaine. De cette manière, je pourrai étoffer mon rapport d'instruction ».

***

Depuis le début de la semaine, l'agence Job-Inter tournait au ralenti. Les vacances étaient proches, le long week-end du 15 août aussi. À son bureau, Raïssa Rzaev en profitait pour remettre de l'ordre dans ses dossiers. Mais elle avait la tête ailleurs et n'arrivait pas vraiment à se concentrer sur son travail.

« Dites, Raïssa, vous avez vu ça ? » fit soudain Cyril Achery.

Elle se retourna vers son collègue. Il lui montra le journal en disant : « C'est le journaliste qui est venu vous voir avant-hier, non ?

-Qu'est-ce qui lui est arrivé ? » intervint Marina. Elle était plongée depuis une heure dans la lecture d'un magazine people et devait en avoir assez. Elle se leva d'un bond et s'empara du quotidien. « On a essayé de le tuer ! » s'exclama-t-elle, et elle tourna les pages à toute vitesse pour aller directement à l'article.

Raïssa sentait son cœur battre très fort dans sa poitrine : si on avait tenté de supprimer ce Dimitri Boizot, c'est que l'hypothèse qui avait germé dans sa tête depuis deux jours était valable. Elle regarda Cyril et demanda : « L'article explique pourquoi ?

-Non. Il n'y a que quelques lignes, du blabla pour enrober l'information... »

Raïssa hocha la tête en silence et elle se replongea dans son travail. Marina rendit le journal à Cyril en disant : « Je suis sûre que ça a un rapport avec sa visite chez nous. Il se passe de drôles de trucs depuis quelque temps... »

Et elle disparut derrière la porte marquée « Privé ». C'était fou ce que cette fille pouvait passer comme temps aux toilettes, se dit Raïssa.

***

Dimitri respira un grand coup en se retrouvant dehors. Ces deux jours ou presque passés dans une chambre d'hôpital lui avaient paru une éternité. Il s'empressa d'allumer une cigarette et dit à Sylvie : « Tu te rends compte, c'est ma première de la journée !

-Eh oui, tu auras fait de fameuses économies ces dernières heures... » fit-elle en souriant.

Tenon n'était qu'à cinq minutes à pied de chez lui. Ils firent le trajet bras dessus bras dessous. Grâce aux sédatifs qu'on lui avait administrés, les douleurs n'étaient plus qu'une vague sensation diffuse. Mais, en traversant les rues, Dimitri ne put s'empêcher d'avoir des appréhensions et il se surprit à y regarder à deux fois avant d'oser se lancer.

À ses côtés, Sylvie respectait son silence, à moins qu'elle ne fût elle-même plongée dans des pensées parallèles aux siennes.

« Qu'est-ce que tu penses de Drichon ? » demanda-t-il tout à trac.

« Pas grand'chose, à vrai dire. Je l'ai trouvé plutôt sympa, et puis il avait l'air de savoir ce qu'il faisait... Pourquoi tu me demandes ça ?

-Parce que j'ai toujours considéré ce type comme un arriviste aux dents longues. Je n'ai jamais pu le supporter, et puis là, je l'ai trouvé presque émouvant. C'est drôle, non ? »

Sylvie eut une petite moue d'incompréhension.

Il reprit : « Il avait l'air gêné en essayant de m'expliquer que cette interview, finalement, c'était pour mon bien.

-Je crois que son raisonnement n'est pas faux et que l'article ne pourra pas te faire du tort, en tout cas… »

Ils étaient arrivés au pied de son immeuble. Sylvie lui montra sa voiture et fit : « Monte toujours chez toi. Pendant ce temps, je vais changer la roue.

-Parce qu'en plus tu sais changer une roue, toi !

-Qu'est-ce que tu crois ? »

Elle le regarda avec un drôle d'air : « Tu n'imagines tout de même pas que celui qui a essayé de t'écraser est encore dans la rue, occupé à guetter… Allez, ne te tracasse pas pour moi : je ferai bien attention, je te le promets ! »

Elle déposa sur ses lèvres un léger baiser et le poussa vers la porte d'entrée. « Va plutôt préparer tes affaires pour aller chez tes parents. Ainsi, on gagnera du temps ! »

Dimitri, vaincu par l'implacable autorité de Sylvie, n'insista pas et grimpa à son appartement. Par la fenêtre, dissimulé derrière les rideaux, il la regarda avec tendresse, et un brin d'admiration pour l'énergie dont elle faisait preuve en toutes circonstances.

« Bon, allez, au boulot ! » se dit-il. Mais, à l'instant où il s'apprêtait à déposer un grand sac sur son lit, il entendit la sonnerie de l'interphone. Persuadé que c'était Sylvie, il ne décrocha même pas et se contenta d'appuyer sur le bouton ouvre-porte. Puis il retourna dans sa chambre et commença à entasser des vêtements. Cette fois, il fut interrompu par deux coups brefs frappés à la porte d'entrée.

Sans réfléchir, il alla ouvrir, et se retrouva face à face avec un inconnu. L'espace d'une seconde, il fut envahi par la panique et voulut refermer la porte. Mais l'homme qui se tenait devant lui mit sous les yeux une carte tricolore : « Monsieur Boizot ? Kevin Larrieux, je suis lieutenant à la police judiciaire, et j'enquête sur la mort de Geneviève Murelle. »

Aussitôt Dimitri retrouva ses esprits et, d'un coup d'œil, jaugea son visiteur. Trente ans à peine, coiffé avec un pétard, une veste de sport en daim qui jurait avec une chemise multicolore posée sur un jean délavé : aucun doute, ce devait bien être un flic.

Il lui sourit et fit : « Excusez-moi, je suis un peu nerveux en ce moment… Entrez donc ! »

Il fit asseoir le jeune policier sur le canapé du salon et lui demanda machinalement : « Je peux vous offrir quelque chose ?

-Non, non, ça ira… En fait, monsieur Boizot, il s'agit d'une simple enquête de routine. Les circonstances du décès de madame Murelle paraissent très claires : elle avait avalé pas mal de médicaments et une bonne dose d'alcool avant de se jeter par la fenêtre de son appartement. Seulement, en examinant son portable, nous nous sommes aperçus qu'elle avait appelé deux fois le même numéro peu avant sa mort. Une première fois vers 23 heures, une seconde fois vers 4 heures 30. Et ce numéro de téléphone, c'était le vôtre. Voilà pourquoi je suis venu vous entendre… »

Ainsi donc, c'était Geneviève Murelle qui l'avait appelé l'autre nuit… Dimitri resta silencieux en attendant que ce Larrieux lui expliquât exactement ce qu'il attendait de lui.

« Je voudrais savoir, monsieur Boizot, quelle était la nature de vos relations avec madame Murelle… »

« Visiblement, se dit Dimitri, ce flic n'a pas lu le journal ce matin et ne sait donc pas ce qui m'est arrivé… Mais, avec l'article que prépare Drichon pour demain, il sera vite au courant. Donc, j'ai tout intérêt à jouer franc jeu, ou presque... »

« En fait, je ne connaissais pas cette madame Murelle.

-Ah bon ? » fit le policier, interloqué.

« Je vous explique : je lui ai téléphoné lundi, de la rédaction de *L'Actualité,* le journal où je travaille, pour prendre un rendez-vous avec elle. Nous devions d'ailleurs nous voir hier midi.

-Pour quelle raison ?

-Madame Murelle avait été la maîtresse d'un certain Jean-Michel Flaneau… »

Et Dimitri raconta au jeune policier, de plus en plus ébahi, les soupçons qu'il portait sur les circonstances exactes de l' « accident » de Flaneau. « C'est pourquoi je voulais avoir le témoignage de madame Murelle. Mais les circonstances en ont décidé autrement…

-Mais pourquoi vous a-t-elle téléphoné lundi soir et dans la nuit ?

-Lundi soir, elle voulait en savoir un peu plus sur ce que j'allais au juste lui demander. Ça se passe souvent ainsi : quand vous demandez une interview à quelqu'un, la personne accepte sur un coup de tête, puis elle se met à réfléchir. Parfois elle revient carrément sur sa décision et refuse de vous voir, ou alors elle vous rappelle pour avoir des précisions, des apaisements… »

Le jeune flic avait sorti un calepin sur lequel il griffonnait des notes à la volée. Il releva la tête : « Et à quatre heures et demie ?

-Là, je ne sais pas. J'ai été réveillé effectivement par un appel, mais il n'y avait personne au bout du fil. Enfin je le croyais. Je n'ai eu droit qu'à du silence…

-Lundi soir, au téléphone, madame Murelle vous avait paru normale ? »

Dimitri réfléchit quelques instants avant de répondre : « Oui, en tout cas je n'ai rien remarqué. Son débit était correct, elle n'avait pas l'air d'avoir bu ou d'être droguée, si c'est ce que vous voulez savoir. »

« C'est quand même curieux que cette dame, juste avant de se suicider, vous ait appelé, vous… Elle aurait pu téléphoner à des parents, à des amis, non ?

-Je n'en sais rien. Qu'est-ce qui se passe dans la tête de quelqu'un qui veut se suicider ?

-C'est vrai » admit le policier. « Monsieur Boizot, ce que vous m'avez dit du meurtre camouflé de ce Jean-Michel Flaneau, ça résulte d'une enquête que vous avez menée personnellement ou de sources policières ?

-Une enquête personnelle. Je comptais d'ailleurs en avertir la police après avoir rencontré Geneviève Murelle, mais j'ai moi-même eu quelques soucis… »

Et il expliqua ce qui lui était arrivé la veille au matin. Cette fois, le policier paraissait tout à fait largué.

À ce moment, la sonnerie de l'interphone retentit dans le hall d'entrée.

« Vous permettez ? » fit Dimitri en se levant.

Il actionna l'ouvre-porte à Sylvie qui avait fini de changer la roue, puis il revint au salon en laissant la porte d'entrée entrebâillée.

« Selon vous, il se pourrait que le suicide de madame Murelle ne soit pas aussi évident que ce qu'il paraît ?

-Je n'en sais rien. Franchement, je ne pourrais pas vous dire. Désolé…

-Ce n'est rien », fit le policier en se levant. « Juste une dernière chose et je vous laisse tranquille : à quel service de police avez-vous l'intention de parler de l'affaire Flaneau ?

-J'ai un ami qui travaille à la crim'. C'est à lui que je voulais en parler.

-Bien. Je me permettrai de vous recontacter si j'ai besoin d'une déposition officielle. Au revoir, monsieur Boizot. »

Sur le palier, il croisa Sylvie qui terminait de grimper l'escalier, les manches retroussées et les mains toutes noires. Il se contenta de lui lancer un regard étonné et s'en alla.

« C'est qui ? » demanda Sylvie en entrant.

Dimitri le lui expliqua.

« Tu ne m'avais pas parlé de ce coup de fil nocturne » dit-elle quand il eut terminé.

« Excuse-moi, fit Dimitri en riant. Mais j'ai eu quelques autres menus sujets de préoccupation.

-C'est vrai… Cela dit, voilà un coup de fil bien étrange : Geneviève Murelle s'apprête à se suicider, selon la version officielle, et elle ne trouve rien d'autre que de t'appeler… pour ne rien dire. Si on admet la possibilité qu'elle ne se soit pas suicidée, mais que quelqu'un l'ait un peu aidée à tomber, on peut se dire que c'est cette personne qui t'a téléphoné, sachant fort bien que les policiers n'auraient rien de plus pressé que d'examiner le portable, et donc de découvrir ton numéro. »

Décidément, se dit Dimitri, de plus en plus admiratif, elle ne manquait pas de ressources, la petite !

« J'y ai pensé, fit-il. Mais il y a un paradoxe évident : si Geneviève Murelle a été assassinée et qu'on a tout fait pour maquiller son meurtre en suicide, quel est l'intérêt de m'impliquer là-dedans, moi ?

-Il y a une seule explication à peu près logique : ce coup de fil serait un avertissement, seulement destiné à te faire comprendre que tu dois mettre la pédale douce dans ton enquête.

-Ouais… C'est mal parti, parce que je n'ai pas l'intention de baisser les bras… »

CHAPITRE 31

Assis sur la terrasse, Dimitri profitait des derniers rayons du soleil. Les yeux mi-clos, il se laissait dériver sans but. De l'intérieur de la maison lui parvenaient les bruits familiers et rassurants de sa mère en train de préparer le dîner. Un instant, il se crut revenu trente ans en arrière. Il avait presque oublié à quel point la vie pouvait s'écouler, paisible et simple, dans ce modeste pavillon de Vernouillet où il avait passé une partie de sa jeunesse.

À l'époque, tout paraissait si facile. Aujourd'hui, au contraire, il avait le sentiment que l'existence n'était qu'une immense course d'obstacles.

Une heure plus tôt, il avait essayé, en vain, de joindre l'Ecole Nationale Supérieure de Géologie, à Nancy. La photographie de la promotion 1983 aperçue chez Perdiou lui semblait intéressante et il aurait aimé disposer des noms de tous les élèves qui y figuraient. Mais joindre une école, même supérieure, en plein mois d'août, relève de la mission impossible.

Il en était là de ses considérations désabusées lorsque son portable sonna.

« Monsieur Boizot, bonjour ! Ludovic Corneau à l'appareil ! Je ne vous dérange pas ? »

Dimitri ferma les yeux et souffla en silence. Il ne manquait plus que lui ! Qu'avait-il encore découvert cette fois ?

« Bonjour. Non, non, allez-y, je vous en prie...

-En fait je vous appelais simplement pour prendre de vos nouvelles. J'ai lu ce matin ce qui vous est arrivé, et je vous avoue que je me suis senti un peu... responsable...

-Responsable ? Pourquoi ?

-Eh bien, si je ne vous avais pas appelé au lendemain du cambriolage de Batz, cela ne serait peut-être pas arrivé... »

Dimitri rouvrit les yeux, regardant sans le voir le tilleul du jardin qu'il avait planté avec son père le jour de son dixième anniversaire.

« Je vous avoue, monsieur Corneau, que je ne comprends pas grand' chose à ce que vous me dites.

-C'est pourtant clair. Dans l'article écrit par votre collègue, on dit que si vous avez été victime d'une tentative de meurtre, c'est en relation avec une enquête que vous menez actuellement. J'ai donc pensé...

-Ne pensez pas trop, monsieur Corneau. Vous savez, je n'ai pas qu'un fer au feu et, dans ma carrière, j'ai déjà écrit tellement d'articles susceptibles de me valoir des inimitiés tenaces que rien ne prouve que ceci soit lié à l'affaire du cambriolage... »

« D'ailleurs, ajouta-t-il avec mauvaise foi, dans cette affaire, je ne suis nulle part.

-Ah bon ? » fit Corneau, l'air terriblement déçu.

« On ne peut pas toujours tout réussir » ironisa Dimitri.

« C'est vrai, mais vous avez quand même identifié le cambrioleur de Batz, ce n'est déjà pas mal...

-Pas mal, oui, mais insuffisant pour établir un rapport avec votre ami Plesse. Au revoir, monsieur Corneau, et merci d'avoir gentiment pris de mes nouvelles ! »

Il raccrocha sans laisser le temps à l'autre d'encore placer un mot. C'était à croire que cet homme n'avait rien d'autre à faire que de papoter au téléphone... et de lire attentivement le journal. Il alluma une cigarette et expira la fumée avec un sentiment de bien-être. Les douleurs qui l'assaillaient depuis deux jours avaient rendu les armes face aux sédatifs. Mais il savait que ce n'était qu'un armistice et qu'elles repartiraient de plus belle d'ici une heure ou deux…

***

Au même instant, dans un luxueux appartement de l'avenue Foch, Elisabeth Plesse était allongée sur son lit et elle somnolait, vaincue par les tranquillisants qu'elle prenait depuis quinze jours. Heureusement, les enfants étaient en vacances avec son frère et sa belle-sœur, leurs cousins et cousines, au Cap d'Ail. Elle avait donc tout le loisir de se reposer comme elle le voulait.

Mais son demi-sommeil était troublé par des pensées sombres : le lendemain était le dernier jour de travail à l'agence, qui fermerait ensuite pour deux semaines, jusqu'à la rentrée. Elle allait devoir envisager sérieusement ce qu'elle voulait en faire. L'autre jour, elle s'était voulue rassurante avec les employés, mais ce qu'elle avait découvert dans la comptabilité ne lui laissait que peu d'espoir de maintenir l'entreprise à flot.

Elle soupira. Elle n'avait même personne à qui parler de ses angoisses. Ses parents auraient été bien trop contents. Eux qui n'avaient jamais aimé Charles et l'avaient toujours considéré comme un incapable et un coureur, lui auraient fait la leçon avec une satisfaction écœurante. Et puis, elle avait passé l'âge d'aller pleurnicher dans le giron de sa mère…

On sonna à l'interphone. Elle jeta un regard au radio-réveil. Il indiquait dix-huit heures trente et elle n'attendait personne. Elle décida de ne pas répondre. Mais quelques secondes plus tard, une deuxième sonnerie, plus insistante, se fit entendre. Elisabeth Plesse poussa un profond soupir et, lentement, se dirigea vers le vaste hall d'entrée. Sur le petit écran couleur de l'interphone, elle vit apparaître la tête d'une jeune femme, surmontée d'une crinière blonde et frisée qui lui rappela quelque chose.

« Oui, c'est pourquoi ? » fit-elle.

« Bonjour Elisabeth, c'est Sylvie Flaneau, la sœur de Jean-Michel… Si vous avez deux minutes pour moi, j'aurais aimé vous parler… »

Sylvie Flaneau ! La dernière fois qu'elle l'avait vue, c'était aux funérailles de son frère. Elles ne s'étaient jamais beaucoup côtoyées, et elle se demanda ce qu'elle venait soudain faire chez elle…

« Sylvie ! Montez, c'est au troisième ! »

Elle fila à la salle de bains, se donna un rapide coup de brosse et vérifia d'un coup d'œil que sa robe d'intérieur n'était pas trop froissée. C'est alors qu'elle entendit le carillon de la porte d'entrée.

Petite et frêle, perdue dans un T-shirt et un jean qui paraissaient trop grands pour elle, Sylvie Flaneau avait l'air d'une gamine. Elle sourit timidement en voyant la porte s'ouvrir. Elisabeth Plesse, finalement plutôt satisfaite de voir quelqu'un venir briser sa solitude, lui adressa un large sourire et, se penchant vers elle, lui plaqua deux bises sur les joues.

« Entrez, Sylvie, je vous en prie ! »

Au milieu du salon, très vaste et très lumineux, Sylvie remarqua aussitôt le tapis oriental qui jurait avec le mobilier moderne. Elisabeth suivit son regard et fit, en désignant un canapé à Sylvie : « Oui, c'est ici que Charles a été abattu… »

Sous le bronzage qui commençait déjà à s'estomper, Sylvie nota que les traits de la veuve de Charles Plesse étaient tirés et que ses yeux étaient gonflés. Elle se sentit soudain prise de pitié pour cette femme, dont l'arrogance habituelle n'était plus qu'un souvenir.

« La mort brutale de quelqu'un qu'on aime, surtout dans des circonstances aussi tragiques, est toujours un moment terrible à passer. Depuis que j'ai appris ce qui était arrivé à Charles, j'ai beaucoup pensé à vous, Elisabeth… Et je me suis décidée à venir vous voir parce que, en classant les papiers de Jean-Michel, je suis tombée par hasard sur ceci… »

Elle sortit de son sac une carte-vue, reproduction d'une carte ancienne. Elle la lui tendit en disant : « Lisez ! »

Elisabeth prit la carte et, sous la photographie, elle lut : « Le Lot pittoresque. Saint-Géry, vue générale prise de la route du Causse ».

Elle releva la tête et, souriant légèrement, dit : « Saint-Géry… Que de bons moments… »

Sylvie sourit à son tour : « Vous pouvez lire ce qui est écrit au dos… »

Elisabeth, obéissante, retourna la carte : « Salut vieux. Vus d'ici, je peux t'assurer que les soucis parisiens paraissent très lointains... » C'était signé « Charles » et adressé à Jean-Michel Flaneau, à Paris. Elle regarda alors le cachet postal, mais il était presque illisible.

« Jean-Michel avait conservé cette carte ?

-Oui. Ça prouve bien qu'il avait pour Charles une véritable amitié. C'est pour ça que je me suis permis de passer aujourd'hui et de vous la montrer. J'ai pensé qu'elle vous ferait plaisir...

-En effet, vous avez eu raison... »

Sylvie la vit reposer la carte sur la table basse. Elle reprit : « Elle date d'il y a deux ans. Saint-Géry est un endroit où vous passez régulièrement vos vacances ?

-C'est plus que ça. Je connais Saint-Géry depuis que je suis toute petite. Mes parents étaient tombés amoureux de la région et y avaient acheté une maison alors que je devais avoir quatre ou cinq ans. Pendant des années, nous y avons passé, mes parents, mon frère et moi, tout le mois de juillet. Mon père l'a retapée de fond en comble et, aujourd'hui encore, nous allons régulièrement y passer quelques jours... D'ailleurs, c'est à Saint-Géry que votre frère Jean-Michel a passé sa dernière journée avant son terrible accident... »

***

« Tu te rends compte de ce que ça signifie ! »

Sylvie était incroyablement excitée. Elle était arrivée à Vernouillet sur le coup de vingt heures trente. Dimitri et ses parents terminaient de dîner et Sylvie, sous le prétexte d'emmener Dimitri faire une petite promenade, l'avait aussitôt entraîné dehors pour lui relater l'entretien qu'elle venait d'avoir avec la veuve de Charles Plesse.

Dimitri la regarda sans bien comprendre. C'était comme si les idées tournaient à vide dans sa tête. L'effet des sédatifs, sans doute...

« Mais enfin ! C'est pourtant clair ! » reprit Sylvie. « Le 18 juillet de l'année dernière, Jean-Michel se tue dans un accident qui n'en est certainement pas un, une heure à peine après avoir quitté la maison de Plesse, à Saint-Géry, c'est-à-dire à peine à trente kilomètres de là. Qui a pu saboter les freins de sa voiture, selon toi ?

-Charles Plesse ?

-Peut-être, mais ce n'est même pas certain, figure-toi, parce qu'Elisabeth Plesse m'a aussi appris que, ce jour-là, dans la maison de Saint-Géry, se trouvait également, tiens-toi bien, Franck Héron ! »

Cette fois, Dimitri comprit parfaitement ce que voulait dire Sylvie.

« Et qu'est-ce qu'il foutait là, celui-là ?

-Écoute bien, le récit de cette journée est vraiment intéressant. Le 17 juillet, Elisabeth Plesse et ses enfants devaient rentrer à Paris. Dans la maison de Saint-Géry, il y avait Charles Plesse, Franck Héron et Jean-Michel. Héron était là depuis trois jours parce que Plesse lui avait demandé de venir l'aider à poser du parquet dans les chambres.

-Donc, Plesse et Héron se connaissaient très bien.

-Apparemment, oui… Quant à Jean-Michel, il était arrivé en début d'après-midi pour faire un petit bonjour sur la route des vacances… Et c'est lui qui a conduit Elisabeth et les enfants à la gare de Cahors pour y prendre le TGV de Paris. Pendant ce temps-là, Plesse et Héron étaient restés à la maison et avaient tout le temps de saboter les freins de la voiture de Jean-Mi.

-Ton frère n'avait pas pris sa voiture pour aller à la gare ?

-Justement, non. Il avait pris la voiture de Plesse, un 4x4 Mercédès !

-Merde alors !

-Comme tu dis… »

Dimitri, qui se sentait fatigué, s'assit sur un banc le long de la Seine. Comme prévu, ses douleurs commençaient à se réveiller…

Il se tourna vers Sylvie : « Jusqu'à aujourd'hui, tu ne savais donc pas que Jean-Mi avait passé sa dernière journée chez Plesse.

-Bien sûr que non, tu imagines bien qu'il n'est pas allé le claironner sur tous les toits. Heureusement que sa veuve est beaucoup plus bavarde, elle… Mais ça n'empêche qu'il reste une question à laquelle je n'ai pas encore pu apporter le moindre début de réponse : si Plesse a assassiné Jean-Mi, avec l'aide ou non de Héron, pourquoi ? Quel pouvait être son intérêt ? »

CHAPITRE 32

Depuis le matin, un vilain crachin tombait sur Paris. Dimitri avait fait le trajet depuis Vernouillet à un train de sénateur, accablé par une fatigue qui le laissait sans énergie. « J'ai l'impression d'être creux » avait-il dit la veille en raccompagnant Sylvie à sa voiture.

En route, il avait fréquemment regardé dans le rétroviseur. Depuis deux jours, la peur ne le quittait plus. Celui qui avait essayé de le tuer n'allait pas en rester là. Toutefois, dans les rues de Paris, il courait assez peu de risques. Il lui suffisait de se déplacer au beau milieu de la foule des badauds...

Il trouva sans problème une place de stationnement à deux pas de la place Saint-Michel, consulta sa montre – il était pratiquement quinze heures – et il marcha, en rentrant la tête dans le col de son imper, jusqu'à la brasserie du boulevard du Palais où il avait rendez-vous avec son pote de la crim', Paul Vendroux.

À cette heure, la clientèle du bistrot se composait essentiellement de touristes. Vendroux était occupé à lire le journal à sa table favorite, tout au fond de la salle, à côté des toilettes. « Ici au moins, je suis sûr d'être peinard » avait-il coutume de dire.

Dimitri lui adressa un petit signe de la main en arrivant et s'assit en face de lui.

Vendroux était une sorte de géant qui tutoyait les deux mètres et dépassait les cent vingt kilos. Tout en muscles, il lui avait toujours évoqué ces gladiateurs qui gagnaient – ou, plus souvent, perdaient – leur vie dans les arènes de Rome. Comme d'habitude, il avait devant lui un petit noir serré. Il carburait au café et au Coca light, Vendroux : « Je n'ai jamais bu d'alcool de ma vie, disait-il, et je ne suis pas près de commencer. » Avec un père et un oncle alcooliques, il avait pu se rendre compte, quand il était enfant, des ravages que pouvait provoquer la gnôle dans une famille...

« Comment ça va ? » fit-il en voyant arriver Dimitri.

Vendroux avait appris, comme tout le monde, ce qui lui était arrivé deux jours plus tôt. Il pensait d'ailleurs que c'était pour en parler qu'il lui avait donné rendez-vous dans cette brasserie.

« Ça va... Je suis crevé et j'ai mal partout, mais ça va... De toute façon, ce n'est pas pour ça que je suis là, mais plutôt pour te parler de ton enquête sur l'affaire Plesse.

-Tu as quelque chose pour moi ? » demanda Vendroux après avoir vidé d'un trait son café. Sur son visage aux traits accusés, Dimitri reconnut sans peine l'air d'incrédulité qu'il pouvait afficher sans effort.

« Oui... Et tu vas voir, c'est du solide. »

La veille au soir, alors qu'ils revenaient doucement vers la maison, Dimitri avait tenté de convaincre Sylvie qu'il devait absolument mettre Vendroux dans la confidence.

« Pour deux raisons au moins : d'abord, lui, il va pouvoir mobiliser des moyens que nous n'avons pas pour relancer l'enquête sur la mort de ton frère. D'autant plus qu'avec des éléments neufs comme ceux que nous apportons, c'est du tout cuit. Et puis ensuite, je suis certain qu'avec lui, s'il existe une solution pour trouver le lien entre l'assassinat de Jean-Michel, celui de Plesse et le mystérieux cambriolage de Batz, il la trouvera... »

Il s'était interrompu quelques instants, avait regardé Sylvie droit dans les yeux, et avait repris : « Enfin, je t'avoue que je ne me sens pas vraiment de taille à lutter contre des adversaires qui m'ont l'air puissants et décidés à tout. »

Un long silence avait suivi. Puis, alors qu'ils marchaient, enlacés, Sylvie avait repris : « Il y a peut-être une solution qui pourrait nous arranger tous les deux. Moi, ce qui m'intéresse dans cette affaire, c'est qu'on arrive à éclaircir les circonstances et les raisons de la mort de Jean-Mi. D'accord ? »

Dimitri avait approuvé de la tête. Il ne comprenait pas bien où elle voulait en venir.

« Or, la Punto verte du détective privé, la fouille de ton appartement, tout ça s'est passé avant que nous ne partions à Cahors. Donc, les deux trucs n'ont aucun rapport. Tu me suis ?

-Plus ou moins…

-Comment, plus ou moins ?

-Oui… C'est vrai qu'on peut penser que Perdiou, ou qui que ce soit d'autre, s'est intéressé à moi à cause du cambriolage de Batz, et pas à cause de ton frère… Mais je reste persuadé qu'il y a un lien entre les deux affaires. »

Sylvie avait soupiré, visiblement agacée.

« Ça, c'est toi qui le dis ! Mais écoute plutôt ce que j'ai à te proposer : tu rencontres ton ami Vendroux, tu lui racontes tout ce que j'ai découvert sur la mort de Jean-Mi. De cette façon, il peut relancer l'enquête… Mais tu ne lui parles pas du tout du lien que tu supposes avec Batz, Perdiou et le reste… »

Dimitri l'avait embrassée et lui avait promis de s'en tenir à ce qu'elle voulait.

Lorsqu'il eut achevé son récit, Vendroux lui jeta un regard curieux, de ses yeux bleus délavés qui mettaient souvent mal à l'aise ses interlocuteurs.

« Tu as raison, c'est du solide… Mais y a quand même deux ou trois détails que je ne m'explique pas. D'abord c'est depuis quand et comment tu connais Sylvie Flaneau ; ensuite, je ne comprends pas bien non plus comment vous en êtes venus à faire le rapport entre Plesse et Flaneau… Et enfin – et ça, c'est peut-être le plus étrange – je me rappelle que tu m'as appelé, quelques jours après le cambriolage chez Plesse, pour me poser des questions sur l'affaire… C'est drôle, non ? »

Dimitri, qui connaissait Vendroux depuis longtemps, avait appris à décrypter ses discours. Là, très clairement, il signifiait qu'il le soupçonnait de lui cacher une bonne partie de la vérité.

Il se sentit rougir. Il aurait dû mieux préparer son récit, sachant que Vendroux ne se contenterait pas d'une justification fumeuse.

« Ce n'est pas si drôle que ça... En fait, Sylvie, je l'ai rencontrée il y a trois, quatre mois chez des amis. On a sympathisé, et puis de fil en aiguille... Un jour, elle m'a parlé de son frère, de cet accident dans lequel il avait perdu la vie. Ça l'a beaucoup marquée, tu sais... »

Tout en parlant, Dimitri se demandait s'il était vraiment crédible. En tout cas, Vendroux avait l'air de le gober.

« Bref, on a parlé de ça comme ça, puis ça m'est sorti de la tête. Je suis parti en vacances en juillet...

-Tout seul ?

-Euh... Ouais. En fait, j'avais les enfants avec moi et je préférais ne pas compliquer les choses en leur présentant encore une nouvelle amie... Qu'est-ce que je disais ? Ah oui, quand je suis rentré de vacances, j'ai appelé Sylvie, on s'est revus et là, elle m'a parlé du cambriolage chez Plesse, en me disant : « C'est drôle, Jean-Michel et lui étaient assez liés et voilà que pratiquement un an après, il meurt lui aussi ». Je crois que c'est à ce moment-là qu'elle s'est demandé si la mort de son frère était aussi claire qu'on le pensait. Moi, je ne la prenais pas du tout au sérieux, tu penses ! Mais tu connais les femmes, elle a insisté tant et plus que je lui ai proposé d'aller sur les lieux et d'essayer de retrouver la voiture de son frère. Voilà... »

Dimitri avait chaud. Il espéra que Vendroux ne se rendrait pas compte de son embarras. En même temps, il était tiraillé entre deux sentiments opposés : d'une part il ne pouvait pas revenir sur la promesse qu'il avait faite la veille à Sylvie et tout déballer au policier ; d'autre part, au fond de lui-même, il aurait bien aimé vider son sac.

« C'est à ce moment que tu m'as appelé... » fit simplement Vendroux, insensible à la bataille intérieure qu'il était en train de livrer.

« Voilà » répondit Dimitri.

Il sentait bien que Vendroux, flic dans l'âme, cherchait la faille dans son histoire.

« Maintenant, je vais te dire : rouvrir une affaire classée, c'est la croix et la bannière. À l'époque, si on a conclu à l'accident bête et méchant pour Flaneau, ça ne va pas être facile de faire comprendre à mes collègues de Cahors qu'ils se sont plantés. Cela dit, si vraiment le sabotage de la voiture est aussi évident que tu le dis, ça devrait être possible... Mais ne t'attends pas à des miracles, avec le long week-end du 15 août qui arrive...»

En sortant de la brasserie, Dimitri retrouva l'air pollué du boulevard du Palais. Il respira un grand coup et alluma une cigarette… Vendroux, en bon enquêteur, avait tenté d'en savoir plus sur la tentative de meurtre dont il avait été la victime, mais Dimitri avait noyé le poisson. Habilement, l'espérait-il… En même temps, il se sentait mal à l'aise : bien sûr, il avait promis à Sylvie de ne pas évoquer devant Vendroux le lien supposé entre les deux affaires. Il avait tenu sa promesse… en apparence du moins, car Dimitri savait très bien que Vendroux allait forcément interroger la veuve Plesse. Celle-ci allait lui parler de Héron, et Vendroux, qui n'était pas manchot, allait très vite remonter la piste et faire le lien avec l'affaire Perdiou… Et ça, Dimitri ne l'avait pas dit à Sylvie…

***

En refermant la porte d'entrée du pavillon et en se retrouvant dehors, sous le ciel plombé de Clamart, Serge Tworkowski pesta contre lui-même. Au fond de lui, il savait pertinemment qu'il ne trouverait rien d'intéressant au domicile de Franck Héron. Il avait tenu à venir quand même, comme s'il voulait se persuader qu'il y avait encore une chance, même minime, de ne pas boucler l'enquête sur le cambriolage de Batz. Une chance de pouvoir prouver à la juge que son « client », Perdiou, qu'elle n'osait pas bousculer, n'était pas aussi clair que ça dans cette affaire. Il aurait été incapable d'expliquer pourquoi, mais son flair de vieux flic lui en donnait la conviction.

Il leva les yeux vers les gros nuages gris chargés de pluie, regarda sa montre qui indiquait seize heures vingt, et prit son portable dans la poche de son vieil imper qui – il en était persuadé – lui donnait des airs de Columbo…

« Monsieur Boizot ? Capitaine Tworkowski. »

Dimitri, qui venait de quitter le périphérique au volant de sa vieille Renault pour prendre la direction de Vernouillet, souffla un grand coup. « Bonjour » fit-il seulement.

« Je suis à Clamart, je termine une perquisition de la maison de Franck Héron. J'ai lu hier dans le journal ce qui vous est arrivé… Est-ce qu'il est possible de vous voir cet après-midi, avant que je reparte au Croisic ? »

Dimitri jeta un coup d'œil à la montre de bord. Il avait du temps devant lui : « Pas de problème. Ce que je vous propose, si vous voulez, c'est de se retrouver à dix-sept heures à Versailles – c'est mon chemin et le vôtre – à la brasserie Louis XIV, en face de l'entrée du château… »

***

Malgré le temps incertain, Dimitri s'installa à la terrasse et n'attendit que quelques minutes avant de voir s'avancer vers lui la silhouette massive du gendarme du Croisic, engoncé dans un imper qui semblait le gêner aux entournures.

« Vous avez trouvé facilement ?

-Sans problème ! »

Tworkowski s'installa à ses côtés et expliqua qu'il passait la journée en région parisienne pour boucler le dossier du cambriolage de Batz. « La juge est pressée, elle voudrait en terminer rapidement… Mais, entre nous, monsieur Boizot, je ne crois pas que les choses soient si simples…

-Que voulez-vous dire ?

-Je peux être franc avec vous ? »

Un peu surpris, Dimitri fit oui de la tête. Alors, après un raclement de gorge qui fit se retourner quelques têtes, Tworkowski dit : « Eh bien, je vais vous dire : je suis persuadé que, jusqu'à présent, vous ne m'avez pas tout dit sur cette affaire. Je suis sûr qu'il y a des choses que vous me cachez… Je me trompe ? »

Stupidement, Dimitri se sentit rougir comme un gosse pris en faute. « À quelles « choses » pensez-vous, capitaine ? »

Tworkowski suivit du regard un groupe de touristes qui passaient près d'eux, l'air accablés de fatigue : « Si je le savais… »

« Des « choses » à propos du cambriolage, par exemple ? »

Tworkowski haussa les épaules en faisant une moue d'ignorance.

« Vous avez peut-être raison, capitaine. Il y a une chose dont je ne vous ai pas encore parlé, je ne sais pas pourquoi, d'ailleurs : la nuit du cambriolage chez Perdiou, j'étais sur la terrasse de la villa. J'ai des insomnies et, cette nuit-là comme souvent, je n'arrivais pas à m'endormir. »

Inconsciemment, Tworkowski s'était penché vers lui, comme pour mieux entendre ses propos.

« Donc, je fumais, mais j'étais aussi à demi-somnolent. Pourtant, je suis sûr d'avoir entendu un premier coup de feu à une heure quatorze. Je le sais parce que j'ai regardé ma montre... Et j'ai entendu un deuxième coup de feu à une heure vingt-cinq. »

Cette fois, il vit nettement le visage de Tworkowski se transformer : son regard, habituellement éteint, semblait flamboyer, et les commissures tombantes de sa bouche se relevèrent d'un coup. On aurait dit un dogue prêt à mordre.

« Vous vous foutez de moi, Boizot ?

-Pas du tout. Je vous...

-Pourquoi vous ne m'en avez pas parlé plus tôt ? » hurla-t-il

Dimitri regarda autour de lui, extrêmement gêné. « Pas la peine de crier, capitaine, laissez-moi plutôt poursuivre... »

Il raconta ses doutes – étaient-ce bien des coups de feu ? –, les contradictions avec les déclarations de Perdiou expliquant aux enquêteurs qu'il avait été réveillé à une heure quarante-cinq par un bruit de verre brisé. « À une heure quarante-cinq, moi je dormais en tout cas » reprit Dimitri.

En face de lui, Tworkowski se passait frénétiquement la main gauche sur la nuque.

« Ouais... Si ce sont bien des coups de feu que vous avez entendus – je vais demander à la juge de procéder à une reconstitution –, il est évident que Perdiou nous a menti. Pourquoi, à votre avis ? »

« J'ai cru, dans un premier temps, qu'il pouvait s'agir d'une affaire de cul qui aurait mal tourné. Ce ne serait pas la première fois que ça arrive dans le milieu homo. Mais plus j'y pense et plus je crois qu'il y a autre chose.

-Autre chose ?

-Oui, je ne sais pas quoi, mais autre chose. En tout cas, pas un simple cambriolage... »

Tworkowski alluma une cigarette. « C'est ce que je crois aussi. »

***

« Dix-sept heures ! » s'exclama Marina en coupant ostensiblement son ordinateur. « À moi les vacances, la plage, les beaux gars bronzés et musclés ! »

Raïssa Rzaev se tourna vers elle, agacée. Elle ne pensait vraiment qu'à l'amusement, cette idiote ! L'avenir de l'agence l'indifférait complètement. Elle haussa les épaules et se replongea dans les documents qu'elle était occupée à mettre en ordre. Il est vrai que si elle n'en profitait pas à son âge…

« Tu t'en vas ? » demanda Cyril.

« Demain matin, je suis dans l'avion pour Ibiza avec deux copines. Ça va être dix jours de folie ! »

Cyril, sérieux comme à l'accoutumée, approuva en hochant la tête avec une moue de connaisseur.

« Et toi ? » fit Marina.

« Je ne sais pas encore… »

La jeune fille n'insista pas. D'ailleurs elle devait se fiche pas mal de ce qu'allait faire Cyril durant ses vacances. Elle se leva, prit son imper, son sac à main, et elle sortit sur le quai Marcel-Dassault après avoir lancé un machinal « Bonnes vacances ! »

« Elle ne s'en fait pas, elle ! » grinça Raïssa lorsqu'elle eut refermé la porte.

« Ce n'est pas comme vous, hein ? » fit Cyril de sa voix douce.

Raïssa le regarda. Chez ce garçon, c'était sa laideur qui le rendait sympathique. Comme beaucoup de gens, tout compte fait…

« À mon âge et dans ma situation, j'ai des raisons de me tracasser.

-Pourtant l'agence tourne bien, et madame Plesse a été rassurante l'autre jour.

-C'est vrai » admit Raïssa.

Elle hésita un instant avant d'ajouter : « N'empêche que je vais aller la voir pendant les vacances, pour lui rappeler que nous existons et que nous dépendons d'elle et de sa décision pour notre avenir.

-Si vous pensez que c'est utile, pourquoi pas ? » fit Cyril en se levant à son tour.

***

Claudio, la télécommande en main, était occupé à zapper depuis une demi-heure. L'esprit ailleurs, il regardait sans les voir les images défiler sur l'écran. Par la porte-fenêtre grande ouverte lui parvenaient les échos de l'océan. Avec Lionel, ils étaient arrivés à Cabourg en début d'après-midi et, en habitués, ils avaient pris possession de leur suite au Grand Hôtel.

En général, ces escapades sur la Côte fleurie étaient l'occasion de se retrouver, loin des sollicitations incessantes de la vie politique. Mais cette fois, Lionel n'avait pas desserré les dents depuis le matin.

Claudio avait bien essayé de se montrer drôle et enjoué, rien n'y avait fait...

Allongé sur le lit, il remit en place le coussin pour s'installer plus confortablement. De la salle de bains ne lui parvenait aucun bruit. Il appela, mais n'obtint aucune réponse. Soudain inquiet, il se leva d'un bond et courut ouvrir la porte. Il comprit tout de suite en voyant Lionel couché dans la baignoire, de l'eau rougie jusqu'au cou, la tête rejetée en arrière dans une curieuse posture. Il se précipita en hurlant « Lionel ! », prit la tête de son amant dans ses mains, et réalisa aussitôt qu'il avait cessé de vivre.

Une foule de pensées, absurdes et contradictoires, lui traversèrent l'esprit comme des éclairs. Il se demandait tout à la fois ce qu'il allait devenir, pourquoi Lionel avait fait ça, il pensa aussi, sans raison apparente, à Ernest Lullier...

Avec une infinie douceur, il reposa la tête de Lionel sur le rebord de la baignoire. Puis il se releva lentement, les mains toutes trempées, et il songea qu'il allait devoir alerter la police. D'un coup, il sentit un grand calme l'envahir. Il respira profondément et, avant de sortir de la pièce, il aperçut le mot que Lionel avait déposé, bien en évidence, sur le lavabo.

Il le prit et lut ce drôle de message : « J'étais déjà mort depuis le 17 juin 1993... Adieu !! »

Claudio frissonna, comme si ce texte lui donnait soudain froid...

Il plia le bout de papier en quatre, le glissa dans sa poche et décida sur-le-champ qu'il n'en soufflerait mot aux enquêteurs. C'était à lui, et à lui seul, qu'il revenait de savoir ce qui avait bien pu se passer le 17 juin 1993…

CHAPITRE 33

En arrivant à la cuisine, Dimitri fut frappé par la banale beauté du tableau : sa mère occupée à préparer le café dans un antique percolateur, son père assis à table, de grosses lunettes sur le nez, en train de sécher sur la grille de mots croisés d'un quelconque magazine. La porte-fenêtre était ouverte sur le jardin et la radio était branchée sur RTL.

« Hello ! » fit-il du ton badin de celui qui se sent bien et tient à le faire savoir.

« Tu as bien dormi ? » demanda sa mère sans se retourner.

Dimitri se pencha vers son père et déposa un baiser sur son crâne chauve. « Une merveille ! »

« Et tes contusions ? » s'enquit son père en déposant ses lunettes sur le magazine.

« Ça va nettement mieux. Franchement… »

Il embrassa sa mère et s'installa à la table, qui avait été dressée avec application, comme toujours.

À la radio, l'animatrice annonçait l'horoscope. Dimitri leva la tête vers l'horloge murale. Elle indiquait sept heures cinquante-huit. Du coin de l'œil, il regarda son père, qui avait repris ses mots croisés en silence. À soixante-huit ans, il paraissait plus jeune que jamais. Le vélo, sans doute, qu'il se forçait à pratiquer par tous les temps depuis qu'il avait pris sa retraite…

À ce moment, les cinq notes du carillon familier de RTL retentirent et le présentateur du journal ouvrit son édition par l'annonce du décès de Lionel Perdiou.

Aussitôt, Dimitri dressa l'oreille, mais l'information était des plus concises : le député parisien s'était suicidé la veille au soir dans un hôtel de Cabourg où il venait d'arriver pour le week-end. Le journaliste rappela en quelques mots la carrière de Lionel Perdiou, dont le nom était de plus en plus souvent cité pour occuper un poste ministériel, puis il passa sans transition à la circulation automobile dense qui allait caractériser ce long week-end du 15 août.

« Perdiou… Il n'avait pourtant pas une gueule à se suicider… » fit son père en refermant son magazine.

« Il ne faut pas une gueule particulière… » objecta Dimitri, qui était ébranlé par la nouvelle. C'est vrai que, lorsqu'il l'avait rencontré le lundi précédent, il n'avait pas eu le sentiment d'avoir affaire à un homme au bout du rouleau. Il semblait préoccupé, certes, mais jamais il n'aurait pensé qu'il pourrait en arriver à cette extrémité.

« Ça c'est vrai, fit sa mère en versant le café. Je me souviendrai toujours du grand Jeannot. C'était le boute-en-train de la classe au lycée, toujours le premier pour les sorties. Et un lundi matin, je le revois encore, notre professeur, blanc comme un linge, nous a annoncé que Jeannot s'était tiré une balle dans la tête… À dix-sept ans… Nous sommes tous allés à son enterrement. On se sentait coupables, on avait l'impression d'être passés à côté de lui sans chercher à le connaître vraiment… C'est terrible… »

« Perdiou, lui, fit son père, ne devait pas manquer de bonnes raisons. Il avait quel âge ?

-Le journaliste a dit cinquante-deux. Mais il faisait beaucoup plus vieux, tu ne trouves pas ? » dit sa mère.

« À ton avis, pourquoi il a fait ça ? » reprit son père.

Dimitri haussa les épaules. « C'était justement la question que j'étais en train de me poser. Et je n'ai pas vraiment de réponse… »

Le reste du petit déjeuner se déroula sur fond de considérations en tout genre sur les hommes politiques, leurs mœurs, leurs vicissitudes, leur appétit de pouvoir démesuré. Bref, tous les poncifs d'une conversation de café du Commerce à laquelle Dimitri, perdu dans ses pensées, ne prit part que de manière épisodique. Après avoir avalé sa dernière gorgée de café, il se leva. « Excusez-moi, mais je voudrais en savoir un peu plus, je vais donner quelques coups de fil. »

Il appela d'abord le journal et tomba sur Censier.

« Dimitri ! Comment ça va ?

-Beaucoup mieux, merci. Je rentre lundi comme prévu. Et toi ?

-Ça va, comme quelqu'un qui est de permanence un 15 août... Tu voulais quelque chose ?

-En fait, j'appelais parce que je viens d'entendre à la radio que Lionel Perdiou s'est suicidé. Tu as des nouvelles ?

-Ça ne manque pas. L'AFP crache ses dépêches comme s'il s'agissait du président de la République ! »

Dimitri sourit : Censier était un vieux de la vieille à qui on ne la faisait pas.

« C'était un personnage... » fit-il, avant d'ajouter : « Qu'est-ce que ça raconte ?

-Eh bien, on l'a retrouvé hier en fin de journée, au Grand Hôtel de Cabourg où il était arrivé dans l'après-midi. Il était dans sa baignoire, il s'était ouvert les veines après avoir ingurgité un mélange détonant d'alcool et de somnifères. »

Dimitri hocha machinalement la tête, comme si Censier pouvait le voir. « On connaît la raison de son geste ? Il a laissé un écrit ?

-Rien du tout. C'est son attaché de presse qui l'a découvert.

-Ce n'est pas étonnant...

-Pourquoi ? » fit Censier qui, visiblement, n'était pas au courant des mœurs du député.

« Parce que l'attaché de presse en question était aussi, et sans doute surtout, son amant.

-Ah bon ? Perdiou était... ?

-Comme un phoque, oui ! »

Il entendit Censier grogner à l'autre bout du fil.

« Il y a autre chose ?

-Sur les faits eux-mêmes, non, mais on croule évidemment sous les réactions pseudo affligées de toute la classe politique. Pour un peu, on aurait l'impression d'avoir perdu le Bon Dieu, Mère Teresa et le Prix Nobel de la paix réunis...

-Okay. Merci, Patrice. Bon courage pour ta journée de perm' !

-Merci. De ton côté, retape-toi pour nous revenir en forme ! »

***

Même lorsqu'il était en congé, Magnin ne décrochait jamais tout à fait. Il s'apprêtait à contacter Drichon pour mettre au point la couverture du suicide de Perdiou lorsque son portable sonna. Le nom de Boizot s'afficha sur son écran.

« Bonjour Dimitri, je parie que je sais pourquoi tu m'appelles !

-Perdiou ?

-Gagné ! » fit Magnin. « J'ai aussitôt pensé à toi dès que j'ai entendu la nouvelle : tu penses que ce suicide pourrait être lié au cambriolage de Batz ou à ta tentative de meurtre ?

-Je ne sais pas, mais franchement ça n'aurait rien d'étonnant. À moins que tu ne me dises que le bonhomme était atteint d'un cancer incurable ou qu'il allait être débarqué par ses potes de l'UGR… »

Magnin prit quelques secondes avant de répondre. « À ma connaissance, il n'y a rien de tout ça. Donc ?

-Donc, je me dis qu'effectivement il pourrait y avoir un rapport…

-Tu te sens d'attaque pour faire un papier sur le sujet ? » demanda Magnin.

« Pourquoi pas ? » fit Dimitri, flatté de cette marque de confiance prouvant que ses actions étaient bien à la hausse à *L'Actualité*.

Magnin, installé dans son bureau de l'appartement sans charme qu'il occupait depuis toujours dans le dix-huitième, à deux pas du journal, entendit sa femme l'appeler : « Eric ! Qu'est-ce que tu fais ? On va encore être en retard !

-J'arrive ! » cria-t-il, agacé.

Il reprit, à l'attention de Dimitri : « Comment tu vois le truc ?

-Je pourrais commencer par rappeler que Perdiou avait accordé sa dernière interview à *L'Actu*, et glisser ensuite sur le cambriolage de Batz. Ainsi, les lecteurs pourront eux-mêmes établir le rapport entre les deux faits sans que l'on ait besoin d'y aller avec de gros sabots… Et, de cette manière, on reste au sec si jamais l'enquête devait établir dans les jours prochains qu'il y avait une autre raison…

-Problème de cœur, par exemple ?

-On peut dire ça comme ça…

-D'accord. J'appelle tout de suite Drichon, c'est lui qui drive le canard aujourd'hui. Tu vois avec lui pour les détails ! »

Dimitri raccrocha. Il aimait bien travailler avec Magnin. Ses manières carrées, son apparente absence de doute lui donnaient confiance. Bien sûr, il devrait composer avec Drichon, mais depuis deux jours, il le trouvait moins imbuvable…

***

Dix minutes plus tard, Dimitri sortait de la douche lorsqu'il entendit sa mère l'appeler : son portable était en train de sonner. « Si c'est important, on rappellera ou on laissera un message ! » hurla-t-il.

En effet, lorsqu'il arriva au salon, une enveloppe clignotait sur l'écran. Il lut : « Pouvez-vous m'appeler rapidement ? Claudio Boninsegna, secrétaire de monsieur Perdiou. »

Dimitri sentit les battements de son cœur s'accélérer soudain, comme s'il pressentait que cet appel était important. Du pouce, il actionna la composition automatique du numéro et, quelques secondes plus tard, il entendait la voix du bel Italien : « Monsieur Boizot ! Merci de m'avoir rappelé aussi vite. Vous avez appris… ?

-Oui » fit Dimitri. « Je suis vraiment désolé.

-Vous n'y êtes pour rien, vous savez. C'est d'ailleurs pour ça que j'aimerais vous parler. »

L'ancien pizzaiolo s'exprimait d'une voix douce, sur un ton d'humilité qui trahissait son désarroi. Dimitri pensa à un enfant perdu qui se raccrocherait au premier passant.

« Euh… Oui, pas de problème. Ça peut se faire par téléphone ?

-J'aimerais mieux pas. Je suis encore à Cabourg pour le moment, mais je vais remonter sur Paris cet après-midi…

-Cet après-midi, pas de problème ! » répéta Dimitri.

***

La grande horloge de la rédaction indiquait quinze heures pile lorsque Claudio Boninsegna vint s'asseoir au bureau de Dimitri. En cet après-midi du 15 août, l'information tournait au ralenti : à part Censier et Drichon, les bureaux étaient plutôt déserts…

Dimitri emmena aussitôt son visiteur dans la grande salle de réunion qui servait aussi, à l'occasion, de salle d'interview. Boninsegna, tout de noir vêtu, blue-jean et T-shirt, avait le visage défait. La tête basse, il suivit Dimitri et, à peine assis, il lui tendit une feuille de papier qu'il venait de déplier.

Dimitri, intrigué, lut les quelques lignes, et demanda : « Qu'est-ce que ça signifie ?

-Je ne sais pas. Je n'en ai pas la moindre idée. Je ne connaissais Lionel que depuis deux ans à peine. Il n'avait jamais été très bavard sur sa vie antérieure, et je ne cherchais pas vraiment à savoir… »

Dimitri retourna la feuille, mais il n'y avait pas d'autre message.

« Ce papier, vous l'avez trouvé où ?

-Dans la salle de bains, sur le lavabo…

-Et vous n'avez pas parlé à la police de ce message ? »

Claudio hocha la tête sans répondre, puis il fit : « J'ai préféré pas… »

Dimitri ne comprenait pas. « Pourquoi me le montrer à moi, alors ?

-C'est difficile à expliquer, mais je vais essayer. »

Boninsegna parla alors du changement d'attitude de Lionel Perdiou depuis la fameuse nuit du cambriolage à Batz. « Je l'ai d'abord soupçonné de m'avoir trompé avec ce… Héron, mais Lionel m'a juré sur la tête de sa mère que ce n'était pas ça. Par contre, depuis quinze jours, il était toujours fourré avec son vieil ami Lullier, le patron de Palonnier… Je suis sûr qu'ils devaient fricoter des choses pas très claires, tous les deux… Comme j'ai apprécié les articles que vous avez faits sur le cambriolage et l'interview de Lionel, j'ai pensé que ce mot vous intéresserait et que vous pourriez mener votre enquête, beaucoup plus efficacement que des policiers qui n'en ont rien à faire ! »

Boninsegna parlait les yeux baissés. À aucun moment, son regard ne croisa celui de Dimitri, mais celui-ci le sentait sincère.

Il sourit : « Je suis très sensible à votre marque de confiance, mais je ne dispose pas non plus des moyens que peuvent avoir les policiers. Enfin, je vais essayer… De toute façon, ce qui s'est passé ce

17 juin 1993 ne doit pas être quelque chose d'anodin. Pour provoquer un suicide, dix-huit ans après, il faut forcément qu'il s'agisse d'un événement hors du commun. »

L'ancien pizzaiolo hocha la tête en silence. Il paraissait vidé, sans énergie. Dimitri l'interrogea sur les circonstances exactes de la mort de Perdiou avant de le laisser repartir, non sans lui avoir promis de faire tout son possible pour éclaircir le mystère du dernier message

CHAPITRE 34

Penché sur un plant de sauge qu'il taillait avec soin, Serge Tworkowski se sentait bien. La veille au soir, il était rentré tard de son escapade parisienne, la tête farcie des révélations tardives que lui avait faites Boizot. Pourtant, il n'avait eu aucun mal à s'endormir et il avait passé une nuit reposante qui l'avait mis d'excellente humeur. À la cuisine, Anne-Marie était en train de préparer un poulet fermier dont la seule pensée le faisait déjà saliver.

Il se redressa lentement, ce n'était vraiment pas le moment de se casser le dos, et il regarda avec fierté son petit bout de jardin. Sous le soleil matinal, il avait belle allure avec ses allées parfaitement rectilignes, l'absence totale de mauvaises herbes, et toutes les nuances de vert que lui offraient ses plantes aromatiques. Dans le lointain, il entendit passer deux cyclistes du dimanche, qui conversaient en criant…

« Serge, téléphone ! »

Pourquoi fallait-il toujours que ces rares instants de félicité soient brisés net ? Il s'étendit pour éviter l'ankylose. « J'arrive ! »

Anne-Marie l'attendait à la porte-fenêtre de la cuisine, le portable à la main.

« C'est qui ? » demanda-t-il avant de prendre l'appareil.

« Madame Le Guen » fit son épouse d'un ton un peu trop sec qui trahissait son agacement de voir le travail s'inviter chez eux un jour de congé. Tworkowski lui adressa une moue signifiant qu'il partageait entièrement son sentiment et fit : « Tworkowski à l'appareil !

-Bonjour, capitaine, Brigitte Le Guen. Vous avez appris le suicide de Lionel Perdiou ?

-Quoi ? » rugit Tworkowski.

À l'autre bout du fil, la juge d'instruction était visiblement ravie. « Ce décès met un terme à l'instruction » conclut-elle après avoir relaté dans le détail tout ce qu'elle savait de la fin de Perdiou.

Tworkowski, qui arpentait la terrasse à longues enjambées, s'arrêta et s'éclaircit la voix avant de dire : « C'est quand même curieux… »

Il espérait que Brigitte Le Guen allait lui demander ce qui était curieux, mais elle resta silencieuse, attendant qu'il poursuive.

Alors Tworkowski lui parla de la perquisition chez Héron et, surtout, de son entrevue avec Boizot.

« Si ce qu'il raconte est exact, ça veut dire que Perdiou nous a raconté n'importe quoi…

-Peut-être. Peut-être aussi que Boizot s'est trompé. Mais, de toute façon, je vous le répète, capitaine, l'affaire va être classée. Je viens d'ailleurs d'en parler au procureur, qui est parfaitement d'accord… »

Quand Serge Tworkowski rentra dans la cuisine, sa femme remarqua tout de suite que son humeur s'était assombrie. Mais elle s'était juré de ne pas se laisser gâcher cette journée. Alors elle lui sourit, lui prit le portable des mains, déposa un léger baiser sur sa joue pas rasée, et elle dit d'un ton enjoué : « Je crois que mon poulet basquaise sera succulent. »

Tworkowski la regarda avec tendresse. Il lui était reconnaissant de si bien le connaître. Il sourit à son tour et fit : « Je pense qu'il doit nous rester un excellent madiran à la cave, je vais voir ! »

En descendant, il repensa aux propos de son vieil ami Colemont, qui lui conseillait de ne pas faire trop de zèle dans cette affaire.

« Finalement, voilà un suicide qui arrange bien tout le monde… » se dit-il.

***

Ernest Lullier eut exactement la même pensée quelques heures plus tard. Il sortait d'une heure de plongée dans la mer des Antilles et il s'apprêtait à rejoindre le bungalow qu'il avait loué à côté de Sainte-Anne lorsque le réceptionniste lui remit une enveloppe. À l'intérieur, il trouva un message laconique de José Léonard. Celui-ci lui demandait de l'appeler le plus vite possible.

Surpris et inquiet, Lullier referma à clef la porte du bungalow, puis il s'allongea sur son lit et composa le numéro de José. En même temps, il regarda sa montre : seize heures, ça devait faire vingt-deux heures en France.

« Salut, c'est moi.

-Ah patron ! Vous êtes au courant pour Perdiou ? »

Bizarrement, Lullier sentit soudain sa gorge se nouer.

« Non, qu'est-ce qui se passe ? »

Cinq minutes après, il raccrochait, tout à fait rasséréné : « Tout compte fait, sa mort m'arrange bien. Il ne risque plus de faire de conneries, au moins… »

Il forma le numéro de la réception et commanda une bouteille de champagne. Il se croyait désormais à l'abri de tout imprévu, mais il se trompait…

CHAPITRE 35

Il avait mis pas mal de temps à s'endormir et les coups frappés à sa porte l'éveillèrent en sursaut.

« Dimitri, il va être onze heures. Les invités arrivent pour midi ! » hurla sa mère, sur ce ton à la fois péremptoire et sentencieux qu'elle savait si bien prendre pour exprimer le mélange d'exaspération et de découragement qu'elle devait ressentir alors.

Il grommela quelque chose d'incompréhensible, même pour lui. Il avait complètement oublié ce grand repas de famille qu'organisaient ses parents ce dimanche-là.

Une ou deux fois par an, ils aimaient rassembler toute leur tribu pour un gueuleton qui durait des heures et dont la seule évocation déclenchait chez Dimitri des sueurs froides.

Il soupira et se leva lourdement, à contrecœur. Heureusement Sylvie serait là, diversion bienvenue…

Simon et Anne-Catherine parleraient de leurs récentes vacances toscanes, et Stéphane ferait semblant de s'intéresser à la situation de leur restaurant.

Stéphane, le brave Stéphane Septidi, qui avait à peine quarante-cinq ans et en paraissait dix de plus, n'avait pas son pareil pour animer une conversation sans intérêt. Il relançait les uns, appuyait les autres. Un sourire, voire un clignement d'yeux pour approuver, un bout de phrase creux afin de mieux mettre en valeur ses interlocuteurs. C'est bien simple, ses parents l'adoraient. Ils avaient été séduits par ce grand échalas la première fois que Brigitte, sa jeune sœur, de quatre ans sa cadette, l'avait amené à la maison. Elle était encore étudiante en droit alors que Stéphane faisait ses premières armes de professeur à la faculté.

Spécialiste – ô combien ! – du droit de la propriété, Dieu seul pouvait comprendre comment il avait réussi à la séduire.

Avant de le connaître, elle était la joie de vivre personnifiée, insouciante, toujours prête à quelque bêtise. Il était parvenu à la transformer en un temps record en une bobonne qui élevait ses quatre enfants avec le sérieux austère d'une dame patronnesse.

Depuis une dizaine d'années, ils s'étaient installés à Tours, où le brave Stéphane était titulaire d'une chaire à l'Université François-Rabelais. Le pauvre garçon était décidément poursuivi par là malchance : d'abord son nom de famille, Septidi, lui venait en droite ligne de la Révolution française, parce que l'un de ses lointains ancêtres avait été un enfant trouvé ce jour-là. Ensuite, travailler dans une université portant le nom de Rabelais devait lui être une souffrance quotidienne. Lui qui votait à droite – très à droite –, était catholique pratiquant à la fois par conviction et par opportunisme, et pisse-vinaigre par nature, devait avoir l'impression d'être une erreur de casting.

Mais, en réalité, il ne se posait pas de questions de cette nature : trop occupé pour cela, puisqu'il était aussi conseiller municipal, sur une liste UGR, comme Lionel Perdiou.

Dimitri pensa soudain à cela en se rasant : finalement, ce repas de famille ne serait pas aussi inutile et emmerdant que prévu…

Brigitte, Stéphane et leurs quatre enfants débarquèrent à midi pile. Parmi ses multiples manies, le beau-frère cultivait en effet celle d'une ponctualité à toute épreuve.

Dimitri se demandait d'ailleurs comment il pouvait, de manière aussi systématique, arriver à la minute près après avoir parcouru 250 kilomètres dans sa Renault Espace, avec tous les aléas de la route. Il l'avait interrogé une fois à ce sujet et avait vu paraître sur le long visage désolé de Stéphane une ébauche de sourire satisfait. « J'ai une sainte horreur d'être en retard. Je pense que la ponctualité fait partie d'un nécessaire savoir-vivre qui n'est que l'expression ritualisée d'un indispensable lien social, assorti d'une forme d'hommage rendu aux personnes qui vous attendent. »

« Encore heureux qu'il n'a jamais pensé à plaider » s'était dit Dimitri.

Comme d'habitude, Stéphane se présenta le premier à la porte de la maison : c'était à lui qu'il revenait de conduire la troupe. Brigitte suivait, sa vieille sacoche de cuir fatiguée en bandoulière. On avait toujours l'impression qu'elle y transportait la totalité de ses richesses, tant elle paraissait s'y accrocher. À ses côtés, déjà presque aussi amortis que leurs parents, trois garçons et une fille sans la moindre aspérité. Véritables clones de leur père, Pierre-André, Adrien, Ophélie et Georges-Henri attendaient patiemment que « Papy » vienne ouvrir.

Le soleil aidant, l'apéritif se prendrait au jardin. Une fois n'était pas coutume, Dimitri s'arrangea pour être installé à côté de Stéphane. « J'ai appris que tu avais eu un accident ?

-Une petite tentative de meurtre seulement, comme tout le monde » répliqua Dimitri en souriant. Mais il se reprit tout de suite : inutile de braquer le beau-frère en tentant de l'humour à bon marché.

L'arrivée de Sylvie lui permit de réorienter la conversation en attendant Simon et Anne-Catherine qui, eux, mettaient un point d'honneur à être systématiquement en retard.

Au cours du repas, Dimitri se retrouva assis entre sa mère et Anne-Catherine. Face à lui, Sylvie avait « hérité » du père et de Simon. Il attendit patiemment qu'arrive l'heure du café et profita du fait que les deux verres de vin que Stéphane avait bus du bout des lèvres l'avaient un peu détendu pour l'entreprendre au débotté.

Les enfants jouaient au jardin, Sylvie avait rejoint les femmes à la cuisine où elles attaquaient déjà la vaisselle, Simon était sorti pour, comme il le disait, « s'oxygéner un peu » et le père somnolait dans son fauteuil.

« À propos, cet été, j'ai été brièvement le voisin de Lionel Perdiou, à Batz-sur-Mer. Tu le connaissais bien ? »

Stéphane, un peu surpris par cette question inattendue, préféra éluder : « Tu sais, on se croisait à l'un ou l'autre congrès de l'UGR, mais ce n'était pas à proprement parler un ami. Nous ne fréquentons pas les mêmes milieux, si tu vois ce que je veux dire... Cela dit, c'était un excellent parlementaire, très actif.

-Et que penses-tu de son suicide ?

-Que veux-tu que j'en pense ? Il avait une vie, disons… sentimentale, très compliquée.

-C'est le moins qu'on puisse dire, en effet » concéda Dimitri.

Il n'entendit pas Sylvie arriver, et il fut surpris lorsqu'elle posa doucement ses mains sur ses épaules.

« Je peux m'installer avec vous ? J'ai envie de prendre un peu le soleil… »

Stéphane, toujours prévenant, lui adressa un large sourire et, lui désignant de la main une chaise longue : « Bien sûr, Sylvie, je vous en prie. »

Dimitri revint à la charge : « Il est venu à la politique sur le tard, non ?

-Il est devenu député quand il était déjà largement dans la quarantaine, en effet, mais il passait son temps à raconter à tout le monde que la politique était la vraie passion de sa vie.

-Il était géologue de formation, c'est ça ?

-Oui, il avait longtemps travaillé chez Palonnier, où d'ailleurs il avait failli être licencié à une certaine époque.

-Ah bon ? » fit Dimitri, soudain intéressé. « Et pourquoi ?

-Je ne connais pas tous les détails, mais on a toujours dit qu'il avait eu quelques… problèmes lors d'une campagne de prospection en Afrique…

-Des problèmes en relation avec ses mœurs ?

-Franchement, je ne sais pas et je ne voudrais pas te raconter n'importe quoi. Mais l'affaire paraissait suffisamment grave – certains m'ont même parlé de la mort d'un homme – pour menacer sa carrière… En fait je te parle de ça uniquement pour illustrer la souplesse et la capacité à rebondir de Lionel Perdiou : non seulement il n'a pas été licencié, mais il était devenu le président du conseil d'administration du groupe… C'était un homme très habile… »

***

La nuit commençait à tomber sur Vernouillet. Tous les invités étaient repartis et le pavillon avait retrouvé sa quiétude habituelle. Au salon, les parents Boizot regardaient le film du dimanche soir, Dimitri et Sylvie, eux, prolongeaient la soirée, enlacés sur la balancelle du jardin. « C'est marrant, fit Dimitri. Avec les quatre jours que j'ai passés ici, j'ai l'impression d'avoir repris des vacances. C'est tellement plus calme qu'à Paris.

-On est bien comme ça, hein ? »

Dimitri ne répondit pas, mais il l'embrassa avec passion, presque avec violence.

« Bien, je vais aller chercher mon sac, saluer les parents, et direction l'appart' ! Tu restes avec moi cette nuit ? »

Sylvie fit oui de la tête. « Avant d'y aller, il y a un truc dont je voudrais te parler. Ça me trotte en tête depuis tout à l'heure, quand ton beau-frère a parlé des problèmes que Perdiou avait connus en Afrique… Je ne sais pas pourquoi, mais ce qu'a dit Stéphane m'a fait penser à quelque chose : l'année dernière, aux obsèques de Jean-Mi, j'avais rencontré l'une de ses anciennes amies, une fille avec qui il avait vécu assez longtemps, au point que mes parents l'imaginaient déjà marié. Elle s'appelle Nadine Lemeunier, je l'avais croisée quelques fois et, ce jour-là, elle m'avait parlé d'un dossier. Un dossier qu'elle avait remis à Jean-Mi quand ils vivaient ensemble, et qu'elle aurait voulu récupérer. Je lui avais demandé de quoi il s'agissait, et elle m'avait expliqué que c'était un truc très bizarre, qui parlait de la mort d'un homme en Afrique, où son père était médecin. C'était d'ailleurs son père qui avait monté ce dossier, et elle en avait en quelque sorte hérité à sa mort. Quand elle en avait parlé à Jean-Mi, il avait été tellement intéressé qu'il avait gardé le dossier. Mais je n'en ai jamais retrouvé la trace. En tout cas, il ne se trouvait pas dans l'appartement de Jean-Mi quand on l'a vidé quelques jours plus tard… »

Dimitri comprit immédiatement pourquoi Sylvie avait pensé à cette histoire : l'Afrique, la mort d'un homme, le rapport était évident.

« Et tu as gardé les coordonnées de cette fille ? J'aimerais bien lui poser quelques questions. On ne sait jamais… »

CHAPITRE 36

En sortant du 36, quai des Orfèvres, Sylvie se tourna vers Dimitri. Elle avait sur le visage une drôle d'expression, un peu comme si elle avait été à la fois très heureuse et très inquiète.

« Bon, va falloir annoncer le truc à mes parents » dit-elle seulement en glissant sa main dans celle de Dimitri. À ce moment, on aurait dit une petite fille prise en faute. Il déposa un léger baiser sur le bout de son nez. « Je vais t'accompagner, ce sera plus facile… »

Le bureau dont ils sortaient était installé au fond d'un couloir sombre, au troisième étage. « C'est drôle, il y a une odeur de vieux dans ce bâtiment » avait fait Sylvie.

Vendroux les avait accueillis dans son antre, seulement meublée d'un bureau métallique qui avait dû connaître la Grande Guerre. Jurant avec ce mobilier antédiluvien, un écran plat d'ordinateur avait remplacé la bonne vieille machine à écrire.

Boizot, qui connaissait déjà les lieux, n'y prêta aucune attention. Mais Sylvie semblait déçue : que la prestigieuse crim' soit si mal logée lui apparaissait un peu comme une trahison.

Dimitri fit les présentations avant que Vendroux ne les invite à s'asseoir sur deux chaises bancales.

« Eh bien, dit-il en s'adressant immédiatement à Sylvie, on peut dire que vous êtes perspicace. Tous les éléments que Dimitri m'avait apportés ont pu être recoupés. Et vous aviez raison : selon toute vraisemblance, votre frère Jean-Michel a été victime d'un homicide, et tout porte à croire – moyennant toutes les vérifications que nous devons encore faire, bien entendu – que c'est Charles Plesse, lui-même décédé entre-temps, qui aurait commandité l'assassinat. »

Vendroux était lui-même surpris de la rapidité avec laquelle ses collègues de Cahors avaient embrayé sur sa demande. En deux jours, les vérifications avaient été faites et un fax l'attendait le lundi matin à son bureau. Il avait aussitôt appelé Dimitri.

« Qu'est-ce qui va se passer maintenant ? » demanda-t-il.

« Pff…, fit Vendroux en haussant les épaules. L'enquête va se poursuivre… Pour ce qui est de l'action publique, celle-ci sera éteinte s'il apparaît que Plesse est bien le seul auteur de l'assassinat de Jean-Michel Flaneau. Mais c'est un point qui reste évidemment à éclaircir. Tout comme, d'ailleurs, le ou les motifs de cet acte… Tout à l'heure, madame Plesse est tombé des nues, vraiment, quand je l'ai appelée et que j'ai évoqué l'implication plus que probable de son mari dans une affaire criminelle. Sa première question a été : « Mais enfin, pourquoi Charles aurait-il fait une telle chose ? » Je lui ai bien sûr demandé s'il y aurait pu avoir un motif passionnel, mais elle m'a affirmé de façon péremptoire qu'il n'y avait jamais rien eu entre elle et Flaneau… Et, très franchement, j'ai trouvé son discours tout à fait convaincant. Je suis donc persuadé qu'il faut chercher ailleurs, et cet ailleurs doit se trouver dans des relations professionnelles plus ou moins occultes qu'auraient entretenues Flaneau et Plesse. Sinon c'est à n'y rien comprendre. »

Dimitri avait observé Sylvie du coin de l'œil pendant qu'elle écoutait le policier. Son visage s'était fermé au fur et à mesure, et avait retrouvé cet air dur et farouche qui l'avait marqué lors de leur première rencontre.

« Ça veut dire que vous soupçonnez mon frère d'avoir fait des choses pas très nettes avec son ami Plesse, c'est ça ? » intervint-elle alors, d'un ton cassant qui surprit Vendroux.

« Non, pas du tout. Seulement, fit-il avec un sourire d'apaisement, vous devez comprendre que, dès le moment où il est avéré qu'il y a eu crime, la justice ne peut pas fermer les yeux et faire comme si rien ne s'était passé. À l'heure actuelle, vous l'admettrez bien volontiers, nous nous trouvons devant un mystère : deux amis de longue date, dont l'un fait tuer l'autre, un an avant d'être lui-même tué. C'est intrigant, tout de même... »

Sylvie hocha la tête en silence. Elle semblait seulement prendre conscience des implications que pouvait avoir la réouverture du dossier.

« Concrètement, tu vas faire quoi ? » demanda Dimitri.

« Moi, je vais m'intéresser aux personnalités de Charles Plesse et de Jean-Michel Flaneau, vie professionnelle, vie sentimentale... De manière à trouver, peut-être, une explication plausible... De leur côté, mes collègues de Cahors vont faire des recherches pour essayer de trouver l'éventuel saboteur, si ce n'est pas Plesse lui-même, et puis ils vont voir s'il n'avait pas des relations intéressantes dans la région. Voilà.

-Ça va prendre pas mal de temps... » fit Dimitri.

Vendroux admit d'un hochement de tête et répondit : « Tu sais, on n'est pas très pressés. On a affaire ici à un dossier que tout le monde croyait refermé depuis longtemps. Mais ça va peut-être nous permettre aussi d'avancer sur le cambriolage dans lequel Plesse a été tué... En tout cas, c'est un élément qu'il faudra prendre en compte. »

« Vous allez devoir interroger mes parents ? » fit soudain Sylvie.

Vendroux acquiesça : « Ça me paraît inévitable. Il faut quand même bien les mettre au courant.

-Oui, mais laissez-moi seulement le temps de leur annoncer moi-même la nouvelle... Ainsi, quand vous les verrez, ils auront déjà un peu amorti le choc. D'accord ?

-D'accord » fit Vendroux avec un sourire.

***

Après avoir ramené Sylvie à Senlis et accepté de dîner le soir même avec ses parents, anxieux de faire sa connaissance, Dimitri décida, avant d'aller à la rédaction, de passer par Maintenon.

En route, il se surprit à jeter de fréquents coups d'œil dans le rétroviseur, comme s'il pensait être suivi, mais il avait une furieuse envie d'interroger Ludovic Corneau…

Celui-ci était tout de même à l'origine de l'histoire et il devrait pouvoir le tuyauter sur les rapports entre Plesse et Flaneau.

« Pas la peine de le prévenir » se dit-il en bouclant sa ceinture. Il comptait sur l'effet de surprise pour mieux lui tirer les vers du nez.

Il ne fut pas déçu : quand, installé une nouvelle fois dans le beau bureau de la maison d'hôte, il lui raconta sans détours les graves soupçons pesant sur Plesse, la tête de Corneau changea à vue d'œil.

Dimitri avait l'impression qu'il se décomposait physiquement. Visiblement, il n'en revenait pas d'apprendre une telle nouvelle. Alors il insista : « Est-ce que vous voyez une raison, même apparemment farfelue ou très ténue, pour laquelle Plesse aurait pu commettre un tel crime ? »

Corneau, la tête basse, se passa nerveusement la main sur le front, les yeux fermés, comme un boxeur groggy. Il mit plusieurs secondes avant de répondre : « Franchement, non… Mais, vous savez, ça fait des années que nous ne nous voyions plus les uns les autres. J'ignorais tout à fait que Jean-Michel et Charles étaient restés en relations…

-D'accord, mais à quoi ressemblait le Charles Plesse que vous avez connu ? »

Corneau releva la tête, rouvrit les yeux et lança un regard vide à Dimitri.

« Charles, c'était, comme on dit aujourd'hui, un battant…

-Un tueur ? » ne put s'empêcher de l'interrompre Dimitri avec un petit sourire de connivence.

Mais Corneau n'était pas d'humeur à plaisanter. Il reprit sur le même ton : « C'était un garçon qui avait une énergie incroyable. Un sportif aussi, sa passion c'était le volley. Je me souviens, il jouait à Saint-Cloud, on était allés l'encourager quelques fois. Un moment, il disait même qu'il voulait devenir pro… Et puis, vous savez comment ça se passe, l'âge des sorties est arrivé, les filles… Et il a laissé tomber le volley, comme ça, du jour au lendemain.

-Et il n'a plus fait de sport ?

-Rien ! Je crois que c'était un type entier. Quand il se lançait dans quelque chose, c'était à fond, ou pas du tout…

-Mouais… C'était quelqu'un de violent ? »

Corneau se repassa la main sur le visage, puis il soupira longuement. « Je ne dirais pas ça, mais en tout cas ce n'était pas quelqu'un qui restait en retrait, qui se fondait dans la foule. C'était plutôt un meneur, et il nous est arrivé, comme à tous les jeunes de cet âge, de nous bastonner avec d'autres types, pour un regard, une fille… Et c'est vrai que Charles n'était jamais le dernier à y aller… Mais violent, je ne dirais pas, non… Je crois plutôt que c'était quelqu'un qui avait un très grand amour-propre…

-Franchement, fit soudain Dimitri, pris d'une illumination. Est-ce que vous croyez que Charles Plesse aurait pu vouloir tuer Jean-Michel Flaneau pour une affaire de femme… La sienne, en l'occurrence… Je me suis laissé dire que Flaneau avait eu beaucoup d'aventures. Alors, pourquoi pas madame Plesse ? »

De nouveau, le regard de Corneau s'égara, s'attardant cette fois sur un point précis de la pièce, comme s'il cherchait quelque chose qu'il ne trouvait pas. « J'aimerais pouvoir vous aider, monsieur Boizot, mais très sincèrement, je n'en sais rien. Vous savez, entre les adolescents que nous étions et les adultes que nous sommes devenus, il y a un abîme… »

Dimitri, qui ne voulait pas s'avouer battu, insista : « Mais dans le groupe que vous formiez alors avec Plesse, Flaneau et…

-Gercourt.

-C'est ça, Gercourt… Dans ce groupe, existait-il des affinités plus fortes entre certains de ses membres ?

-Je vous l'ai dit, Charles avait plutôt une mentalité de meneur, et les trois autres, dont moi, suivions sans trop nous poser de questions… »

« Décidément, se dit Dimitri, il n'y a vraiment pas grand' chose à en tirer… »

Il reprit avec une dernière question : « Comment votre groupe a-t-il fini par éclater et se séparer ?

-Je pense que ça s'est fait naturellement. Quand nous avons quitté le lycée Fénelon, chacun avec nos rêves et nos envies, nous nous sommes très vite perdus de vue. Moi peut-être encore plus vite que les autres : j'étais le seul à avoir suivi la filière littéraire. Jean-Michel, lui, était le seul en scientifique et il savait très bien ce qu'il voulait faire, la géologie à Nancy. Les deux autres avaient plutôt choisi l'option économie… »

Dimitri jeta un coup d'œil dans le parc, noyé sous un vilain crachin.

« Est-ce que ça veut dire que vous n'avez plus jamais revu vos amis depuis lors ?

-Non, pas tout à fait. Trois ou quatre ans plus tard, alors que nous étions tous engagés dans des études supérieures, nous nous sommes retrouvés à l'occasion d'une soirée qui, si je m'en souviens bien, avait été organisée par Charles. Je crois qu'il nous avait appelés chacun, puis avait monté une soirée dans un petit resto… Personnellement, j'avais trouvé ça plutôt sinistre : nous n'avions déjà plus à partager que de vagues souvenirs de lycéens. Et, en ce qui me concernait, je venais de rencontrer celle qui allait devenir mon épouse, et je n'attendais qu'une chose, aller la rejoindre… »

Dimitri hocha la tête d'un air grave, comme s'il soupesait chaque mot de Corneau.

« Monsieur Corneau, comment avez-vous appris le décès de Jean-Michel Flaneau, l'année dernière ? Je suppose bien qu'il n'a pas dû faire les gros titres ici à Maintenon ? »

Pour la première fois depuis le début de l'entretien, Corneau consentit un léger sourire. « Les gros titres, non, mais une annonce dans la rubrique nécrologique, oui… Vous savez, chaque matin, c'est ce que je lis en premier lieu dans le journal. Quand on est impliqué dans la vie d'une région, commerçant ou hôtelier, il est important de savoir qui est décédé. Paradoxalement, ça fait partie de la vie…

-La famille de Jean-Michel Flaneau avait donc placé une annonce dans le journal local ? »

Corneau approuva de la tête.

« Et vous vous êtes rendu à l'enterrement ?

-Non… Mais ce n'était pas un enterrement, c'était une crémation. »

Dimitri sourit, puis il se leva et, tendant la main à son interlocuteur : « Monsieur Corneau, je vous remercie. Et, si jamais d'autres souvenirs vous revenaient, vous avez mon numéro de portable, n'hésitez surtout pas à m'appeler… »

***

« Et alors, quoi de neuf dans l'affaire Perdiou, aujourd'hui ? » lui lança Magnin en le voyant entrer dans la rédaction.

Dimitri le suivit dans son bureau et lui parla, en quelques mots et sans entrer dans le détail, de son entrevue avec Claudio Boninsegna.

« Ainsi donc, notre ami Perdiou a laissé un message d'adieu dont son petit ami a omis de parler à la police ? De mieux en mieux » fit Magnin, avec le curieux sourire ironique dont il était coutumier.

« Ne t'emballe pas. Laisse-moi encore un peu de temps. Disons trois ou quatre jours, et on saura si c'est du trois étoiles ou de la daube. »

Magnin le regarda droit dans les yeux : « Okay. En tout cas, chapeau ! Je trouve que tu bosses très bien sur cette affaire... Sois prudent tout de même ! »

De retour à son bureau, Dimitri passa d'abord un bon quart d'heure à éplucher son courrier et à nettoyer sa boîte aux lettres électronique de tous les messages superflus qu'elle contenait. Puis il appela Nadine Lemeunier. Elle avait sa propre agence immobilière, installée dans le quinzième.

« Agence Lemeunier, bonjour !

-Bonjour, je voudrais parler à Nadine Lemeunier, de la part de Dimitri Boizot.

-C'est moi.

-Madame Lemeunier, je suis journaliste à *L'Actualité*, mais je suis aussi le compagnon de Sylvie Flaneau, la sœur...

-Oui, je sais qui elle est» l'interrompit Nadine Lemeunier, qui paraissait peu commode.

« Bien... Donc, j'enquête sur le décès de son frère et, au détour d'une conversation, Sylvie m'a parlé de la discussion que vous aviez eue l'année dernière au sujet d'un dossier qui vous appartenait...

-Excusez-moi, monsieur Boizot, mais je suis très pressée : j'ai rendez-vous avec un client dans un quart d'heure à l'autre bout de Paris. Si vous voulez me parler, ne serait-il pas plus simple de nous rencontrer ? Si cela vous convient, nous pouvons nous voir demain matin à dix heures, à mon agence.

-Pas de problème ! » fit Dimitri avant de raccrocher. La fille était plutôt carrée. Tant mieux, il pourrait ainsi aller droit au but, sans perdre de temps...

CHAPITRE 37

Nadine Lemeunier referma le journal dans lequel elle avait – déformation professionnelle – passé en revue les annonces immobilières, lorsque la voix de Joséphine retentit dans l'interphone. « Madame, monsieur Boizot est à l'accueil.

-Vous pouvez le faire entrer, Joséphine ! »

Elle était curieuse de voir la tête du compagnon de Sylvie. Elle fut déçue, mais elle avait l'habitude de dissimuler sous un masque imperturbablement souriant. Elle se leva et tendit la main au visiteur en lui désignant un siège.

« Monsieur Boizot, je suis enchantée de faire votre connaissance. Ainsi donc, vous vivez avec Sylvie Flaneau ? Comment va-t-elle ? Excusez-moi si j'ai été un peu brusque au téléphone hier, mais j'étais terriblement pressée, j'espère que vous ne m'en voulez pas…»

Dimitri s'installa dans le confortable fauteuil par où devaient transiter tous les clients et, un peu étourdi par cet accueil volubile, attendit qu'elle reprît son souffle pour répondre : « Non, non, pas du tout, je comprends très bien… Et Sylvie va bien, je vous remercie.

-Vous la connaissez depuis longtemps ?

-Pas très » éluda Dimitri, qui n'avait pas envie de voir la conversation s'égarer sur des chemins de traverse.

Nadine Lemeunier était une femme d'une élégance classique, presque démodée, qui devait inspirer confiance à ses interlocuteurs. Sylvie lui avait dit qu'elle devait approcher les quarante ans. Elle se rassit à son bureau et, toujours souriante : « Si j'ai bien compris, vous enquêtez sur la mort de Jean-Michel, c'est ça ?

-Tout à fait. Par le plus grand des hasards, il est en effet apparu que ce décès n'avait rien d'accidentel, comme les gendarmes l'avaient cru tout d'abord, mais était dû au sabotage de la voiture à bord de laquelle il se trouvait… »

Dimitri prit le temps d'expliquer en détail tout ce qu'il savait de ce meurtre supposé : de cette manière, il mettrait Nadine Lemeunier dans de meilleures dispositions avant de l'interroger à son tour.

« Eh bien, c'est fou cette histoire ! » fit-elle lorsqu'il eut terminé.

« Oui. Venons-en au fameux dossier, maintenant : il est revenu à la mémoire de Sylvie ce week-end, alors que nous discutions pour la centième fois de Jean-Mi et des circonstances de sa disparition.

-Ce dossier, c'est aussi une fort curieuse histoire, monsieur Boizot. Je vais vous en parler. Je ne suis pas sûre qu'il puisse avoir un rapport avec le meurtre de Jean-Michel, mais là, ce sera à vous de voir. En fait, ce dossier est un rapport d'autopsie qu'avait établi en son temps mon père, Gilbert Lemeunier. Il était médecin, il est décédé il y a dix ans, il avait soixante ans et avait passé les quinze dernières années de sa vie en Afrique. Il nous avait laissées, ma mère et moi, pour suivre une femme zaïroise qu'il avait connue je ne sais comment. Il s'était installé dans un petit village de la région du Lehili, aux confins du Zaïre, de l'Ouganda et du Rwanda, un petit village du nom de Kalongwi. C'est là qu'un jour, le fleuve a rejeté le cadavre d'un Blanc, qui y avait séjourné quelques jours. Mais le pauvre homme n'était pas mort noyé : dans la poitrine, il portait des traces de coups de feu. En fait, il avait été abattu de trois balles tirées pratiquement à bout portant. Les villageois qui l'avaient repêché l'amenèrent à mon père, et il établit donc un rapport d'autopsie complet. Il prit même des photographies du cadavre. Il le fit ensuite enterrer un peu à l'écart du village, compléta son dossier… et finit par l'oublier. »

Dimitri ouvrit tout grands les yeux pour marquer sa stupéfaction.

« Oui, je sais que c'est étrange mais c'est comme ça. Je vais vous expliquer, monsieur Boizot : mon père – je le sais parce qu'il me l'écrivait dans ses lettres – avait totalement changé de vie en Afrique. Et le père dont j'ai gardé le souvenir – j'avais treize ans quand il est parti – avait laissé la place à un vieux monsieur qui avait trouvé son équilibre dans ce village et qui ne demandait rien à personne. Ce cadavre, on le lui avait amené, donc il avait fait son job. Mais c'était tout : puisque l'inconnu n'avait pas de papiers, mon père n'avait pas cherché à en savoir plus… À sa mort, j'ai reçu un colis avec tous ses papiers, son seul héritage. C'est ainsi que j'ai pris connaissance de ce dossier, que je me suis à mon tour empressée d'oublier dans une caisse, à la cave… Deux ou trois ans plus tard, j'ai fait la connaissance de Jean-Michel Flaneau. Il venait s'installer à Paris pour travailler chez Palonnier et il cherchait un appartement. C'est ainsi que je l'ai rencontré, et nous avons vécu ensemble pendant une bonne année… Par sa profession, Jean-Michel était amené à se rendre souvent en Afrique et, un jour, il m'a annoncé qu'il partait en inspection au Lehili. Je lui alors parlé de mon père et de son curieux dossier. Je suis allée le rechercher à la cave pour le lui montrer. Quand il a ouvert le dossier, j'ai vu sa tête qui changeait. Il a dit : « Alors ça, c'est incroyable ! Je connais ce type ! » Je lui ai demandé qui c'était et il m'a répondu qu'il n'était pas sûr à cent pour cent mais qu'il allait vérifier si c'était bien la personne qu'il croyait.

-C'était qui ?

-Eh bien, je ne l'ai jamais su. Dans les jours qui ont suivi, je l'ai demandé deux ou trois fois à Jean-Michel, et un jour il m'a répondu qu'il s'était trompé, qu'il s'agissait d'une simple ressemblance avec un collègue décédé.

-Et qu'est-ce qui s'est passé ensuite ?

-Ensuite, quelques semaines plus tard nous nous sommes séparés après nous être rendu compte que nous n'étions pas faits pour vivre ensemble… Et je n'ai plus jamais revu mon dossier, que Jean-Michel avait conservé.

-Si ça se trouve, ce dossier n'existe plus aujourd'hui ?

-Peut-être. Ou alors il est toujours chez quelqu'un, mais qui ? »

Pendant l'entretien, Dimitri avait griffonné des notes au vol dans son calepin. Il les relut en vitesse avant de demander : « Madame Lemeunier, si je vous ai bien suivie, Jean-Michel Flaneau pensait que le dossier avait trait à quelqu'un de chez Palonnier, c'est bien ça ?

-C'est ce que je crois, en effet.

-Par hasard, vous ne vous souviendriez pas de l'époque à laquelle votre père avait établi ce rapport ? »

Nadine Lemeunier sourit plus largement et, levant les yeux au ciel, fit non de la tête. « Je suis désolée, mais je n'ai pas la mémoire des dates. Tout ce que je peux vous dire, c'est que c'était en 1993. Mais quel jour, quel mois, alors là... »

Dimitri sentit son cœur qui s'emballait : « A tout hasard, ce ne serait pas en juin ? » demanda-t-il.

« C'est possible, mais je ne pourrais pas être affirmative, vraiment...

-Ce n'est pas grave, madame Lemeunier. Je pense que vous m'avez bien aidé tout de même... »

***

Paul Vendroux retrouva son bureau en fin de matinée. Il se sentait excité, enthousiaste. Comme chaque fois lorsqu'il avait le sentiment d'avoir progressé à grands pas dans une affaire. L'entretien avec Elisabeth Plesse s'était révélé plein d'enseignements. Surtout, il lui ouvrait des horizons insoupçonnés : Plesse et Héron présents ensemble dans la maison de Saint-Géry la veille du meurtre de Jean-Michel Flaneau. De là à penser que le premier était le commanditaire et le second l'exécuteur, il n'y avait qu'un pas. Mais, coïncidence étrange, les deux hommes étaient morts tous les deux, le même jour, ou plutôt la même nuit...

« Je veux bien croire au hasard, dit-il quelques minutes plus tard, installé dans le bureau du divisionnaire. Mais jusqu'à une certaine limite. Et ici, visiblement, on a dépassé cette limite. Parce que, si vous ajoutez à ces éléments la tentative de meurtre contre le journaliste Dimitri Boizot, la semaine dernière, et le suicide du député Perdiou, chez qui Franck Héron avait trouvé la mort en tentant un cambriolage, alors vous vous retrouvez devant un faisceau de faits concordants qui ne doivent rien à de simples coïncidences. »

Le divisionnaire, qui avait l'habitude de noter tout ce qu'on lui disait, termina de noircir une feuille sur laquelle il avait tracé un schéma fort simple où trois pôles principaux, la maison de Saint-Géry, la villa de Batz et l'appartement de l'avenue Foch, étaient reliés par des flèches à double sens. Il demeura un long moment silencieux devant ce dessin, espérant sans doute y découvrir un sens caché... Finalement il redressa la tête et, avec l'air perpétuellement accablé qu'il prenait face à ses subordonnés : « Mmh... C'est assez étonnant, en effet... Si je vous suis bien, Paul, il reste à trouver le lien logique entre ces trois pôles et vous serez tout près de la solution.

-Je l'espère...

-Eh bien, allez-y, continuez... Mais n'oubliez pas qu'officiellement votre enquête ne concerne que le cambriolage chez Plesse... »

***

À *L'Actualité*, la salle des archives avait été installée au sous-sol, bien des années plus tôt. De manière provisoire, disait-on alors. Mais le provisoire s'était éternisé...

Installé à un vieux bureau en bois qui avait dû connaître des jours plus glorieux dans un autre siècle, Dimitri ouvrit la collection reliée du journal du deuxième trimestre 1993.

Tout à l'heure, en sortant de l'agence Lemeunier, il avait longuement inspecté les alentours, mais il n'y avait personne et il avait fini par se demander s'il n'avait pas été bêtement victime d'un chauffard maladroit...

17 juin 1993 : c'était un jeudi et l'actualité tournait autour du Cambodge et de la formation d'un gouvernement par Norodom Sihanouk. Dimitri feuilleta le journal dans le détail, mais en vain. Dans le numéro du lendemain, rien non plus. « J'ai une chance sur mille de trouver quelque chose, mais je continue, au moins jusqu'au vingt... »

Il fut bien inspiré : c'est dans le numéro du 20 juin 1993 qu'il trouva l'information qu'il cherchait sans vraiment le savoir. Elle ne faisait pas la « une ». En fait, elle était même réduite à sa plus simple expression : un entrefilet en page dix, parmi d'autres faits divers.

« Un Français trouve la mort au Zaïre » : sous ce titre, Dimitri lut les quelques lignes qui composaient l'article.

« Dimanche, un ressortissant français, Frédéric Fréjean (46 ans) a trouvé la mort en tombant accidentellement dans le fleuve Obowé, au Zaïre, dans la région du Lehili. M. Fréjean, géologue, se trouvait depuis une semaine dans la région à l'occasion d'une campagne de prospection menée pour le compte du groupe Palonnier, en compagnie de deux collègues, MM. Lionel Perdiou et Ernest Lullier. Ce sont eux qui ont alerté le autorités. Le corps de M. Fréjean, qui était marié et père de deux enfants, n'a pas été retrouvé. »

Dimitri eut envie de pousser un cri de joie. Tout paraissait s'éclairer soudain : Fréjean avait été tué par Perdiou ou par Lullier, et c'était son corps que Gilbert Lemeunier avait autopsié quelques jours plus tard. Visiblement, tout le monde avait cru à la thèse de l'accident… jusqu'au jour où Jean-Michel Flaneau, qui venait lui-même d'être engagé chez Palonnier, avait découvert le fameux dossier et établi un rapport avec Perdiou et Lullier.

« De là à penser que le cher Jean-Michel ait voulu les faire chanter, il n'y a qu'un pas que je peux franchir allègrement. Évidemment, ce dossier était une bombe à retardement pour les deux types qui, entre-temps, avaient fait beaucoup de chemin dans la vie. »

Dimitri rejeta la tête en arrière et, les yeux au plafond, poursuivit sa réflexion. « Donc, si on considère que Flaneau faisait chanter les deux autres, et qu'il est désormais établi qu'il a été assassiné, la logique voudrait que Perdiou et Lullier aient commandité son assassinat. Mais ce que je ne m'explique pas, alors, c'est le rôle de Plesse et de Héron dans l'affaire… À moins qu'ils n'aient été payés par Perdiou et Lullier pour accomplir leurs basses besognes… Héron devait toujours avoir besoin d'argent et n'était pas trop regardant sur la manière de s'en procurer. Pour Plesse, c'est moins clair… »

Lorsqu'il remonta à la rédaction, il avait un air béat tellement inhabituel pour lui que Censier lui lança, lorsqu'il vint s'asseoir en face de lui : « Tu viens de rencontrer Dieu ?

-C'est presque ça, Patrice, c'est presque ça… En tout cas, mon affaire Perdiou prend des proportions extraordinaires… »

Magnin, quand il voulait prendre le temps de discuter avec ses journalistes, les invitait toujours dans un petit restaurant italien du quartier. À treize heures, en plein mois d'août, la salle était pratiquement déserte lorsque Dimitri y entra avec son rédacteur en chef.

« Vas-y, raconte-moi tout ! » lança celui-ci après avoir commandé une bouteille de chianti.

Dimitri relata sans se faire prier les détails de son entrevue avec Nadine Lemeunier, avant de sortir de sa poche une photocopie de l'articulet du 20 juin 1993, qu'il avait faite en remontant des archives.

Magnin était tellement passionné par son récit qu'il toucha à peine à sa pizza. « C'est énorme, ton histoire ! Là, on tient vraiment LE scoop ! »

Dimitri sourit. Une fois de plus, Magnin s'emballait, ce qui est une grande qualité pour un journaliste, mais il négligeait les derniers détails. « Attends ! Il y a encore des zones d'ombre à éclaircir : le rôle de Plesse, par exemple, mais aussi la véritable raison du suicide de Perdiou. Voilà un type qui vit pendant dix-huit ans avec un meurtre sur la conscience et qui paraît s'en accommoder fort bien, et puis qui se fait sauter le caisson, comme ça… C'est quand même étrange.

-Ouais… Ce qu'il faudrait faire maintenant, c'est établir un lien entre Plesse et le duo Perdiou-Lullier…

-Exact. J'avais justement l'intention de me rendre cet après-midi chez Palonnier pour poser quelques questions à Ernest Lullier.

-Oui, c'est bien, ça… Mais n'y va pas tout seul. Il vaut mieux être prudent… Prends Pascal avec toi. De toute façon, on aura besoin de photos pour illustrer tes papiers… »

Dimitri détestait travailler avec Pascal. Ce vieux photographe était à un an de la retraite et il ne faisait plus que ce qu'il aimait. Or, le fait divers, il détestait.

« Où on va ? » avait-il fait de sa voix rauque en s'engouffrant dans la Saxo du service photo. Tout le long du chemin, il n'avait cessé de grommeler sur les conditions de travail, sur les journalistes de la rédaction qui le considéraient « juste comme un vulgaire chauffeur ». Stoïque, Dimitri avait subi en silence.

Chez Palonnier, le reportage avait tourné court : l'hôtesse d'accueil lui avait appris que M. Lullier était en vacances en Martinique jusqu'à la fin du mois.

Ils avaient donc regagné la rédaction, Dimitri plus silencieux que jamais, Pascal teigneux comme toujours.

Après avoir fait rapport à Magnin, et surtout avoir convaincu celui-ci qu'il valait mieux attendre encore un peu avant de publier quoi que ce soit sur l'affaire, Dimitri s'apprêtait à quitter le journal lorsque le téléphone de son bureau sonna.

« Monsieur Boizot ?

-Oui, je vous écoute.

-Je suis Raïssa Rzaev, de « Job-Inter »...

-Ah oui... » fit simplement Dimitri, qui se demandait ce qu'elle pouvait bien lui vouloir.

« Nous nous sommes vus la semaine dernière à l'agence. Vous vouliez parler du cambriolage... Je crois que j'ai trouvé quelque chose qui devrait vous intéresser, monsieur Boizot... »

Dimitri, qui avait déjà enfilé sa veste et était debout quand le téléphone avait sonné, se rassit et, adressant une moue de surprise à Censier, répondit : « Quelque chose qui concerne votre patron ?

-Oui... Mon patron, et d'autres choses aussi...

-Ah bon ? Et ce sont des choses dont vous pouvez me parler au téléphone ?

-Je préférerais pas, monsieur Boizot. En fait, il s'agit de documents que j'aimerais vous montrer. »

En face de lui, Censier continuait de pianoter sur son clavier, mais Dimitri savait qu'il ne perdait pas un mot de sa conversation. Il lui adressa une nouvelle grimace de perplexité.

« Quel genre de documents ?

-Des papiers, et aussi des photos...

-Bien. Vous voudriez que je passe vous voir ?

-Je pense que ce serait mieux...

-À l'agence ?

-Non, l'agence est fermée en ce moment. Si ça ne vous gêne pas, vous pourriez passer chez moi demain, dans la matinée.

-Pas de problème, donnez-moi l'adresse... »

Dimitri nota consciencieusement, raccrocha et demanda à Censier : « Tu connais la cité des Cosmonautes, à Saint-Denis ?

-Alors là, pas du tout ! Pourquoi ?

-Parce que j'ai un rencard demain à onze heures, rue Valentina-Terechkova... Rien que le nom... »

CHAPITRE 38

Il était près de onze heures et demie lorsque Dimitri trouva enfin la rue Valentina-Terechkova. Même sous un timide soleil qui jouait à cache-cache avec les nuages, la cité des Cosmonautes n'inspirait pas vraiment la joie de vivre. Il trouva une place pour sa vieille Renault au pied de l'immeuble où habitait Raïssa Rzaev.

Il ne se sentait pas dans son assiette ce matin-là. Pourtant, la veille au soir, Sylvie était venue le rejoindre chez lui et ils avaient passé la nuit ensemble. Mais il avait mal dormi à cause de crampes d'estomac qui le faisaient de plus en plus souffrir.

Il sortit de la voiture, jeta un coup d'œil dégoûté sur les murs pisseux et entra dans un hall désert. Au téléphone, Raïssa Rzaev lui avait indiqué qu'elle habitait au troisième.

Évidemment, l'ascenseur était en panne. Alors Dimitri prit son courage à deux mains et commença à gravir les marches d'escalier.

Quand il sonna à la porte de l'appartement, il avait les poumons en feu.

Raïssa réagit à son premier coup de sonnette. Vêtue d'un training qui lui donnait l'allure élancée d'un sac de pommes de terre, elle ouvrit de grands yeux en le découvrant sur son paillasson.

« Bonjour ! » fit Dimitri de l'air le plus léger possible.

« Bonjour… Je ne vous attendais plus !

-J'ai beaucoup tourné avant de trouver la rue… Et je n'ai pas les moyens de m'offrir un GPS. »

Elle ne répondit pas mais s'effaça pour le laisser entrer.

L'appartement était minuscule, mais impeccablement rangé et d'une propreté méticuleuse.

« Ainsi donc, vous avez des choses intéressantes pour moi », fit Dimitri en faisant quelques pas dans la pièce qui devait servir de salon et de salle à manger.

-Oui… Enfin, je crois… Mais asseyez-vous. Vous voulez boire quelque chose ?

-Vous avez du whisky ?

-Je pense qu'il doit m'en rester un peu… »

Elle alla à la cuisine, Dimitri entendit le bruit du verre. Puis elle cria : « Avec de la glace ?

-Oui, merci ! »

Lorsqu'elle revint, elle s'installa en face de lui et le regarda d'un drôle d'air, mélange de malice et de goguenardise. Dimitri déposa son verre sur la table basse, un peu troublé.

« Bien… Donc…

-Vous voulez voir les documents ? »

Dimitri prit le verre et but une gorgée. « J'aimerais bien, oui… »

Elle lui adressa un grand sourire et, sans un mot, se leva pour aller chercher une boîte à archives qui était posée dans un coin de la pièce. Elle la déposa sur la table basse, l'ouvrit : « Regardez ! »

De plus en plus surpris, Dimitri se pencha et vit que la boîte était remplie d'enveloppes grises empilées les unes sur les autres.

« Prenez-en une, ouvrez, vous allez voir ! »

Sur l'enveloppe était écrit à la main un simple mot, en grands caractères majuscules : « Gaondo ». Dimitri ouvrit et en sortit une dizaine de feuilles dactylographiées ainsi qu'une série de photos.

Sur la première page, il reconnut immédiatement le logo de la société Palonnier et lut « Rapport d'inspection établi par Jean-Michel Flaneau ». Une date : le 18 novembre 2005, et un lieu, le site de Gaondo, au Lehili. Il parcourut en diagonale les pages et repéra très vite des phrases essentielles comme « Sans équivoque possible, il n'y a jamais eu ici la moindre activité de recherche » ou encore : « Tous les témoignages des villageois concordent. À aucun moment, un quelconque travail de prospection n'a été mené à Gaondo ou dans les alentours. » Les photos représentaient toutes un village africain typique, sans la moindre trace d'activité industrielle.

Dimitri releva les yeux et son regard croisa celui de Raïssa Rzaev. « Intéressant, non ? » fit celle-ci.

« Comment ces documents ont-ils atterri chez vous ?

Sur le gros visage gras de Raïssa, il n'y avait plus la moindre trace de naïveté. « Pas la moindre trace de bonté non plus » se dit Dimitri, qui ressentit soudain une espèce de crainte diffuse. La grosse l'observait sans cligner les yeux, comme un fauve jaugeant sa proie.

Dans l'immeuble, venant des autres appartements, Dimitri remarqua des bruits rassurants : les cris d'une mère qui ne parvenait pas à se faire obéir, un fond de musique binaire, une chaise déplacée sur du carrelage…

« Par mon patron, tout simplement. Comme beaucoup d'autres, il m'a toujours prise pour la bonne grosse sans malice… Mais certaines bonnes grosses peuvent aussi être malicieuses… »

Elle se leva, et allant puiser au fond de la boîte un autre dossier, le tendit à Dimitri : « Regardez donc celui-ci… »

Il ouvrit et comprit aussitôt qu'il se trouvait en présence du rapport d'autopsie établi par le docteur Gilbert Lemeunier. Aucun doute possible, il s'agissait bien de l'original.

À cet instant précis, Dimitri eut un vertige et dut se cramponner à l'accoudoir pour ne pas perdre l'équilibre. Il ferma les yeux un moment et, lorsqu'il les rouvrit, il eut l'impression que la pièce se mettait à tourner autour de lui. Raïssa le regardait, souriante, et il l'entendit lui demander : « Ça ne va pas ? »

Il referma les yeux et perdit conscience…

***

Quand il revint à lui, il tenta d'ouvrir les yeux, deux fois, trois fois, mais la lumière était trop vive, la douleur trop forte. Il avait l'impression d'avoir la tête prise dans un étau et, dans la bouche, un goût infect. Comme s'il avait avalé une colonie de punaises…

« On dirait qu'il récupère » fit une voix de femme.

À ce moment, Dimitri eut un hoquet et une nausée soudaine.

« Il ne va pas vomir, tout de même ! » fit la voix de Raïssa, bien identifiable, celle-ci.

« Allez donc chercher une cuvette ! »

Il était allongé sur un sol dur, du béton ou quelque chose d'approchant. Il entendit des pas rapides, quelqu'un qui montait un escalier, puis une porte claqua. Il voulut bouger, mais s'aperçut que ses mains étaient entravées, tout comme ses chevilles.

« Qu'est-ce que c'est que ce bordel ? »

Il aurait voulu parler, mais il n'arrivait même pas à articuler. Il fit un nouvel effort démesuré pour ouvrir les yeux, très lentement. Il avait une lampe braquée sur son visage qui l'empêchait de distinguer quoi que ce soit d'autre. Un nouveau claquement de porte, des pas dans l'escalier, et une silhouette se pencha vers lui pour déposer un large bassin de plastique.

« Voilà, fit à nouveau la voix de Raïssa. Ainsi il ne salira rien du tout. »

Dimitri, qui avait refermé les yeux, sentit quelqu'un s'approcher de lui et s'interposer entre la lampe et son visage. Il rouvrit les yeux et découvrit Raïssa, penchée sur lui, sa grosse face ronde à quelques centimètres à peine. Il songea : « C'est un cauchemar…

-Alors, on se réveille, petit fainéant ? » fit Raïssa d'un air facétieux.

Et elle lui passa la main sur le visage, avec une infinie douceur, avant de lui balancer une gifle dont le claquement résonna au plus profond de son cerveau. À cet instant, Dimitri comprit qu'il avait affaire à quelqu'un de dangereux et il sentit les battements de son cœur s'accélérer.

« Bon, écoutez, je n'ai pas trop de temps à perdre. Alors vous allez m'expliquer rapidement les rapports entre Charles Plesse et Palonnier ! »

Et elle lui assena une nouvelle gifle.

Dimitri ne comprenait plus rien. Où était-il ? Pourquoi la grosse l'interrogeait-elle ainsi ? Qui était la deuxième femme dont il avait entendu la voix ?

« Je… Euh… » bredouilla-t-il. Il avait toutes les peines du monde à rassembler ses idées et, encore plus, à former des mots. Comme s'il était plongé dans une énorme cuite. Il essaya de respirer profondément, mais à demi couché comme il l'était, la tête reposant contre un mur, la tâche n'était pas simple.

« Pourquoi ? » parvint-il seulement à dire.

« Ça me regarde, et dépêchez-vous, je n'ai aucune patience ! »

Dimitri soupira et, avec un effort presque surhumain, raconta qu'il avait découvert le chantage qu'avait exercé Jean-Michel Flaneau sur Ernest Lullier, et le fait qu'il était resté en rapport avec son ancien condisciple de lycée, Charles Plesse. « Voilà, c'est tout. Je ne sais rien d'autre. »

Au fur et à mesure qu'il parlait, Dimitri avait senti sa conscience lui revenir. La grosse se redressa et s'adressant à l'autre femme, que Dimitri n'avait toujours pas vue : « Qu'est-ce que vous en dites ?

-Je pensais bien à quelque chose dans ce genre-là… »

Il avait écouté attentivement, mais cette voix lui était inconnue. Il tourna la tête avec difficulté, se rendit compte qu'il était allongé sur le sol de ce qui ressemblait à une cave et il découvrit en même temps celle avec qui Raïssa venait d'échanger quelques mots.

C'était une grande femme mince, élancée, les cheveux courts et l'allure sportive. Dimitri ne l'avait jamais vue, et pourtant elle lui disait quelque chose…

« Vous pourriez me dire ce qui se passe ? », fit Dimitri à Raïssa.

Elle se retourna vers lui, l'air agacé. « Je ne crois pas que vous soyez vraiment en mesure de poser toutes ces questions… Mais comme je suis bonne âme, je vais quand même y répondre et je vais d'abord vous présenter madame Plesse, qui m'a bien aidée tout à l'heure pour vous transporter ici. Nous sommes chez elle, d'ailleurs : une maison de campagne dans le quatre-vingt-quinze. Pas de voisins proches, vous pouvez hurler autant que vous voulez, personne ne vous entendra ! »

Dimitri avait l'impression de vivre un rêve tout éveillé : entre la grosse femme revêche qu'il avait découverte quelques jours plus tôt à l'agence de Saint-Cloud et cette créature implacable, il y avait un abîme. Il referma les yeux un instant et soupira.

« Je ne vous espérais plus tout à l'heure. Si vous n'étiez pas venu de votre plein gré, j'aurais dû m'arranger autrement. J'avais besoin de votre… expertise pour confirmer l'importance des documents que monsieur Plesse m'avait confiés, voici déjà plusieurs mois. Maintenant, grâce à vous, je sais que je détiens un vrai trésor et, comme je suis généreuse, j'ai voulu en faire profiter aussi madame

Plesse. Nous allons en quelque sorte reprendre les affaires de son mari et continuer à faire cracher au bassinet les gens de Palonnier, et surtout ce brave monsieur Lullier qui a fait assassiner monsieur Plesse pour récupérer les documents… sans savoir que c'était moi qui les avais. »

Dimitri fut à nouveau pris de vertiges et replongea dans un curieux sommeil artificiel. Lorsqu'il se réveilla, Elisabeth Plesse était assise à un mètre de lui. Elle feuilletait les dossiers que Raïssa Rzaev lui avait montrés. Quand elle vit qu'il avait rouvert les yeux, elle lui sourit : « Nous ne voulons absolument pas vous faire du mal, monsieur Boizot, mais si je veux sauver l'agence et l'avenir de ses employés, je dois trouver d'ici un mois trois cent mille euros. Ces dossiers sont peut-être le seul moyen… »

Dimitri avait de plus en plus mal à la tête. « Mais pourquoi me retenir prisonnier ? » fit-il d'une voix faible.

« Parce que nous ne voulons pas que vous nous mettiez des bâtons dans les roues. Nous allons négocier la vente de ces dossiers, et ensuite nous pourrons vous libérer… »

Elisabeth Plesse s'interrompit en entendant s'ouvrir la porte de la cave. « Raïssa ? » fit-elle.

« Oui, j'arrive ! » répondit la grosse en descendant l'escalier.

« Alors ?

-Le poisson est ferré, il n'y a plus qu'à attendre la réponse… Tiens, t'es réveillé, toi ? »

Dimitri referma les yeux, nota vaguement le subit tutoiement et perdit connaissance en se disant qu'il ne reverrait jamais la lumière du jour…

CHAPITRE 39

Paul Vendroux soupira. Cela faisait plus d'une heure qu'il cherchait à joindre Boizot, en vain. À chaque fois, il tombait sur le répondeur de son portable. « Qu'est-ce qu'il fout ? »

Dans l'annuaire, il trouva le numéro de *L'Actualité*. Là, il tomba d'abord sur une standardiste, qui n'était au courant de rien et lui passa la rédaction. À la sixième sonnerie, il eut enfin quelqu'un en ligne.

« *L'Actualité*. Censier. Bonjour !

-Bonjour, Paul Vendroux, de la brigade criminelle. J'aimerais parler à Dimitri Boizot.

-Je ne l'ai pas encore vu aujourd'hui… Je suppose qu'il doit être en reportage à l'extérieur.

-Quelqu'un chez vous pourrait m'en dire plus ?

-Je peux vous passer le rédacteur en chef, Eric Magnin.

-Oui, faites donc ça ! »

Après avoir subi une trentaine de secondes d'une vieille chanson d'Abba, Vendroux entendit la voix de Magnin : « Non, demande à Lucien, il doit savoir, lui ! Excusez-moi, je vous écoute ! »

Vendroux expliqua ce qu'il voulait. Dès qu'il eut terminé, Magnin répondit : « Je suis moi-même un peu inquiet. D'habitude il est ici assez tôt le matin, sinon il prévient toujours. Et là, rien… Et avec ce qui s'est passé la semaine dernière, je ne vous cache pas que…

-Vous ne l'avez plus vu depuis quand ?

-Depuis hier matin. Il avait une interview à faire à Saint-Denis et, depuis, plus de nouvelles…

-Vous savez avec qui il avait rendez-vous et où ?

-Attendez… Je sais qu'il devait se rendre chez une employée de l'agence « Job-Inter » qui voulait lui montrer des documents soi-disant exclusifs.

-Vous connaissez le nom de cette employée ?

-Ouh là ! Déjà que j'ai pas la mémoire des noms, mais là on navigue carrément dans l'exotique !

-Raïssa Rzaev, c'est ça ? » demanda Vendroux, exaspéré par le ton « speedé » de Magnin.

« Ça pourrait bien être un nom comme ça, oui…

-Merci beaucoup ! » fit Vendroux, qui raccrocha sans autre forme de politesse.

« Qu'est-ce que Raïssa Rzaev peut bien avoir à révéler ? » se dit-il, en ouvrant le dossier « Plesse » qui se trouvait sur un coin de son bureau. Sur le procès-verbal d'audition de Raïssa Rzaev, il trouva son adresse et un numéro de téléphone.

Mais il préférait se rendre à la cité des Cosmonautes sans tambour ni trompette…

***

Une demi-heure plus tard, il frappait à la porte de l'appartement de l'employée de « Job-Inter ». Sans succès.

Il se renseigna chez le voisin de palier, un jeune Black qui se souvenait de l'avoir vue partir la veille vers midi avec une autre dame, en emportant un long colis qui paraissait lourd puisqu'elles le portaient à deux…

Vendroux, de plus en plus perplexe et inquiet, appela alors Sylvie Flaneau et lui demanda si elle avait eu des nouvelles récentes de Dimitri.

« Non, fit Sylvie sur un ton angoissé. Depuis hier, j'ai laissé des messages sur son portable, mais je n'ai eu aucune réponse. Qu'est-ce qui se passe ?

-Je n'en sais rien au juste. Je me trouve en ce moment devant le domicile d'une employée de « Job-Inter » avec qui Dimitri avait rendez-vous hier… »

À ce moment, le policier eut une idée : il demanda à Sylvie le type et l'immatriculation de la voiture de Dimitri. « Je sais que c'est une Renault, de teinte grise, ancien modèle et pas très bien entretenue. En revanche, l'immatriculation, je sais seulement qu'elle se termine par 75, évidemment, et qu'il y aussi les lettres SF… Je m'en souviens, parce que ce sont mes initiales… »

Vendroux remercia Sylvie et, après avoir promis de la tenir au courant, il fit le tour du parking de l'immeuble et repéra très vite la voiture de Boizot. Elle était fermée à clef. Il n'insista pas et décida de remonter à l'appartement. Après avoir crocheté la porte d'entrée, il fouilla rapidement les lieux, mais sans succès.

Où Raïssa Rzaev avait-elle bien pu emmener Dimitri, et avec l'aide de qui avait-elle agi ? En sortant de l'appartement, il retourna interroger le jeune Black d'en face. « Oui, la dame qui accompagnait madame Rzaev était grande, mince, une trentaine d'années et plutôt jolie… » fit le garçon.

Aussitôt, cette description fit penser Vendroux à Elisabeth Plesse. Mais si c'était bien elle qui avait, la veille, transporté un colis encombrant avec Raïssa Rzaev, il comprenait de moins en moins.

Dans la poche de sa veste, il prit le calepin qui ne le quittait jamais et, après l'avoir feuilleté pour trouver le numéro, il appela Elisabeth Plesse sur son portable.

Surprise, elle décrocha à la deuxième sonnerie : « Oui, allo ?

-Madame Plesse ? Paul Vendroux, de la brigade criminelle. J'aimerais passer à nouveau vous voir, j'aurais quelques questions supplémentaires à vous poser à propos du cambriolage de l'agence de Saint-Cloud. C'est possible ?

-Euh… Oui, bien sûr… Quand voulez-vous ? »

À l'autre bout du fil, le policier discerna nettement l'hésitation de son interlocutrice.

« Tout de suite, si vous voulez…

-Non, ce ne sera pas possible… Je ne suis pas chez moi en ce moment, mais dans ma maison de campagne…

-À Saint-Géry ? » demanda Vendroux.

« Non, non, plus près de Paris, dans le Val d'Oise. Mais nous pouvons nous voir demain si vous voulez. »

Vendroux fit mine d'accepter, convint même d'un rendez-vous pour le lendemain. Mais dès qu'il eut raccroché, il appela la crim' pour qu'on lui trouve l'adresse de la maison de campagne de Plesse.

Dans les minutes qui suivirent, il avait le renseignement demandé : la maison en question se situait à La Frette-sur-Seine.

Vendroux retourna alors quai des Orfèvres, fit un rapide topo au divisionnaire et obtint le renfort de deux collègues pour se rendre à La Frette.

Là, ils tombèrent sur une maison ancienne et tarabiscotée, un peu à l'écart des autres, qui dominait la Seine.

« On y va ! » fit Vendroux.

Ils sonnèrent une fois, deux fois, sans la moindre réponse. Pourtant, une voiture était garée presque en face de la maison, un Mercédès 4x4 qui, Vendroux l'aurait juré, devait appartenir à madame Plesse. Alors il fit signe à l'un de ses collègues de faire le tour de la maison et, utilisant le passe-partout qui lui servait à venir à bout des serrures les plus récalcitrantes, il entreprit de crocheter la porte d'entrée.

Curieusement, la maison semblait vide et il s'en fallut de peu que les policiers ne rebroussent chemin. C'est en effet une espèce de grincement en provenance de la cave qui leur mit la puce à l'oreille. Sans bruit ils descendirent l'escalier et tombèrent sur Raïssa Rzaev et Elisabeth Plesse, occupées à interroger un Dimitri Boizot qui paraissait mal en point…

***

Quand il se réveilla, Dimitri ne vit d'abord que le visage de Sylvie penché sur le sien. Il était allongé sur un canapé, dans un salon inconnu. A côté et dans toute la maison, on paraissait s'affairer beaucoup et, tournant la tête, Dimitri reconnut Vendroux, qui était occupé à perquisitionner en compagnie de ses collègues.

Il se sentait vide, sale, mais il trouva la force de sourire timidement à Sylvie.

« Comment m'as-tu trouvé ?

-C'est à ton ami Vendroux qu'il faut le demander. C'est lui qui a eu l'idée de venir voir ce qui se passait dans cette maison appartenant à Elisabeth Plesse. »

Dimitri hocha la tête. « J'ai l'impression que je reviens de loin... Je suis sûr que ces deux dingues, dès qu'elles auraient eu ce qu'elles voulaient, n'auraient pas hésité à me tuer... »

Sylvie sourit et lui posa un léger baiser sur le front : « Allons, allons ! Pas de drame ! »

EPILOGUE

Un généreux soleil réchauffait cette fin d'après-midi. Pour le dernier dimanche des vacances, à la veille de la rentrée, dans le jardin de Vernouillet, madame Boizot avait dressé la table avec un plaisir évident. Avoir sa petite famille réunie autour d'elle était un vrai bonheur. Sylvie, qui terminait de travailler à la boulangerie, les rejoindrait un peu plus tard. Ça arrangeait plutôt Dimitri : ce qu'il allait dire ne serait pas forcément agréable à entendre à propos de son frère...

Lorsqu'elle s'assit avec tout le monde pour l'apéro, Anne-Catherine lança à Dimitri : « Allez, vas-y, ne nous fais pas languir et raconte-nous tout ! »

« Eh bien, en fait, on pourrait résumer cette affaire en quelques mots : l'histoire tragique d'un pacte conclu entre deux arrivistes forcenés, et qui a mal tourné, pour d'autres d'abord, pour eux enfin. Tout commence en juin 1993. À cette époque-là, Palonnier emploie trois géologues chargés de campagnes de prospection en Afrique. Il s'agit de Lionel Perdiou, d'Ernest Lullier et de Frédéric Fréjean. Tous les trois sont diplômés de l'Ecole Nationale Supérieure de Géologie de Nancy. Perdiou et Lullier se connaissent depuis douze ans au moins : à Nancy, ils faisaient partie de la même promotion et ils avaient sympathisé. Fréjean, lui, était de dix ans leur aîné et n'avait avec eux que des rapports strictement professionnels. Toujours est-il qu'en juin 1993, ils se retrouvent tous les trois dans une région d'Afrique qui s'appelle le Lehili, aux confins du Congo – qui est encore le Zaïre à l'époque –, de l'Ouganda et du Rwanda. Palonnier les avait chargés de prospecter afin de découvrir de nouveaux gisements de coltan. »

Simon leva le bras comme un élève de maternelle : « C'est quoi, le coltan ?

-Tu sais, je suis pas un connaisseur, mais je me suis un peu renseigné et je sais que le coltan est un minerai radioactif, qui permet de produire du tantale, un métal très recherché pour ses applications dans l'informatique et, depuis quelques années, dans les téléphones portables… Mais ce n'est pas fondamental dans cette affaire. Donc je reprends : les trois hommes se trouvent à Gaondo, un petit village de la région qu'ils utilisent comme base pour sillonner les environs. Ils sont là depuis une semaine environ quand un télégramme parvient à Lullier. Il provient de l'un de ses bons amis chez Palonnier. Il l'informe d'une nouvelle encore confidentielle, mais sûre : à la rentrée, en septembre 1993, un nouveau directeur du département Prospection va être nommé, et il lui apprend même le nom de l'heureux élu, qui n'est autre que Fréjean ! Lullier étouffe de rage, va trouver Perdiou, lui montre le télégramme, et décide sur-le-champ de supprimer Fréjean. Pourquoi ? Tout simplement parce que, quelques années plus tôt, Perdiou et Lullier avaient conclu une sorte de contrat secret. Perdiou qui, depuis sa jeunesse, ne rêvait que de réussir dans la politique, avait proposé à Lullier un accord que celui-ci avait accepté : lui, Perdiou, ferait tout pour favoriser la carrière de Lullier dans le groupe Palonnier. Objectif : l'amener à la direction générale du groupe. En échange, Lullier s'engageait à soutenir la carrière politique de Perdiou par tous les moyens dont il disposerait, financiers notamment, et obtenus grâce à des magouilles au détriment de Palonnier. Ça, c'était la théorie. Pour la mise en pratique, ce serait un peu plus difficile : à cette époque, Perdiou n'avait encore aucun mandat électif, à part celui de conseiller municipal à Paris. Lullier, de son côté, rêvait du poste de directeur de la Prospection. Il savait très bien que le directeur en place y vivait ses dernières années, voire ses derniers mois, et il était sûr que le poste ne pouvait que lui revenir.

-D'où sa désillusion et la décision de tuer Fréjean », fit Anne-Catherine en reposant son verre de chardonnay.

« Exactement. Lullier a alors mis au point un scénario très astucieux qui consistait, d'abord, à abattre Fréjean, puis à le jeter, bien lesté, au fond du fleuve Obowé. Avec Perdiou, ils allaient alors déclarer que Fréjean était tombé à l'eau alors qu'ils faisaient du bateau pendant leurs loisirs… Et les choses se passèrent exactement comme ils les avaient prévues. En effet, le meurtre de Fréjean passe pour un triste accident et, à leur retour en France, Lullier est nommé directeur du département tant convoité. Quant à Perdiou, il sera mis un moment sur la sellette parce que ses relations avec Fréjean étaient notoirement mauvaises, et que la famille de Fréjean l'accusera de n'avoir pas tout fait pour le sauver. Il sera même question de le virer, mais l'arrivée providentielle de Lullier à la tête du département Prospection lui sauvera la mise…Et c'est là que le destin fait en quelque sorte un fameux pied de nez aux deux hommes : quelques jours après le meurtre, le corps de Fréjean, portant des traces très claires montrant qu'il a été abattu à coups de revolver, a été repêché dans un village voisin en aval du fleuve, un village baptisé Kalongwi. Or, dans ce village de Kalongwi vit depuis des années un médecin français appelé Gilbert Lemeunier, alors âgé de 55 ans. »

Dimitri s'interrompit pour boire un peu de vin.

Quelques minutes plus tard, il achevait le récit de ce dossier voyageur qui, après avoir transité par Nadine Lemeunier et Jean-Michel Flaneau, avait abouti chez Charles Plesse avant de se retrouver chez Raïssa Rzaev.

« Il y a une question que j'aimerais poser, fit Simon. Comment, à l'époque, Jean-Michel Flaneau a-t-il tout de suite compris de quoi il s'agissait en ouvrant le dossier ?

-Tout simplement parce que, travaillant depuis un an environ chez Palonnier, il avait l'habitude de voir chaque matin le visage de Frédéric Fréjean : Lullier, en parfait cynique qu'il est, avait fait afficher dans le hall d'entrée de la société, une grande photo de Fréjean, en « hommage » à un collègue « trop tôt disparu ». T'imagines ? Il ne manque vraiment pas d'air, le Lullier ! Donc, en reconnaissant le « collègue trop tôt disparu », Jean-Michel Flaneau s'est plongé dans le dossier et, après avoir fait des recherches, je suppose, il a compris la vérité. Avec ce dossier, il avait évidemment une fortune en main. Pendant des années, il a donc fait chanter Lullier et Perdiou, en échange d'une espèce de rente mensuelle, qui lui permettait en fait de doubler son salaire. Ce qui explique son train de vie plutôt « confortable ».

-Et comme il était prudent, intervint alors Anne-Catherine, il avait pris soin de mettre l'original du dossier en lieu sûr, chez un ancien camarade de lycée, Charles Plesse.

-Exactement. Mais ce que Jean-Michel Flaneau ne savait pas, c'est qu'il aurait mieux fait de se méfier de son vieil ami plutôt que de Lullier. Car Plesse, qui avait toujours besoin d'argent et dont la société n'était pas très florissante, a un jour imaginé qu'il pourrait fort bien prendre la relève de Jean-Michel Flaneau dans le rôle du maître chanteur.

Seulement, il devait d'abord faire disparaître son ami. Ce qui fut fait l'année dernière avec l'aide de Franck Héron. Cela fait, Plesse demanda à Héron de changer d'apparence en se teignant les cheveux en blond et y faisant une permanence du plus bel effet. Il lui changea aussi son identité pour brouiller les pistes vis-à-vis de Lullier et de Perdiou… Mais ceux-ci, qui avaient d'abord été soulagés, comme on peut facilement l'imaginer, en apprenant la mort de Jean-Michel Flaneau, se mirent à paniquer en se retrouvant face à un curieux bonhomme se faisant appeler Marcel Orphelin, et détenant le fameux dossier…

-Eh ben dis donc, il faut suivre, hein ! » fit le père de Dimitri.

« Oui, et attends, ce n'est pas tout : c'est alors que Lullier a eu une idée qu'il pensait de génie. Après avoir réussi, grâce à José Léonard, son chef de la sécurité, à établir un lien entre « Orphelin » et Plesse, il a imaginé une mise en scène qui devait à la fois le débarrasser des deux hommes et lui permettre de récupérer le fameux dossier si compromettant. Il a fait venir « Orphelin » dans la villa de Lionel Perdiou, à Batz, soi-disant pour lui remettre un million d'euros en échange du dossier. Une dernière transaction qui devait mettre un terme à l'affaire. Mais Plesse se méfiait et « Orphelin » devait l'appeler à une heure du matin, une fois qu'il serait en possession du million d'euros, lui-même devant alors indiquer à Perdiou l'endroit où il pourrait récupérer le dossier. Il avait raison de se méfier puisque, pendant qu'à Batz, Lullier abattait Héron et montait une mise en scène de faux cambriolage, à Paris, José Léonard et un complice abattaient Plesse… Et c'est là que j'interviens puisque, si je n'avais pas fait d'article sur ce cambriolage et si je n'avais pas trouvé la fausse identité de Héron, jamais Corneau ne m'aurait téléphoné et il est plus que probable que le rapport entre les deux faits n'aurait jamais été établi. »

« Oui, fit Simon… Mais le dossier était toujours dans la nature…

-C'est vrai. En fait, Plesse l'avait confié, avec d'autres documents moins graves sur les magouilles passées de Lullier en Afrique, à Raïssa Rzaev. Il se disait que personne, jamais, ne pourrait s'en douter. Il savait qu'elle vivait seule et que, même si elle mettait le nez dans les papiers, elle n'y comprendrait rien… Mais quand elle a reçu ma visite à l'agence, elle s'est mise à gamberger et, lorsqu'elle s'est rendue chez Elisabeth Plesse pour parler de l'avenir de l'agence, elle a aussi évoqué ce dossier. Et la veuve, qui n'est pas stupide, a compris l'intérêt qu'elle pourrait en tirer… »

Il termina son verre et soupira : « Franchement, je me demande ce qui me serait arrivé si Paul Vendroux, mon pote de la crim', n'avait pas été là.

-Mieux vaut ne pas y penser ! » fit Anne-Catherine en guise de conclusion.

Dimitri hocha la tête et s'étira sur sa chaise.

« Et le suicide de Perdiou, dans cette affaire ? » intervint Simon.

« Là, apparemment, il a craqué lorsqu'il a compris que son complice, Lullier, était bien décidé à faire le ménage : le meurtre de Geneviève Murelle, la tentative de meurtre contre moi, Perdiou s'est rendu compte qu'il avait en quelque sorte atteint le point de non-retour…

-Justement, le meurtre de cette Geneviève Murelle. Comment Lullier a-t-il été mis au courant de ses intentions de tout te révéler ? » demanda Anne-Catherine.

« Alors là, c'est l'ironie du sort dans toute son horreur : la veille au soir, Geneviève Murelle avait appelé l'un de ses amis, Gabriel Cano, qui travaille aussi chez Palonnier, afin de lui demander conseil au sujet de son fameux dossier. Et le Cano en question, qui est du genre ambitieux, n'a rien eu de plus pressé que d'avertir Lullier en sortant de chez son amie. Il espérait ainsi se faire bien voir du futur directeur général et s'assurer une rapide promotion. Mais tout ce qu'il a réussi à faire, c'est faire comprendre à Lullier qu'il devait à tout prix se débarrasser de cette secrétaire trop dangereuse. Il a chargé son chef de la sécurité d'accomplir la besogne… et de m'appeler en pleine nuit pour orienter d'éventuels soupçons vers moi… »

Son père, qui l'avait écouté avec attention : « C'est incroyable ce que l'argent et les honneurs peuvent arriver à faire faire à certains… » murmura-t-il.

« C'est vrai. Dans ce cas-ci, on a vraiment eu affaire à l'addition de deux ambitions démesurées, à la collusion de deux « monstres » pour qui comptait seulement la réussite personnelle…

-C'est raté, conclut Anne-Catherine. Le premier s'est flingué, l'autre est en taule pour de longues années sans doute… »

A ce moment, la sonnette de l'entrée retentit. Dimitri se leva d'un bond : « C'est Sylvie ! Je vais lui ouvrir la porte ! »

Lorsqu'il la vit, souriante et légère dans sa robe blanche, il oublia sur-le-champ les semaines qui venaient de s'écouler pour ne plus penser qu'aux heures à venir et à la nuit qui suivrait…

FIN

3013712R00136

Printed in Great Britain
by Amazon.co.uk, Ltd.,
Marston Gate.